櫃中美人

下

曾幾時三生有幸，
換你一世傾心。

水合——著

第十二章　脫險

永道士躺在華陽觀的廂房裡，優哉游哉地掀起袖子，從中取出了一大一小兩張紙人。他吊梢的鳳眼微微瞇起來，看著兩張紙人心口扎出的針眼，不禁笑著一彈響指，下一刻指間便多出了一根銀針。

跟著他舒服地架起二郎腿，拈起銀針往那小一些的紙人眉心刺去。

單薄的小紙人一挨上銀針，立刻撲簌簌急顫起來，就在針尖將要刺進紙人眉心的時刻，永道士的眼前卻倏然滑過一道赤紅色的流光，晃得他兩眼一花。他急忙翻身坐起，下一刻才意識到自己手中的紙人已不翼而飛，而手背上卻留下幾道小獸利爪的劃痕，正往外微微滲著血珠。

「呵，小畜生，沒想到妳還真敢出手，」永道士似乎早有所料，笑著舔了舔手背上的傷口，盯著那隻縮在廂房角落裡瑟瑟發抖、渾身戒備的黃鼠狼，兩眼乜斜著低聲道：「忘了我告誡過妳什麼嗎？還不把紙人還來？」

小小的黃鼠狼身上已被銀針劃傷，兩隻黑眼睛裡盈滿了恐懼，卻依舊用利齒和爪子將紙人撕得粉碎。

「妳！」永道士看著小紙人報廢，氣得直瞪眼。

黃鼠狼弓起身子，渾身蓬鬆的紅毛森然倒豎，心知眼前這邪惡的道士不會放過自己。

可是能有什麼辦法呢？生死攸關的時刻，她的腦海中仍然只想著李涵——她的眞命天子，此刻正命懸一線，被那臭道士化爲紙人握在掌中。

永道士有點好笑地看著輕鳳落入自己的掌控，在法力強大的壓迫下扭曲了四肢、徒勞掙扎直至口吐血沫，一股與其說是惻隱，倒不如說是頑劣的壞心頓時油然而生。

於是他撐著下巴，歪著腦袋，半躺在臥榻上與輕鳳打商量，假惺惺地提議：「這樣吧，只要妳乖乖求饒，我就放過妳，如何？」

小小的黃鼬齜了齜牙，牠黝黑的眼珠緊盯著永道士手中的另一張紙人，血沫不斷從牠的牙縫裡湧出來。牠不甘心地伸出利爪，望空恨恨撓了兩下，卻自始至終不肯放棄。

牠的倔強令永道士挑起眉，明亮的雙眼中微微透出點意外。這時廂房中沉悶凝滯的空氣裡，竟輕輕爆響了骨頭斷裂的聲音，就好像千里暮野之外，有人在遙遠的山村裡點燃了爆竹。輕鳳兩眼一黑便失去了知覺，鮮血從她的嘴角滴滴答答落下來，卻半浮在空中並不落地。

永道士凝視著輕鳳扭曲變形的身體，若有所思地喃喃自語道：「癡情成這樣，倒不知是可憐還是可笑了。」

說著他緩緩走上前去，想看看這隻癡心的小黃鼠狼，不料在距離兩步之遙時，前一刻還奄奄一息的黃鼠狼竟霍然睜開雙眼，尖銳的利爪再一次狠狠劃向永道士手中剩下的紙人。永道士猝不及防，縮手的同時乾脆一彈響指，很是惱火地再度用法力桎梏住輕鳳。

「找死嗎……」他恨恨自語，卻多少對眼前這隻不堪一擊的黃鼠狼，有了點刮目相看的意思。

被刮目相看的輕鳳此刻雙目緊閉、渾身癱軟著，血淋淋的前爪卻仍舊使足了力氣，搭在永道士的手背上軟軟滑過，一道鮮紅色的印跡就這樣落在了他的手背上，看得他忍不住翹起唇角笑起來。

「可憐的小東西，倒是個硬骨頭。」永道士握緊手中沾血的紙人，憐憫地看著眼前被分筋錯骨的孱弱小獸，有那麼一會兒工夫，他的目光從訝然到沉靜，竟漸漸地柔軟起來。

終於，他再度一彈響指，浮在空中的血珠竟又漂移起來，蜂擁著鑽回了輕鳳毫無生機的身體。錯位和斷裂的骨骼陸續被移回原位，重新密合生長；平穩的呼吸拂過她小嘴上的髭鬚，讓她覆著赤紅色皮毛的柔軟腹部再次起伏起來。

「眞是個可憐的小東西……」永道士斜睨著昏沉沉的輕鳳，淺笑著重複了一遍自己的話。

他低下頭，發現落在自己手背上的血痕，竟沒有隨著方才的法術消失。這小小的一點意外在他心頭落下點錯愕，竟微微發著癢。他索性將這隻毫不起眼的黃鼬拎起來，細細端詳，順帶自我反省。

「眞是咄咄怪事！」永道士如此評價自己此刻反常的狀態，突兀地訕笑了一聲。恰在這時，廂房的窗紙竟發出噗地一聲輕響，引得他不由自主回過頭，就看見飛鸞竟化作原形，正用尖尖的小嘴捅破了窗紙，將整顆腦袋擠進了窗櫺。

呆呆的小狐狸先是自顧自搖頭晃腦了好一會兒，直到抬起頭與永道士目光相碰，這才發出一聲驚叫，將腦袋慌裡慌張地往後縮。她憨態可掬的模樣逗得永道士忍俊不禁，竟不加阻攔，由著她逃離了自己。

飛鸞隱著身子，慌不擇路地往城外跑，中途不敢做片刻停留，直到她一口氣跑進郊外的深山密林中，這才氣喘吁吁地歇下腳。也許是跑得久了腹中饑餓，她吸了吸鼻子，忽然惶惶抬起腦袋張望，竟發現不遠處有一株野葡萄蜿蜒在樹梢之間，只見那深紫色泛著糖霜的飽滿漿果，正一嘟嚕一嘟嚕地從藤蔓上懸掛下來，不斷散發出誘人的香甜氣息。

飛鸞吸吸鼻子又咂了咂嘴，四顧無人之下，索性變回人身，踮起腳來一個勁兒地往上蹦，想摘串葡萄吃。不料她笨手拙腳，在樹下蹦躂了半天卻還是一無所獲，最後她竟有些惱火地哼了一聲，自顧自嘟噥道：「我不吃了，這葡萄一定酸得很！」

誰知她話音未落，半空中竟傳來咯咯兩聲壞笑，下一瞬就見眼前雲氣瀰漫，陰魂不散的永道士竟出現在浮雲之中，望著飛鸞幸災樂禍地嘲弄道：「小狐狐妳是吃不著，才說葡萄酸的吧？」

飛鸞嚇得臉都白了，只能呆若木雞地愣在原地，眼睜睜看著永道士從藤蔓中扯下一串葡萄，得意洋洋地送到嘴邊。

只見他雙眼乜斜，在雲中紅口白牙咬著紫葡萄，姿勢極冶豔。他看著小狐狸呆呆望著自己，甚至無可奈何地咽了咽口水，不禁越發小人得志，得意洋洋地咬破了齒間的漿果。

一瞬間齒頰中芳香縈迴，一股冰甜的汁液順著喉嚨滑進了永道士的腸胃，不料除了濃郁果香之外，竟還有一股猛烈的酒氣在他喉中橫衝直撞，嗆得永道士涕泗橫流。他瞬間意識到自己著了飛鸞的道，不禁睜圓了一雙吊梢鳳眼，指著飛鸞含混控訴：「妳耍詐……」

可惜話還沒有說完，他就已搖搖晃晃跌下雲端，整個人從頭到腳粉嫣嫣如一朵離枝的桃花，伏在地上爛醉如泥地睡熟。飛鸞又驚又疑地盯著永道士，不敢走上前察看，卻見空中再次雲氣瀰漫，這一次現身的卻是翠凰。

「這世上，能把草木、水、白骨和墳墓聯繫起來的，也只有這穿腸毒藥了。」翠凰瞥了永道士一眼，從他袖袍裡翻找出對李涵下咒用的紙人，轉身遞給飛鸞：「用不了多久他就會醒，去救輕鳳吧。」

「我們騙他喝酒，他醒過來找我們尋仇怎麼辦？」飛鸞將紙人塞進懷中，有點猶豫地囁嚅：「要不我們趁現在……除掉他吧？」

「呵呵，哪怕他現在醉成這個樣子，我們也沒法除掉他的，」翠凰笑了笑，胸有成竹地安慰飛鸞：「不用怕，這酒，其實他很喜歡喝的。」

飛鸞吃了一驚，小嘴無比驚訝地張大：「眞的？」

「當然。」翠凰臉上儼然是一派天機不可洩露的淡然，然而自她唇角彎出的一抹笑意，卻暖暖融開了冰山一角。

當輕鳳從昏迷中醒來，發現自己正躺在熟悉的別殿裡，而身畔的飛鸞正揚著手中的紙人衝她笑時，她立刻伸手奪過紙人撕成碎片，如釋重負地喜極而泣。

飛鸞傾身抱住輕鳳，甜糯糯地嬌聲道：「別哭啦，姐姐，妳好點沒有？」

輕鳳這才後知後覺地叫起痛來，撒著嬌哀嚎：「嗷嗷嗷，我渾身骨頭都要斷了……」

飛鸞連忙低頭蹭蹭她的肩窩，憨憨笑道：「妳還說呢，誰叫妳鐵了心去闖華陽觀，吃苦活該！這次要不是有翠凰姐姐幫忙，我哪有辦法救妳回來？」

「她救了我？」輕鳳一愣，回想起昏迷前的種種磨難，立刻也明白若是沒有翠凰，飛鸞是斷斷沒辦法救自己回宮的。

「對呀，不光如此，還是她作法幫妳變回人身的呢，」飛鸞說著便興高采烈地跳下榻，又伸手替輕鳳順了順鬢髮，笑道：「既然姐姐妳已經醒了，我這就去趟興慶宮，一定要當面謝謝翠凰姐姐。」

「嗯。」輕鳳乖乖應了一聲，眼看著飛鸞跑出涼殿，這才無比慶幸地長吁了一口氣，誰知還沒緩過神來，就聽見原本空蕩蕩的宮殿裡，竟響起「咯咯」兩聲輕笑。

輕鳳毛骨悚然，立刻仰望半空嚷了一聲：「誰？！」

「除了我，還能有誰？」清亮的嗓音悠然響起，下一刻殿中雲氣氤氳，就看見永道士從雲中探出半張臉來，笑著與輕鳳打招呼：「小硬骨頭，這麼快就醒了？」

輕鳳的臉色頓時比見了鬼還青，偏偏此刻她渾身痠痛，只能任由永道士擺佈：「臭道士！你既不趕盡殺絕，又老是陰魂不散——你到底想怎麼樣？」

她這一番氣急敗壞的怒語，卻把永道士逗笑：「小硬骨頭，妳壞了我的好事，我自然要把妳欠我的討回來，對不對？」

輕鳳禁不住兩眼圓瞪，揚起手腳踢打了幾下床板，迭聲罵道：「臭道士你眞卑鄙！你也只能欺負弱小罷了，我鬥不過你，隨你要殺要剮都行，可只要我還有一口氣在，就絕不會讓你順心！」

她這話說得痛快淋漓，可整個人卻瑟瑟發抖，四肢冰涼，毫無氣勢可言。

不過永道士一向顚三倒四，脾氣古怪，面對輕鳳的豪言壯語，他非但不以爲忤，還一徑笑得花枝亂顫：「呵呵呵，小硬骨頭，妳何必拿話激我？我有沒有對妳說過，經此一役，我已經對妳刮目相看了？」

說罷他又順勢飛了個媚眼，這一下輕鳳不僅臉色發青，連整個人都像在數九寒天被拋進了冰窖裡，凍得硬邦邦像個紫蘿蔔！

……不、不帶這樣一見鍾情的！

然而永道士的一張笑臉，比驪山雨後冒出的毒蘑菇還要妖豔滑嫩，輕鳳覺得自己已經中了毒，只能頭昏腦脹地顫聲道：「什麼刮目相看……你、你這臭道士，怎麼變臉變得那麼快？！」

「呵呵，妳很驚訝？」永道士咧嘴笑了兩聲，掌心向下做出「隻手遮天」狀，按住輕鳳的頭頂不讓她動彈：「人心本來就很善變嘛。」

「你有病嗎？」輕鳳翻了個大大的白眼：「有病就要吃藥！」

「我放過妳還不好？」永道士拍了拍她頑固的腦瓜：「論法力妳又不是我的對手，今後日子還長著呢，妳真要處處與我為敵？」

「今後？」輕鳳聽見這話，在昏暗的光線中睜大雙眼，大驚失色：「還有今後啊！」

「那當然呀，我們肯定還要打交道呢。」永道士笑得一團和氣，卻讓輕鳳毛骨悚然，忽然意識到今日的風波之下，暗藏著許多看不見的陰謀。

「你做這些事，背後一定有人指使吧？」輕鳳抬眼望著永道士，咬牙追問：「那孩子是未來太子，而他……是堂堂天子！到底是誰如此大膽，敢與他為敵？！」

永道士笑著聽完輕鳳咬牙切齒的話，卻不正面回答，只半帶憐憫地拍了拍她的頭頂：「妳那麼聰明，還需要問我嗎？」

這句話一針見血，字字千鈞，瞬間令輕鳳垮下雙肩，腰背佝僂，幾乎透不過氣來：「我，我當然知道，跟了他，我哪能不知道——南面稱孤者，就是天下最孤獨的人。」

靜默片刻之後，她又無比堅定地抬起頭，盯著永道士斬釘截鐵地開口：「可我偏要護著他，偏要護著他！哪怕粉身碎骨，我也不怕。」

她不自量力的決心有如蚍蜉撼樹，逗得永道士又笑了一聲，可這次笑意卻淡了許多：「小……哎，黃輕鳳，我知道妳是個硬骨頭，可我還是想提醒妳——哪怕貴為天子，他也不過是一介凡人，所有屬於凡人的缺點和劣勢，他統統都會擁有。即使我今天放過他，只怕將來，他也逃不過自己設下的囹圄。」

這一刻，永道士尖銳的話就像一根針，隱秘地刺進了輕鳳心底，然而她已經無法再回頭。

「你說的這些我都知道。但是，我並不是凡人，對不對？」輕鳳仰起臉來，黝黑的眼珠一眨不眨地盯著永道士，緩緩道：「只要你不與他為敵，其他一切，我都有周旋的餘地。」

「這倒簡單，」永道士再度笑起來，望著輕鳳道：「我既然對妳刮目相看，自然是要化敵為友的。如果還想與他為敵，又何必讓妳身體復元？」

輕鳳鼻中一哼，狐疑地斜睨著永道士：「你答應不與他為敵，可要說到做到。」

「這有何難？從今往後，我非但不會與他為敵，甚至還可以與他為友。」永道士大方地承諾，旋即一笑：「倒是妳這隻小黃鼬呀，伴君如伴虎，妳可別被他吃乾抹淨，連骨頭都不剩哦。」

「不勞你惦記。」輕鳳扭過頭去，逕自站起身來，微微打晃著往宮外走。永道士閒坐在雲中望著她的背影，心裡很清楚這執迷不悟的小妖精想去哪裡，然而他輕輕挑了挑唇角，卻沒有再出聲。

這一刻，曲江巍峨的偏殿獨立在黃昏之中，殿宇靜謐雄渾的黑影籠罩住了小小的黃輕鳳。她帶著前所未有的矢志不渝，一步一步走向李涵的寢宮，去見那個讓她一往情深，刻骨銘心的人。

寢宮內，吐血不休的李涵已經轉危為安，只是仍在昏睡。宮人和太醫們可謂劫後餘生，皆是一臉疲態。當輕鳳走到大殿時，殿門前竟是水泄不通，擠滿了宮女和內侍。

「黃才人，」眾人向輕鳳請了安，才向她解釋：「楊賢妃和王德妃正在殿內探望聖上，您恐怕要在這裡等一等。」

得到這個答案的瞬間，輕鳳覺得自己的胸口像破開了一個洞，空落落地迴盪著冷風。

「無妨。」輕鳳淡淡回了一聲，低頭垂眸，與眾人站在一起等候，第一次不想變為原形，或者借用隱身去見李涵。

這一晚，七夕的夜幕久久才降臨，星子在露台的玉石磚面上倒映出冰瑩的光。當楊賢妃和王德妃的鸞駕陸續離去，輕鳳才悄悄知會了王內侍，孤身一人走進寢宮。

寢宮中燈火如晝，輕鳳默默咬住唇，望著床榻上李涵沉靜的側臉，忽然就覺得渾身剛被復原的關節，又開始隱隱作痛——她眞是愛慕這個人，愛慕到痛入骨髓。

「陛下……」輕鳳緩緩走近李涵，心頭恍惚中竟生出絲絲怯意。然而她不甘心就此被膽怯束縛住腳步，最終仍是悄悄走到李涵的榻邊，牽起他的一隻手，用臉頰輕輕摩挲著他的手背。

她感覺到李涵的手微微一震，跟著雙睫如蝶翅般振動，緩緩張開。像是吃驚於輕鳳的到來，他的目光中閃過一絲訝異，然而很快就變得溫柔如水：「妳來了？」

「嗯，」輕鳳忽然一陣鼻酸，眼眶發紅地望著李涵：「我來了，陛下。」

李涵臉色依舊蒼白，嘴角費力地扯出一抹微笑，用手指替輕鳳拭去眼淚：「今夜是七夕呢……妳一直期盼可以與我共度，眼下如願了，何必掉淚？」

輕鳳抽噎一聲，垂下眼，嘟嘟囔囔又忘了尊卑：「陛下，你明明知道我為什麼哭。」

李涵不以為忤，凝視著輕鳳蒙著淚的黝黑眼珠，莞爾低語：「不用擔心，我還活著呢。」

輕鳳抿抿唇，仍是一臉的悶悶不樂。

李涵強撐著半坐起身，將輕鳳摟進懷中，與她一併躺在床榻上，撥弄著她柔軟的長髮：「之前有一陣子，我眞的以爲自己要死了，心裡難受得很。」

「不會的，陛下你不會有事的。」輕鳳將小臉埋在李涵的錦衣之中，竭力抱緊他。

「那時我心中就在想，如果我今天眞死在這裡，可眞是一樁憾事……」李涵說到這裡時，雙眼不覺有些失神：「自我登基之日，目睹一樁樁憾事，隱忍至今……若是出師未捷身先死，還眞是雪上加霜呢。」

「陛下，」輕鳳自李涵懷中抬起頭，因他鮮少對自己吐露心事，不由雙眸晶亮地望著李涵：「陛下，您有何心願，可以對臣妾說。」

就算赴湯蹈火，她黃輕鳳也會替他做到。

李涵看著輕鳳一臉認眞的表情，不覺失笑，搖了搖頭：「還是不說了罷，我已經習慣了。既然還活著，有些事我會繼續做的……」

輕鳳靠在李涵懷中，沉思了好一會兒，驀然開口：「陛下，其實臣妾……臣妾比您想像的要堅強，堅強很多很多。有些事您就放心地說給臣妾聽，交給臣妾辦，好不好？」

她說這話時，再度抬頭與李涵相視，執著堅定的目光一路望進李涵眼底，直直撞上他的心。於是悸動突如其來，引人怦然心動，李涵陷入輕鳳給予的溫柔鄉中，頷首一笑：「好。」

「陛下這是答應了？」輕鳳立刻揚起眉毛，一雙靈動的黑眼珠開心地打轉，忙不迭問李涵：「那陛下您快說說，想要臣妾做什麼？」

李涵忍俊不禁，即使此刻胸口仍有些發悶，卻已將積鬱一掃而空：「我要妳閉上眼睛，不說話，乖乖睡覺。」

「啊？」輕鳳頓時傻眼，半晌後，寢宮裡才幽幽飄蕩起她哀怨的低語：「陛下……」

一夜無話。

翌日清晨，輕鳳乘著肩輿返回自己住的別殿，兩腳剛跨過大殿門檻，便仰頭衝著半空呼喚：「臭道士，出來，快出來，我知道你聽得見！」

飛鸞昨夜從興慶宮中回來，一晚上都沒見到自己的姐姐，此刻見她一回宮就開始抽風，不禁一臉茫然地問：「姐姐，妳在叫誰？」

輕鳳顧不上理會飛鸞，逕自往地上一坐，表情猙獰地嚷嚷：「臭道士你快出來，我有事找你幫忙，說好的化敵爲友呢！」

話音未落，就見半空中雲氣蒸騰，永道士打著哈欠從雲中露出臉來，懶懶掏了掏耳朵：「小黃鼬，這是妳求人的態度嗎？」

輕鳳磨了磨牙，目光灼灼地盯著他道：「少扯皮！我想了一整晚，能在聖上面前一本正經胡說八道的人選，目前只有你一個。你就說幫不幫吧？」

永道士在雲中打量著輕鳳，噗哧一笑：「幫啊，我正無聊得很。」

輕鳳無暇理會永道士的促狹，逕自探身入帳，須臾，竟從中摸出了一方晶瑩白潤的玉璽，托在掌心送到永道士的眼前：「我要將這個……名正言順地送給他。」

數日後，待到李涵身體大安，永道士挑了個良辰吉日入宮面聖，狗腿兮兮地奉承李涵：「貧道昨日夜觀天象，見一條四角白龍自東方而來，在夜空中盤旋起舞，直到黎明方才離去。如此祥瑞之兆，當是陛下之喜、社稷之福，吾皇萬歲萬歲萬萬歲。」

聽慣了場面話的李涵當然不會拿這些話當眞，他漫不經心笑得很敷衍，直到永道士撩起自己額前的長髮，神色古怪地補充了一句：「啊，不過貧道發現那隻四角白龍，似乎缺了一隻犄角。」

這句話引得李涵心中一動，隱隱覺得古怪，一時卻又想不起什麼來。他不由自主地盯住永道士的雙眼，聽他一字字地往下說：「以貧道拙見，那條白龍乃瑞氣所化，也許是某樣異寶將要出世，陛下乃九五之尊，收納此寶再合適不過。對了，天亮前那條白龍隱匿的方位，似乎正在東郊驪山。」

李涵在電光石火間睜大雙眼，心中一片海沸江翻——驪山行宮，那正是丟失傳國玉璽的地方！

這之後永道士的說辭依舊天花亂墜，卻讓李涵無心再聽取。他依稀回憶起大明宮中的一個傳說，多年前當他的父皇還在位的時候，曾經宮中每夜都飛舞著數萬隻黃白色的蛺蝶，那些蝴蝶在花間翩躚流連，每每達旦方散。父皇令宮人們張設羅網，將數百隻蛺蝶攔截在大殿之內，讓嬪妃御婦們在殿中撲蝶取樂。待到天亮時，才發現這些蛺蝶乃金玉所化，而後直到某日，有一名內侍打開了內府庫的寶廚，發現金錢玉犀之內，有蠕蠕而動即將化爲蝶者，才悟出這些蛺蝶的由來。

至於永道士所說缺了一隻犄角的四角白龍……當年王莽篡漢，向孝元皇太后逼索玉璽，皇太后一怒之下，曾將玉璽砸在地上摔崩了一個角——這點細節似乎又能印證那個傳說，讓他不得不作出某些荒誕的聯想。

由是李涵目光一凜，對永道士開口道：「道長，您可有把握找到那條白龍？」

永道士聞言目光一柔，似乎冥冥中已看到一隻小黃鼬在歡天喜地，不禁莞爾笑道：「陛下所託，貧道赴湯蹈火，在所不辭。」

翌日一早，驪山行宮收到天子即將駕臨的消息，可忙壞了駐守在行宮中的人。自從敬宗李湛橫死以來，驪山行宮已經冷清了許久，所以今日浩浩蕩蕩的聖駕，著實令人受寵若驚。

當輕鳳和飛鸞從車輿中擠擠挨挨地探出頭來，便看見殿前丹陛煥然一新，新修葺的琉璃瓦在飛簷的翹翅上熠熠生輝，剛被修剪過的奇花異草濟濟一堂，正對著她倆悄悄叫痛，四周儼然是一派匆忙灑掃後的金碧輝煌。

可惜宮人們耗費的這一番苦心，李涵卻顧不上賞玩，與隨行的妃嬪們在偏殿稍事休整之後，他便喚來永道士，命他速速尋求白龍的所在。

永道士欣然受命，在行宮中好一番搖鈴擊磬、故弄玄虛，引得在場眾人紛紛注目。直到日頭過了中天，他一掐手指，便將眾人引到一眼藍田玉雕砌的御井旁，施施然開口道：「龍潛於淵、遇鳳則出。陛下，貧道已尋得龍氣所在，現在只需要您欽點眞鳳一人，下井去引那白龍出水。」

李涵聽了這話很是疑惑，不禁茫然重複了一聲：「眞鳳？」

「陛下是眞龍天子，那麼陪在陛下身邊的貴人們，自然就是眞鳳了。」說這話時，永道士挑唇壞笑，眼睛滑過陪伴在李涵身側的妃嬪。輕鳳因爲品秩不高，此時落於人後，只在人群中冒出半個腦袋，然而那蹦蹦噠噠迫不及待的姿態，卻是被永道士盡收眼底。

於是他眉眼彎彎，故意誇張地對著李涵彎腰賠罪：「貧道出言不恭，還望陛下恕罪。」

李涵此刻哪有心思怪他言語不敬，只是遲疑地追問：「道長您的意思，莫非是要我指派一名嬪妃下井嗎？」

「陛下英明！」永道士立刻涎著臉附和，頓了頓之後，又相當猥瑣地補充：「眞鳳可以不論品秩，但一定得是蒙恩承幸，沾過陛下雨露之澤的，方可引出白龍。」

此話一出，李涵就先變了臉色。在場眾人眼瞅著御井黑幽幽的洞口，心想今日不知哪位娘娘遭殃，要把玉體往這深井裡鑽一趟了。

一時伴駕的嬪妃們皆是噤若寒蟬，往日佔了上風的個個花容失色，恨不得自己從未受過寵幸；落了下風的頭一次不再自怨自艾，只盼著自己的死對頭能被欽點下井。

眼下最爲難的是李涵——在他目光所及之處，往日事事爭先的後宮眾人，此時竟齊齊露出畏縮之意，一時之間，竟無人敢抬頭迎上他的視線。

就在李涵躊躇不決之際，卻聽衣香鬢影之中忽然響起一聲高呼，令他霎時臉色蒼白。

「我來！」

妃嬪們頓時向兩邊分開，從中讓出個輕盈嬌小的美人來，正是滿臉笑意的黃輕鳳！

眼下這一幕，輕鳳早在心中默習了無數遍——只見她一身水蔥綠窄袖對襟短襦裙，越發顯得纖腰如束；腮邊鬆鬆一綰墮馬髻，唇上殷殷一點石榴嬌，襯得小臉越發像一顆滑滴滴的榛子。她儀態萬方地扭身上前，對著李涵微低螓首，盈盈下拜：「臣妾斗膽請陛下降旨，派臣妾下井尋找白龍。」

從這一方玉璽開始，我要陛下您從此事事如意，一帆風順，而這一切可都是我黃輕鳳帶來的福運，嘿嘿！輕鳳一臉低調，內心卻是得意非凡，她斜睨李涵一眼，卻發現他臉色很是不好。咦？這馬上都要找到玉璽了，幹嘛還黑著一張俊臉嘛？一定是在為我擔憂心疼呢！嘻嘻嘻……

輕鳳心中發癢，見遲遲等不到李涵的回應，急忙衝一旁的永道士努努嘴，催他趕緊趁熱打鐵。

永道士衝她擠擠眼，示意她稍安勿躁，隨後輕咳一聲，故意誇張地上下打量了輕鳳半晌，直到眾人的注意力又回到他身上，才擺出一副喜出望外的嘴臉，嘖嘖稱讚：「這位貴人身骨清奇，貴不可言，一看就知不是凡人，真乃人間真鳳也！」

輕鳳聽了這話嘴越咧越大，李涵的眉頭卻是越皺越緊。

永道士偏偏還要繼續：「恭喜陛下，依貧道看來，只要此貴人下井一趟，定然可以為陛下擒獲白龍，保佑我朝金甌永固，國祚昌榮！」

永道士這一番巧舌如簧，令李涵的目光緩緩從輕鳳身上移開，望向永道士身後那口深不見底的御井，心中隱隱生出一股寒意——真要為了一個不知真假的消息，讓一個弱女子為了自己冒險嗎？何況這女子，還是他最鍾愛的一顆明珠。

這時輕鳳再度請旨：「陛下，請派臣妾下井。」

李涵心中一凜，對玉璽隱秘的渴望，如一隻鬼手扼住了他的喉嚨，讓他無法開口說一個不字：「黃才人……妳此去，千萬小心。」

說這話時，他的眼眸霧濛濛沒有光亮，輕鳳望著這樣一雙眼睛，卻是由衷歡喜地拜下身子，脆生生應道：「臣妾遵旨，陛下放心。」

請纓成功後，輕鳳腰纏錦繩，順著轆轤緩緩沉下井，心裡卻開始發毛——她生性最怕沾水，雖然與永道士事先打好商量，說定一切都是弄虛作假，然而此刻真的置身井中，感受到撲面而來的潮氣，心頭仍不免有點悚懼。

「臭道士，知道我怕水還要找口井叫我鑽，一定是故意的。」她拽著繩索伸長了脖子，恨恨望著頭頂上方的井口，磨著小尖牙，不甘不願地咕噥：「隨便做做樣子就好啦，幹嘛耽擱這麼久，快拉我上去！」

抱怨歸抱怨，該做的事還是要做。輕鳳從懷裡掏出沉甸甸的玉璽，施了個幻字訣，讓一道微弱的白光自玉璽中向上升起，打破井中恆久的黑暗。

頃刻間，果然聽得井外傳來驚呼之聲，輕鳳得意洋洋，只是唇角還沒來及露出小人得志的奸笑，原本約定好紋絲不動的長繩竟然猛地一墜，讓她跌入水中，瞬間沒頂！

一剎那輕鳳魂飛魄散，僅憑著殘存的一絲理智抱緊了玉璽，喉嚨裡咯咯滾動著：「燙燙燙……」

原來這井中的水源與驪山溫泉一脈相連，盛夏時節泡起來，活像殺雞褪毛般燙人。輕鳳本性怕水，此刻更是生不如死——這事不用想也知道一定是永道士搞的鬼，她在水中一邊扒拉著滑膩膩的井苔，一邊撲騰著叫喊：「臭道士，你不得好死……快點拉我上去，救命哪……」

可惜地面上的同謀毫無回應，只有井水不斷湧進她嘴裡，嗆得她肺腑劇痛。輕鳳在水中掙扎著抬起頭，恍惚中看見井口上閃出一道人影，背著光線她看不清那是誰，卻能夠清晰聽見他焦急的喊聲：「快點拉繩子！拉繩子……」

一瞬間白光乍迸，她的身體被長繩飛快地牽出水面，狼狽地竄出井口跌入一個懷抱。那個懷抱是如此之緊，緊到讓她簡直覺得陌生，她聽見一個緊張的聲音在她肩窩不斷地重複，重複唸她的名字、問她有沒有事。

是李涵，他正在擔心她呢……輕鳳瞇著眼笑起來，心中柔軟異常，可是……他是不是忘了一件更重要的事？

用盡力氣掙扎起身，輕鳳得意地捧出懷裡沉甸甸的寶貝，送到慌亂的李涵面前，顫聲邀功：「陛下，您看……」

李涵的目光順著她纖細的手腕一路滑動，落在那一方瑩白溫潤的玉璽之上，瞬間生生定住，再也移不開。

盼了多少日夜的傳國玉璽，今日終於收入掌中，從此再不用做忐忑的白板天子，是否便可高枕無憂？他在山呼萬歲聲中接過冰涼的玉璽，那一方無知無覺的石頭，像某種分量從輕鳳身上輕輕地剝落，讓他的心在一瞬間失落得無可名狀。

輕鳳窩在李涵懷中，滿心期盼地等了又等，卻等不到李涵半句誇獎，昏瞶的視線中只有他手持玉璽的側影，在她闔眼陷入黑暗時，依舊是那樣沉默而僵硬。

他……為什麼不笑呢？倒好像此刻經歷的，是一件悲傷的事。

昏昏沉沉一覺醒來，輕鳳睜開眼，渾身無力。她瞪著帳頂出了一會兒神，忽然覺得手腕上癢癢，抬起手來察看，這才發現繫在腕上的絲繩。

「這是……」她盯著絲繩，微覺詫異。

「長命縷。」床帳被輕輕掀起，讓輕鳳見到了一直坐在帳外的人，「我替你系上的，今後也要一直戴著。」

「陛下。」輕鳳又驚又喜，立刻坐起身，卻又被李涵按回了被子裡，「陛下，臣妾已經沒事啦。」

「有沒有事，你說了不算，乖乖躺好。」此刻李涵的語氣分外霸道。

輕鳳只好乖乖躺著，把玩手腕上精美的五色絲繩——這長命縷將明黃色的金線與彩絲揉在一起，細細編成同心纓絡，於打結處墜了個小巧的桃符。輕鳳用指尖撥轉桃符，悄悄唸那桃符上的篆字：「流年易轉，歡娛難終；願得卿歡，常無災苦。」

這是凡人用來乞求長命百歲的續命物，不過是討個吉利的口彩而已，哪裡有什麼實際的效果。她堂堂一隻小妖精，又哪裡會需要這個？然而這是李涵給她繫上的長命縷，自然就有了別樣的意義。輕鳳撫摸著腕上彩繩，癡癡凝視著李涵，低語：「陛下，這一點災苦有什麼打緊，只要能與您長長久久的……」

李涵淺淺一笑，執起輕鳳的手，看著她腕上繫著桃符的錦繩，心中盈滿了說不出的滋味：「因為玉璽，辛苦妳了。」

「陛下言重了。」輕鳳感受到李涵的手正撫摩著自己的鬢髮，在沉醉中明眸半睞：「陛下可還記得臣妾說過的話？臣妾比您想像的要堅強，堅強很多很多。有些事您就放心地說給臣妾聽，交給臣妾辦，好不好？」

「妳啊……」李涵輕輕歎了一口氣，低頭吻著懷中人喋喋不休的小嘴，於唇齒間親暱地低喃：「願卿無災無苦，與我長長久久……」

朦朧間輕鳳聽到他的話，忍不住鼻中一酸，如溺水之人一般，伸手緊緊抱住了李涵。

大殿香爐中，燃燒的阿末香正噴薄出濃烈的香氣，讓情慾的火苗在靜謐中越竄越高，摧枯拉朽。

感受到身下人難耐的扭動和輕顫，李涵含笑不語，只擁著她一同沉入慾海，與自己在滿殿香氣中交頸悠游，比目而行。

輕鳳彷彿可以從這香氣裡聽到一種遙遠的吶喊，那聲音來自於阿末香生前的靈魂——一種在大海黑暗深淵裡悠游的巨魚。那魚不知有幾千里大，能夠躍出海面化為巨鵬，那鵬鳥的背也有幾千里長，當牠展翅而飛之時，兩翼如垂天之雲，直掀起碧海萬里波濤，捲起千堆雪……

輕鳳覺得自己的身心正應和著那潮水般的低唱，全身都發出共鳴般的輕顫，當情潮退去，她在這情天幻海之中慢慢睜開眼，心滿意足地凝視著自己的枕邊人。

「陛下，陛下。」她一聲一聲輕輕地唸，聲音輕軟，如空谷餘音迴盪千年，又在谷底的幽蘭上凝成了露水。

李涵聽見她嬌憨的呼喚，睜開眼，額上同樣覆著一層薄汗：「嗯？」

「陛下，」輕鳳像一隻偷到腥的貓，兩眼發光地望著李涵笑：「陛下現在可以確信，臣妾的身體已經無恙了吧？」

「妳，」李涵失笑，捏了一下輕鳳小巧的鼻尖：「都怪我一時忘情，沒有顧慮妳的身體，這安神湯妳更得乖乖喝了。」

輕鳳立刻苦起一張小臉，逗得李涵忍俊不禁：「乖，喝了安神湯，我這裡重重有賞。」

一聽有賞，輕鳳頓時來了精神，忙不迭問：「陛下賞我什麼？」

「卿卿到時便知，」李涵故意賣關子，笑道：「妳這次可立了一件大功呢。今晚大殿設宴，我得和文武百官一同慶賀，不能陪妳。妳就在這裡好好休息，等到明日，賞賜就來了。」

「賞賜明天才來，安神湯卻要今天喝啊……」輕鳳不滿地嘟起嘴。

「不但要今天喝，還得趁熱喝。」李涵被她鼓起的腮幫子逗笑，忍不住又低頭親了一下。

說話間，帳外人影晃動，響起了王內侍的聲音：「啟稟陛下，時辰已到，請陛下擺駕前殿。」

李涵知道是開宴的時間快到了，便下榻穿衣，還不忘回頭叮囑輕鳳：「今夜好好休息，記得……」

「安神湯。」輕鳳搶過話頭，擁著被子坐在臥榻上，衝李涵吐吐舌。

李涵離開後，很快宮女就送來了一碗剛煮好的安神湯。輕鳳端著湯碗，死活不肯喝，直到被宮女們催了好幾次，她索性放出瞌睡蟲，看著她們如醉海棠一般睡倒在地上。

「不是我不喝啊，實在是這凡人的藥可對不上我的脾胃。」輕鳳偷偷將藥倒進花盆，對於浪費李涵的好心，她也著實有點扼腕。

當最後一滴藥汁洇入花盆泥土時，輕鳳腦後傳來一聲甜甜的呼喚：「姐姐。」

輕鳳回過頭，就見飛鸞正向自己翩然跑來，不由笑道：「妳上哪裡去了？」

「去泡溫泉了呀。」飛鸞泡得兩頰紅撲撲的，有點不好意思地說：「我其實不想泡的，可是皇帝一直待在妳這裡，我沒地方去，其他人又非要拉著我……姐姐，妳怎麼又把宮女迷倒了呀？」

「不迷倒她們，我就得喝藥了，」輕鳳皺了皺鼻子，衝飛鸞抱怨：「上次糊裡糊塗被李涵灌了一碗，鬧得我肚子難受了好久，唉，哪怕我再喜歡他，也實在受不了這個藥味兒啊。」

飛鸞點點頭，表示十分理解，湊近輕鳳身邊拽住她的胳膊，撒嬌地搖了搖：「姐姐……」

「幹嘛？」輕鳳斜睨著飛鸞，渾身寒毛倒豎——無事獻殷勤，這小丫頭片子一定是有事想求她。

果然不出輕鳳所料，只見飛鸞眨了眨水汪汪的大眼睛，小聲道：「都已經到了驪山，我想回趟家。」

飛鸞口中的家，自然就是驪山狐巢無疑。

「什麼！」輕鳳一顆心提到嗓子眼，倒吸了一口涼氣：「我們在外面瀟灑了三年，就這麼貿然回去，萬一姥姥生氣，把我們關在窩裡可怎麼辦？」

「不會的，我會求姥姥放我們回來的，」飛鸞一臉天眞地望著輕鳳，合掌哀求：「姐姐妳就陪我去吧，再說我們到了驪山，姥姥們一定已經察覺，如果避而不見，她們肯定要生氣。」

這話倒是在理，輕鳳無從反駁，只得抽緊腮幫子磨磨牙，狠下一條心：「好好好，我們走，回去見姥姥！」

兩隻小妖一不做二不休，將昏睡的宮女們搬回偏殿，安置妥當。趁著李涵大宴群臣，無暇他顧之際，一狐一鼬變回原形，借著迷濛夜色溜出行宮，偷偷往那驪山狐巢而去。

這一路野徑曲折，山景幽暗，但見石脈水流泉滴沙，鬼燈如漆點松花，好個靈山洞府！眞不愧是妖精的居所。

輕鳳與飛鸞近鄉情怯，眼看狐妖老巢就在眼前，腳步卻有些遲疑。

「姐姐，」飛鸞縮縮脖子，很是心虛地囁嚅：「妳覺得姥姥眞的會生氣嗎？」

「現在擔心也太遲啦。」輕鳳沒好氣地回答，她這次回來本就不情不願，再一想起素日在狐狸窩裡受到的奚落，輕鳳就忍不住磨磨小牙，鼓動飛鸞：「我看咱們就不要回去了，萬一姥姥不許妳回長安，妳那小書生可怎麼辦？」

哪知飛鸞聽了她的話，卻彷彿堅定了什麼決心一般，瞪大眼睛認真回答：「如果真是這樣，我們更應該回去跟姥姥認錯呀！」

輕鳳對天翻了個白眼，被飛鸞拉著，半推半就進了狐狸窩，面對族長黑耳姥姥，帶著死豬不怕開水燙的精神，縮著脖子等著挨訓。

倒是飛鸞許久不見親人，一下子就激動了起來，兩眼一紅、唏噓幾聲，立刻衝進黑耳姥姥懷裡，小鼻尖蹭了又蹭：「姥姥……飛鸞不乖，現在才回來看您，嗚嗚……」

黑耳姥姥樂呵呵地揉了揉飛鸞的腦袋，慈藹地寬慰她：「回來就好，如今皇帝仁厚，驪山也安寧了許久，妳們的任務也算完成得不錯。」

輕鳳一直縮頭縮腦地躲在飛鸞身後，這時聽到黑耳姥姥的讚揚，才敢探出頭來，衝著姥姥們涎起臉，訕訕憨笑了一下。

飛鸞在黑耳姥姥懷裡撒夠了嬌，小腦瓜裡忽然想起一件事來，立刻惶急地望著黑耳姥姥和灰耳姥姥，向她們報憂：「姥姥呀，那個永道士也隨聖駕到驪山來了，我們狐族可要小心呀！」

飛鸞說得認真，不料黑耳姥姥卻泰然一笑，不將兩隻小妖的擔憂放在心上：「喔，這個人妳們倒不用擔心，他若有心與我族為敵，此刻我們哪能有這般逍遙？」

「真的？」飛鸞將信將疑，卻總算輕吁了一口氣，放下心來。

黑耳姥姥見飛鸞這般嬌憨模樣，不由笑呵呵地一揮拐杖，指與她瞧：「不信妳看。」說著只見殿上金光一閃，從半空中現出一面長約丈餘的金鏡，鏡中一片幽暗，依稀有人影在虛晃。輕鳳與飛鸞愣然睜大雙眼，看著那鏡中人影逐漸清晰起來，卻正是人神共憤的永道士！

只見他手捧著一根蘿蔔般粗壯的人參，正悠然信步走到一位老婦面前，那老婦高髻巍峨衣著華貴，輕鳳一瞧見她卻渾身不寒而慄，忍不住尖叫了一聲：「太皇太后！」

那鏡中的老婦正是郭太后，輕鳳曾在皇子的滿月宴上拜見過她，卻沒想到今日她會與永道士在一起。

只見那永道士將人參呈到郭太后面前，笑咪咪朗聲道：「太皇太后，這是千年人參，您服用了它，至少還能再活一百年，到時候該死的人自然就死了，您的心願……也就達成了。」

郭太后難以置信地看著送到自己面前的人參，氣得渾身顫抖。

「你這道士好生大膽，太皇太后面前，也敢如此無禮敷衍？！」這時郭太后身邊又響起一道聲音，金鏡一偏，顯出王太后的臉。

卻不料面對王太后的詰責，永道士非但不懼，還繼續笑嘻嘻道：「太后此言差矣，貧道這根人參，生死人肉白骨，可是天地間至尊無上的大禮。」

「放肆！你這狂妄妖道，難道不怕死嗎？」王太后大怒。

「不怕呀，死這種事，貧道可一直盼著呢，」永道士捧著人參，大約是覺得有點尷尬，不耐煩地將人參晃了晃：「太皇太后，這人參您到底收不收啊？您若是不收，貧道可拿回去了，到時候我師父不肯退錢，您找他麻煩，他又要嘮叨貧道，他這人很煩的……」

「你，你……」

這番顛三倒四的對話，完全是永道士的風格。輕鳳和飛鸞在鏡前看著，已是囧成一團。

「眞是沒想到，皇帝和小皇子得病，竟是這兩個太后搞的鬼。」飛鸞對這醜陋的一幕看不過去，忍不住打抱不平：「不說皇帝，小皇子可是她們的孫子，那麼小那麼可愛，她們怎麼忍心下手呢？」

「我的傻小姐，」輕鳳揉揉自家小姐的腦袋，由衷歎息：「她們只關心自己的地位和利益，哪有愛孩子的心？」

語畢輕鳳暗暗皺眉，心想這後宮之中，連兩個太后都如此歹毒，以後她陪在李涵身邊，可得打起十二分的小心了。

這時黑耳姥姥卻在一邊笑道：「妳們瞧，這道士忙著自己的事情，哪有閒暇來與我們爲敵？何況八十年來，驪山狐族於此地繁衍生息，三界仙道鬼神，誰不知道？」

至此飛鸞總算是全然放心，她將兩道柳眉舒展開，粉嘟嘟的桃心小臉粲然一笑，看上去眞是花月春風，清妍無匹。

灰耳姥姥陪在黑耳姥姥身旁，這時候瞟了一眼輕鳳，轉過頭對飛鸞苦口婆心地叮嚀：「妳這丫頭，平安回來就好，切莫再出去淘氣了。以後乖乖留在山裡，把該學的本事好好練練。」

飛鸞聽了這話，一張小臉頓時苦起來，琉璃般清亮的黑眼珠盈盈蒙上一層淚水，嬌滴滴地哀聲告饒：「姥姥，我……我喜歡上一個人，現在，現在還不能……」

「嗯，我和族長就猜到妳喜歡上了皇帝，才遲遲不肯回驪山，」灰耳姥姥望著飛鸞，略略沉吟了一下，笑道：「這也沒關係，妳就再多陪伴皇帝幾日，等他離開驪山之時，我與妳黑耳姥姥施個障眼法，讓妳倆脫身的辦法多的是。」

飛鸞卻搖搖頭，心虛地囁嚅：「我喜歡的人不是皇帝，而且，是我自己不想與他分開。」

灰耳姥姥一聽此言，一張臉頓時拉得老長：「妳不喜歡皇帝，卻喜歡上了別人？如此自作主張，一定又是被輕鳳這丫頭攛掇的吧？」

輕鳳在一旁縮縮脖子，默不作聲企圖撇清。不料氣急敗壞的灰耳姥姥卻不放過她，狠狠伸杖叫她吃了個爆栗，輕鳳大翻一個白眼，卻不敢反抗，只能低著頭裝死。

黑耳姥姥卻識破輕鳳的消極抵抗，舉起酸棗木拐杖敲敲地，虎著臉道：「輕鳳丫頭，妳老實對我說，妳們兩個這次回來，難道還打算離開？」

輕鳳齜齜小尖牙，情知是禍躲不過，只能硬著頭皮答道：「回姥姥的話，我們……我們是沒打算留下。」

黑耳姥姥聞言立刻嗔怒，揚了揚手中拐杖：「小丫頭們眞是無法無天！任務完成就該回來，遊戲紅塵有什麼好處？」

「可是姥姥，」飛鸞淚盈盈地跪在黑耳姥姥面前，軟軟輕語道：「那個人……我對他一心一意，他對我也是眞心相待，這一份情，飛鸞眞的沒辦法割捨。」

黑耳姥姥看著飛鸞楚楚可憐的樣子，再瞅了瞅一臉豁出去不顧死活狀的輕鳳，無奈地歎了一口氣：「看來妳們確實動了眞心，唉，眞是孽障、孽障。」

輕鳳一聽黑耳姥姥口氣和軟，知道事情有了轉機，慌忙涎著臉諂媚道：「姥姥呀，不是我們淘氣，實在是我們乍入紅塵，懵懂無知，所以才會情竇初開，難以自禁。」

「罷了罷了，」黑耳姥姥歎了一口氣，拿這兩隻死不悔改的小妖沒有辦法：「我們狐族本性風流，找個男人採補，也不是什麼壞事。只是千萬不要太認眞，凡人壽命短暫，早晚會先妳們而去，若是陷得太深，吃苦的終歸還是自己。」

這番告誡情眞意切，輕鳳和飛鸞聽了之後心有所感，一時皆是悵然若失，然而她們此刻深陷情網，哪裡還有翻身的機會？

黑耳姥姥老了，早已看淡風花雪月，身為一族之長，哪有閒工夫理會小丫頭片子們的傷春悲秋，過了不大一會兒，就聽她冷不丁冒出一句：「妳們胡鬧也就罷了，倒是翠凰得早些回來，我還有用得著她的地方呢。」

輕鳳立刻巴巴地討好道：「姥姥您放心，我們回去若是見著翠凰姐，一定叫她聽姥姥的話，趕緊回來。」

灰耳姥姥輕叱一聲，不以爲然地白了輕鳳一眼：「我們又不是找不到翠凰，以她的本事，還用得著妳幫忙帶話？」

輕鳳吐吐舌，心知灰耳姥姥不悅，立刻識趣地轉開臉裝傻。

這一廂她們議論著翠凰，而另一廂興慶宮花萼樓中的當事人，正氣定神閒——翠凰斜倚在軟榻上，凝眉聽完遠處永道士與兩宮太后的一番對話，嘴角不禁逸出一絲冷笑。

那道士到底將兩宮太后給耍弄了，真是膽大妄爲。不過究竟是什麼使他改變了主意呢？翠凰垂下眼思索了半天，卻一無所獲。

這時身旁的氣流忽然開始變化，無聲無息地湧動著不安的氣味。翠凰心中一動，便知道是花無歡來了，果然跟著就聽宮女傳話，說花少監求見。

翠凰懶懶抬起眼，不動聲色地望著來人走到自己面前，內心無奈地一歎。

「卑職見過秋妃。」花無歡跪在地上與翠凰見禮。翠凰做了個平身的手勢，刻意移開目光，避開他探尋的眼神。

花無歡不以爲意，揮退左右閒雜人等之後，開門見山地向她稟告：「秋妃，聖上已在驪山行宮搜獲傳國玉璽，斡旋其中者，正是才人黃輕鳳。」

翠凰實在懶得理會這些凡人的糾葛，只在聽到黃輕鳳的名字之後，才勉強打起精神應了一句：「喔，是嗎？」

說完發現花無歡依舊目光灼灼地盯著自己，只得無奈地補上一句：「關於這件事，妳怎麼看？」

「事已至此，玉璽這件事，也只能作罷。不過那黃才人刁鑽古怪，不可不除，」花無歡抬眼凝視著翠凰，緩緩道：「讓此人留在聖上身邊，天長日久，恐成禍患。」

「嗯，那麼如何除掉她呢？」翠凰挑挑眉，順水推舟地說：「那黃才人幫助聖上重獲玉璽，想必很快就會成爲他跟前的紅人，我們若想動手，只怕也未必容易。」

花無歡聽了翠凰的質疑，冷硬的唇線一彎，抿出絲涼薄的笑意：「秋妃放心，關於這點，卑職自有計較。」

翠凰點點頭，倒有心看看花無歡如何打算。近來一個永道士橫空出世，讓她不知不覺間，與那兩個丫頭親近了許多。現在鋪在自己眼前的局面越來越複雜，她不如靜觀其變，卻也有趣……

第十三章　初諫

此時月上中天，遙遙映照著靜謐的人間。驪山狐巢裡，輕鳳臨睡前遍尋飛鸞不見，只得順著她的氣味一路尋找。不料竟尋到了狐族存放古籍經卷的琅嬛洞。

「咦，這不是只有翠凰才會來的地方嘛？」輕鳳摸了摸鼻子，一臉的不以爲然。她悄悄推開洞門，潛入其中，果然看見飛鸞正在窸窸窣窣尋找著什麼。輕鳳好奇地走到她身邊，驀然問道：「飛鸞，妳在找什麼呢？」

飛鸞嚇得一下子從書架上掉了下來，數卷竹簡從架子上掉下來，落了輕鳳滿頭的灰。

「哎呀呀，妳好歹也小心一點，看落我這一頭的灰，」輕鳳不停撣著頭髮，情不自禁張口抱怨：「沒事妳在這兒神神秘秘搞什麼鬼呢？妳到底在找什麼？」

飛鸞被灰塵嗆得輕咳了幾聲，好一會兒才站直身子，面對輕鳳疑惑的目光，眼中閃過一絲緊張，吞吞吐吐地回答：「沒呀，我沒在找什麼……」

輕鳳將信將疑地瞟了飛鸞一眼，拍拍頭上的灰，咕噥道：「不找什麼……大半夜好端端跑來這裡做什麼？」

「就隨便逛逛，」飛鸞支支吾吾，語氣竟像個做錯事的孩子，「我，我看翠凰姐姐那麼厲害，她從前總愛待在這裡，這裡肯定藏著什麼奧妙，我想來看看，也許自己也能變厲害一點……」

輕鳳打了個哈欠，不耐煩地催促她：「妳什麼時候這麼上進了？要是給姥姥們知道妳有這份心，肯定感動得眼淚都下來了。得了，早點睡吧，天不亮咱們就要往行宮趕呢。總共也睡不了幾個時辰，不知道明天會不會有黑眼圈——李涵說明天會賞賜我，我可要美美地領賞！」

當下越想越美，輕鳳喜孜孜地拽著不情不願的飛鸞，回去之後倒頭就睡，完全沒發覺身旁和衣而臥的飛鸞，臉上那若有所思的神情。

第二天輕鳳起了個大早，一路小跑溜回宮，還沒來得及喘口氣，就聽見一聲尖銳的呼喚。

「黃才人，黃才人，可找到您了！快來快來，聖上可等著您去領賞呢！」王內侍臉上掛著曖昧的笑容，連連催促輕鳳。

太好了！輕鳳偷笑，迫不及待地跑上前，問王內侍：「聖上他到底賞我什麼呀？」

正說話間，李涵竟已等得不耐煩，自行來到輕鳳的寢殿外，背著手站在珠簾後。輕鳳揚手一掀珠簾，迎面就撞上李涵別有深意的眼神，驚得她不由自主地一怔，喜得她不知該如何是好：「陛下……」

李涵站在輕鳳面前，側臉迎著清晨蒼白的日光，眉眼輕揚，含笑道：「輕鳳，妳終於回來了。」

劈哩啪啦，輕鳳心間霎時百花齊放，連驪山的鳥雀都飛到她頭頂嘰嘰喳喳載歌載舞——李涵居然叫她輕鳳！輕鳳耶！

不是繁文縟節的「黃才人」、不是客套的「愛妃」、不是玩曖昧時的「卿卿」，而是她的名字——輕鳳！並且語氣是那麼的溫柔如水，情真意切。

於是剎那之間，昏了頭的輕鳳就這麼軟軟地偎過身去，用更加柔軟的聲音吐氣如蘭地回答：「是啊陛下，我回來了……」

李涵邪魅一笑，揮手攬住輕鳳的香肩。此時不知從何處傳來鼓樂齊鳴，怪腔怪調甚是驚人，庭前海棠盛開如霞，王內侍嬉皮笑臉地變出一桌酒菜，持著銀胎鏨金鴛鴦小酒壺，滿滿斟了兩杯好酒，擺在遊龍戲鳳金漆盤中呈上，欠身道：「黃才人，快來領賞吧。」

只見李涵拿起一只酒杯，低頭深深凝視著輕鳳如夢似幻的雙眼，雙唇一彎，情深款款地開口：「輕鳳，今日同飲交杯酒，這不僅是賞賜，也是我的心願……」

輕鳳頓時覺得渾身飄飄然，雙腳離地、腋下生風，恍如身處仙境，而四周不知何時下起了粉色的桃花雨，點點落英逐漸放大，盡變作軟綿綿、肉乎乎、粉嫩嫩的小田鼠崽——打住打住，在這樣風花雪月的時刻，她怎麼能還惦記著田鼠崽！

輕鳳打起精神，端起酒杯，望著李涵顫聲道：「陛下，臣妾的心願和您一樣……」

琥珀色的酒液散發著醉人的清香，輕鳳陶醉地與李涵雙臂交纏，將杯中酒一口喝乾，酒漿滑膩地順著口舌流入喉嚨，帶著不知從何而來的灼熱，瞬間燒掉了輕鳳的理智。

她伸手勾住李涵的脖子，兩腮泛起霞光，眯起眼睛，專注地對著李涵秀色可餐的嘴唇，緩緩緩緩吻了過去——「慢著！」李涵的手忽然擋在她面前。

怎麼了?輕鳳迷迷糊糊地用目光詢問。

「空腹飲酒傷身,來,嚐一口我讓人為妳特製的菜餚,看看合不合口味。」李涵笑著用手拈起盤中的食物,送到輕鳳嘴邊——一隻粉粉嫩嫩吱吱亂叫的田鼠崽正在李涵漂亮的手指間努力蹬著腿!

輕鳳直起眼,隱隱察覺到眼前的一切有些不對勁。

李涵為什麼要拿田鼠餵她,莫非是在試探什麼?

「陛下,這……」輕鳳在美味和理智之間天馳交戰。

「愛妃別怕,這道菜是嶺南獠民特有的美食。此菜專選還未睜眼的鼠胎,用蜜餵養大,上席時用筷子一挾,小老鼠就會唧唧直叫,所以名為『蜜唧』。」李涵說這話時,眼神就像他手中的田鼠一般誘人。

「真,真的嗎?」真沒想到凡人也愛吃老鼠呀!輕鳳心下大喜,頭腦一熱,小嘴一噘就叼起了鼠崽,兩眼滴溜溜地盯住李涵示好。

這時就聽李涵又慢條斯理地繼續道:「當然是真的,不過一般人哪敢吃這個,反正妳是黃鼠狼嘛,應該很喜歡這道菜的滋味吧?」

瞬間情勢急轉直下,冷汗濟濟滑過輕鳳的脊背,讓她含著嘴裡的鼠崽吞也不是吐也不是……

「啊啊啊!李涵,不,陛下!你聽我解釋……」

輕鳳兩眼一睜,自夢中驚醒,只見四周夜色尚沉,仍是黑沉沉一片。她伸手抹抹腦門上的冷汗，懊惱地以頭撞枕——好好一個美夢，怎麼會有那麼煞風景的神展開呢！

莫非是睡前沒吃飽？輕鳳長歎一口氣，忽然發覺身邊空蕩蕩的，哪裡有飛鸞的影子！

「這個小丫頭片子，偷偷摸摸搞什麼鬼呢？」輕鳳頓時沒了傷春悲秋的心情，只剩下滿腹不自在，像個老媽子一樣自言自語起來：「唉，算了，自從認識了李玉溪那個呆頭鵝，這小丫頭瞞著我的事，還少嗎？」

她回想起飛鸞不聲不響就搶在自己前面與情郎偷歡的事，很是介懷地噘起嘴來，悻悻然翻了個身，打算等飛鸞回來後，好好審一審她究竟在搗鼓啥，奈何眼皮卻像墜了鉛塊一樣沉，沒一會兒便閉得死緊——輕鳳無意識地舔了舔嘴巴，又睡著了。

黎明時分，當輕鳳伸著懶腰醒來，飛鸞已經梳洗完畢，正等著與她一起去跟姥姥們告別。兩隻小妖離開狐巢，踏著清潤的晨露一路趕回了驪山行宮。路上鳥語花香，輕鳳興致高昂，飛鸞雖然也是笑咪咪的，但舉止神態裡總有些心不在焉的味道。

輕鳳忽然想起昨夜空蕩蕩的床鋪，立刻憤憤然質問她：「說，你昨天晚上幹啥去了？都不叫上我！」

「啊，沒有啊，我昨天只是去琅嬛洞轉了一圈，然後就跟著姐姐妳回去睡覺了啊……」飛鸞被輕鳳突然猙獰的臉色嚇了一跳，吶吶回答。

「胡說，我半夜裡醒來，明明就沒看見妳！」輕鳳忍不住齜齜小尖牙——打小指東不敢往西的飛鸞，這會兒居然不肯對她說實話，這簡直比到嘴的田鼠被人搶了還鬱悶！

「沒有啊，我一直在睡覺的……」看到輕鳳小刀子一樣的眼風嗖嗖向自己飛來，飛鸞心虛地低下頭，情知自己瞞不過去，索性改走迂迴路線，抓住輕鳳的衣袖搖啊搖：「姐姐妳就不要問了，我又沒幹什麼壞事……要不，等回去我就告訴妳，不過要先等我去見見李公子……」

「妳……唉，隨便妳！」輕鳳氣得脖子一梗，別過頭去——女大不中留，她何苦自討沒趣？於是這一狐一鼬，一個委屈屈、一個氣鼓鼓，都無心賞玩風景，趕路的速度倒是快上許多。

等她們回到行宮寢殿，輕鳳收回瞌睡蟲，被迷了一晚上的宮女們才陸續起床。

輕鳳一回宮就抱著鏡子補妝，同時豎起耳朵監聽殿外的動靜，盼望著自己的賞賜。

飛鸞怕她還在生氣，湊上前討好：「姐姐，妳這花鈿點得眞好看……」

她還待往下說，輕鳳卻耳尖地聽見殿外傳來聲音：「噓，外頭有人說話。」

「是王內侍，」飛鸞望著輕鳳小聲笑道：「玉璽找到了以後，大家都在私傳，說陛下要擢升妳呢！」

「原來如此！」輕鳳驚喜地咧開小嘴，她本以爲手腕上的續命物就是李涵與自己的一點靈犀，現在看來，她眞是低估了天子的財大氣粗哇！

片刻間，只見宮女前來通傳，跟著王內侍便手捧聖旨，滿面春風地來到輕鳳面前：「哎，黃才人，免跪免跪，卑職這裡向您道喜啦。」

說罷王內侍自個兒樂呵呵地笑了一陣，待輕鳳的眼神繞著他手上黃澄澄的聖旨轉了好幾圈，才從容不迫地清了清嗓子，不再吊她的胃口：「敕：禮重內朝，國有彝制，德既備於宮壼，位宜峻其等威。才人黃氏，體坤順之德，循姆師之訓，齊莊之禮，淑慎有儀，揚懿軌於中闈，表柔明於《內則》。惠流宸禁，芳靄椒塗，慕辭輦之志，宏逮下之德。宜極寵數，以彰徽猷，必能重正閫儀，助修陰教，無愧於女宗之誡，國風之《詩》。黃氏可封昭儀，令所司擇日，備禮冊命。主者施行。免跪，欽此。黃昭儀，還不趕緊謝恩哪！」

「陛下萬歲萬歲萬萬歲！」輕鳳樂得兩眼沒縫，忙不迭地謝恩領旨，又見王內侍還笑呵呵地站在面前，立刻從臂上褪下一副金條脫，殷勤地遞了過去：「多謝王內侍提攜，一點小意思，不成敬意，嘻嘻……」

「姐姐，那副金條脫不是妳最喜歡的嗎？」領完旨後，飛鸞等王內侍一路走遠，這才小小聲地問。

此時輕鳳已然樂昏了頭，只管拉著飛鸞叫她看手腕上的錦繩，得瑟道：「我現在有這個啦，才不稀罕什麼金條脫、玉手釧呢……對了，剛才妳有沒有聽到，李涵他說我淑慎有儀、德備宮壼呢，嘿嘿嘿！」

「嗯，聽見啦！」飛鸞陪她高興，一個勁地點頭。

兩隻小妖還沒有樂乎完，忽然大殿裡的赤金猊香爐中噴出一團白煙，老臉皮厚的永道士再次不請自來，在煙氣裡笑嘻嘻地與輕鳳道喜：「小昭儀，恭喜您高升啊。」

輕鳳看到永道士，笑臉立刻一冷，氣不打一處來：「哼，我還沒找你算帳呢，你倒敢找上門來！」

「咦，此話怎講？」

「我問你，說好了只讓我下井，你爲什麼將我丟進水裡？」輕鳳握緊拳頭，揮了揮：「你害我差點淹死！」

「哎，小昭儀，這妳可冤枉我了。」永道士明眸微睞，紅口白牙地狡辯：「妳如果不喝上一肚子水，誰信這玉璽是妳撈上來的呢？我這招雖然讓妳吃了點苦，可那皇帝老兒多吃這套啊，又是和妳如膠似漆，又是封妳做昭儀，妳可不能得了便宜，過河拆橋啊。」

輕鳳氣鼓鼓地瞪他一眼，虛張聲勢地哼哼了兩聲，忍氣吞聲道：「哼，說我牙尖嘴利，你也挺厲害。」

永道士笑吟吟地斜睨著輕鳳，忽然鼻翅兒一動，皺眉抱怨：「哎，好難聞的妖氣，說起來，昨夜妳們族長作法偷窺我了吧？好過分，萬一我正光著身子洗澡，被妳們從頭到腳看光光，誰來負責？」

一聽這話，輕鳳倒抽氣打了個噎嗝，飛鸞一張小臉煞白，圓睜著雙眼瞪住永道士，泫然欲泣。

「哎哎哎，妳們別害怕呀，我當時不是沒洗澡嘛。」永道士望著這兩隻惶惶然的小妖精，樂呵呵直笑，「早知道妳們會偷窺，我當時就眞洗澡了。」

「呸呸呸，什麼瘋話！」輕鳳一臉鄙視地瞪著永道士：「我問你……你如此神通廣大，爲什麼還要自甘墮落，幫著興慶宮的老妖婆們害人呢？」

「哎，她們只是凡人，可不是老妖婆。」永道士一本正經地糾正輕鳳，又道：「我受人所託，當然要幫忙。妳別翻白眼呀，聽我說，再牛的神仙住在人間，那也得穿衣吃飯不是？我與師父在終南山住的大宅子，穿的綾羅綢緞，吃的玉粒金蓴，都是要拿眞金白銀換的，煉丹爐裡燒出來的藥金，這兩年可是越來越不値錢了。」

這回答十分恬不知恥，輕鳳忍不住翻了一個白眼，沒好氣道：「跟著皇帝混，照樣有眞金白銀，豈不是更好？」

「噫，妳要我欺師滅祖？」永道士故作驚詫地笑：「我可不是那衣冠禽獸，敢罔顧倫理綱常。」

拜託，不要再侮辱禽獸了！輕鳳一臉鬱卒地看著永道士，哼哼道：「你欺君罔上，談何倫理綱常？」

這時興慶宮花蕚樓中，翠凰正躺在榻上閉目凝神，忽然啼笑皆非地輕嗤了一聲：「同他談倫理綱常，不如對牛彈琴呢。」

下一刻，她的身子紋絲不動，臉色卻忽然一白。

這時永道士卻忽然冷笑一聲，自語道：「如今世道眞是變啦，一群狐狸，個兩個的，都敢對我偷看偷聽！嘖，妳以爲妳是黃雀，不過是隻愛捕蟬又愛擋車的小蟲子罷了，今天就要妳吃個虧，長點記性。」

「哎，你在和誰說話呢？」輕鳳飛鸞聽得莫名其妙，一頭霧水。

「嘿嘿嘿，一隻青狐，」永道士撇撇嘴：「她昨夜偷聽我說話，我已經放了她一馬，結果她還是不知收斂，我只能教訓教訓她了。」

「一隻青狐？」飛鸞大驚失色，立刻淚汪汪地哀求永道士：「你是說翠凰姐姐嗎？她不是壞人，道長你能放過她嗎？求求你了……」

「又來了！」永道士一把捂住雙眼，不敢再領教魅丹的厲害：「知道了知道了，我只對她施個定身術好了吧？至於遇上什麼就是她自己的造化了。來來來，小狐狐、小昭儀，咱們繼續聊！」

「見鬼啦，誰要和你繼續聊……」

而此時興慶宮花萼樓內，翠凰已是心急如焚——此刻她連一根手指都無法動彈，完全著了永道士的道。

該死，他到底想怎麼樣！翠凰閉著眼睛在心中盤算著，不知該如何掙脫永道士設下的魘。這時樓下偏偏又傳來熟悉而惱人的腳步聲，讓她的心底沒來由地一顫，只能無助地面對接下來要發生的事。

原來心慌意亂，竟是這樣一種脫離掌控的感覺。

翠凰一動不動地躺在榻上，聽著那腳步聲踏上一層層樓階，直到水晶簾被撥開，輕淺的腳步聲落在她的床邊。

「秋妃。」

翠凰無可奈何地在心裡氣惱，身子卻紋絲不動，甚至她的面容亦平靜無波，像極了安穩沉睡的樣子。

「秋妃，您該起身了。」耳邊又輕輕響起花無歡的聲音，她知道此刻他正跪在自己身邊，甚至能想像得到他生著藍痣的眉眼流露出怎樣的表情，然而她除了輕淺均勻的呼吸之外，什麼也不能做。

也罷，就讓他以為自己正在沉睡，長跪之後，他也該自討沒趣地離開了吧。

「秋妃？」

這一次響起的聲音，帶了點試探的意味。接著翠凰感覺到花無歡正伸手試探自己的呼吸，心下不覺有些好笑——怎麼，難不成他還以為她會死掉？翠凰暗暗嘀咕，心中的嗤笑卻在臉頰被偷襲時，戛然而止。

他，他怎敢這樣放肆？!

翠凰又驚又怒，卻無處可逃，只能無助地感覺著花無歡的唇輕輕掃過自己的臉頰，帶著蜻蜓點水般的謹慎，最後印上她緊抿的雙唇。

這樣與他人從未有過的親近，微微酥癢的感覺讓她陌生又慌亂，卻並沒有想像中的噁心與厭惡。她能夠感覺到花無歡熾熱的氣息，正暖暖地吹拂過她敏感的肌膚，像一個濕潤的烙印。

可是……他可知道，他此刻吻的是誰？

翠凰的心中忽然湧起一股無名的業火，惹她焦灼煩躁、無以自處。她不知道自己這道魔障是因何而起、從何而生，只知道心中的確有一處軟弱正在悄悄陷落、失去方寸……

這廂輕鳳和飛鸞再次見識到永道士的厲害，哪裡還敢怠慢，當下要談天就不敢說地，將永道士哄得開開心心，好容易才像送大神一般，看著他在殿中消失後，才敢鬆下一口氣。

鼬逢喜事精神爽，剛剛晉升昭儀的輕鳳興奮不已，不停問飛鸞：「昭儀這封號聽起來怎麼樣？威風嗎？」

「威風！」飛鸞笑嘻嘻地回答，又像模像樣地對她行了個大禮：「妾身拜見黃昭儀。」

「快快請起，嘻嘻嘻……」輕鳳扶起飛鸞，這時候忽然很想去找李涵：「我想去謝恩，也不知道他在哪兒。」

「姐姐想去就去啊，」飛鸞自然懂得輕鳳的心情，連聲催促：「快去吧，反正這裡有我呢。」

輕鳳得了飛鸞的鼓勵，親暱地抱著她蹭了蹭，便翩然隱身而去。

她循著李涵的氣息，很快跑進了一座陌生的宮殿，黑溜溜的眼珠四下裡看了看，覺得這裡與其他地方有些不一樣——這座宮殿裡不知為何，竟沒有一名內侍或是宮女侍奉，可李涵的氣息明明就在這裡。

輕鳳好奇地溜進宮殿深處，果然就看見李涵坐在御榻之上，而在他面前應對的，只有一名清瘦矍鑠的大臣。

輕鳳不禁心想，原來李涵正在聽政呀？不對，聽政不至於連王內侍都要迴避，只怕這是在密談呢。她竟然無意之中，闖入了一個不該來的場合。

輕鳳心裡剛有些忐忑，轉念一想，自己既然決定要守護李涵一生，理當瞭解政事方面的波雲詭譎，這種場合這種事，以後她要常常參與才是。輕鳳打定了主意，立刻坦然地坐在李涵身邊，聽他與那位大臣說話。

「以微臣之見，陛下既已重得玉璽，這驪山行宮便不宜久留，應當速回大明宮，以免節外生枝。」

輕鳳聽得不住點頭，這大臣說話在理，回大明宮總比留在這裡穩當些，也免得別人覬覦這寶貝。輕鳳一想到那個陰陽怪氣的太監花無歡，心裡就十分不快。

「宋愛卿所言極是，」李涵果然頷首贊同，臉上又不覺流露出一抹傷心之色：「何況當年我皇兄葬身此地，這些年我遠離驪山，也是因爲生怕傷心。」

輕鳳聽李涵提起舊事，心頭也是唏噓不已——若非那酷愛「打夜狐」的李湛，自己只怕也不能出山，和李涵共譜這麼一段緣。

密談時間緊迫，李涵很快就和宋姓大臣結束了對話，看著他告辭離宮。隨後輕鳳跟著李涵離殿，本想尋找機會現身，哪知等到王內侍忽然出現，來請李涵示下時，李涵竟提出要去見一見新封的黃昭儀。

這份心有靈犀，固然讓輕鳳感動不已，也讓她啞巴吃黃連，只能淚流滿面地往回跑。

之後的帝王恩澤、風流繾綣，自是毋庸贅述。

第二日天一亮，蒞臨行宮的人馬再度啓程，直接回了大明宮。

途中李涵特意關照，差人給輕鳳飛鸞送了茶水點心解乏。這份殊榮撫慰了渾身痠軟的輕鳳，令她一路都喜孜孜地翹著尾巴。而飛鸞卻抽空隱身離隊，趕著進長安城與李玉溪見一面，知會他不要再往曲江離宮跑。

不消半天，輕鳳和飛鸞便回到了久違的大明宮紫蘭殿。看著金屋寶帳舊時物，一股親切感油然而生。

「哎哎，還是這個窩舒服！」輕鳳飛身撲進寶帳之中，「噭噭」叫了幾聲，心滿意足地閉上眼嗅著龍腦香氣。就連才與李玉溪依依惜別的飛鸞也十分高興，撲進寶帳中結結實實打了好幾個滾才作罷。

李涵自回到大明宮後，立刻忙碌起來，他原本就勤於政事、不嗜女色，加上賢君又講求雨露均沾，見輕鳳的機會就越發少了。

輕鳳一連幾天見不到李涵，就像離了枝的花兒，整個人都蔫了。每日對鏡梳妝後，她都只能無聊地躺在帳中，和飛鸞有一搭沒一搭地閒聊。

這天又是一夜枯守孤燈，輕鳳終於等煩了，轉著扇子心想：嘿，山不來就我，我還不能去就山嗎？

她想起自己偷聽李涵密談那日，他端坐在御榻之上，一絲不苟的禁慾模樣，與深宮旖旎之時全然不同，雙頰不禁一熱。

於是心中陡然生出一念，她開始好奇李涵臨朝聽政，面對滿朝文武的模樣。

說做就做，趁著天還沒亮，輕鳳乾脆隱著身子溜進李涵寢宮，陪他一同上朝去。

但見：條風開獻節，灰律動初陽。百蠻奉遐贐，萬國朝未央。

在紫宸殿上面南而坐、朝見群臣的李涵，君臨天下的凜然威儀，眞是神采英拔、迷人無比。

輕鳳看得春心蕩漾，唇角一滴垂涎還沒落在地上，後脖頸就忽然一緊。跟著她的身子竟不由自主地被一股力量提起來，嚇得她花容失色，雙手在空中亂舞亂劃：「誰呀，是誰呀！」

她連聲慘嚎，卻沒有人能聽見她的聲音，輕鳳只覺得眼前白光一閃，自己已經被拎出了紫宸殿，等她晃晃悠悠看清楚周遭以後，就發現自己已經停在了紫宸殿的殿簷上。而此刻站在她面前的，正是大明宮的城隍神——后稷大人。輕鳳立刻縮了縮脖子，在后稷面前現出原形，心驚膽戰地下拜：「小女黃輕鳳，見過后稷大人。」

后稷冷冷瞥了她一眼，唇角噙著一絲千年不變的笑意：「孽畜，休得擅闖紫宸殿。」

「啊？」輕鳳聞言一愣，傻傻地問：「爲什麼？」

后稷不緊不慢地開口：「天子明堂，除了眞命天子，更有祿存、文曲諸星。妳一介妖畜，豈可沾汙朝綱？」

「啊？我只不過是瞧個熱鬧，這樣也算沾汙朝綱呀？」輕鳳目瞪口呆，咂舌不已。

「當然算。」后稷淡淡瞥了輕鳳一眼，見她暗暗吐了吐舌頭，心下覺得好笑：「妳的妖氣陰濁，而朝堂乃是天下極陽盛之地，所以妳絕不能踏入紫宸殿。」

「哦，原來如此，那我聽大人您的話，不上紫宸殿就是。」輕鳳在后稷面前乖巧地諂笑，可是終究忍不住討價還價：「那延英殿我能不能去呢？」

后稷唇角一彎，該大方時也不小氣，就事論事道：「除了前朝三殿，其他地方由妳去，妳可記住了？」

前朝三殿，即含元殿、宣政殿、紫宸殿。輕鳳對著后稷拜了一拜，十分乖巧地答應：「多謝大人提點，小女一定謹遵教誨。」

「去吧，若有下次，絕不輕饒。」

語畢后稷指尖一劃，一道金光打在輕鳳腳下，震得瓦片琉璃崩裂。輕鳳嚇了一跳，立刻夾起尾巴，匆匆逃離了紫宸殿。

在紫宸殿吃了癟之後，輕鳳越發悶悶不樂。隱身偷窺終是望梅止渴，一來二去她也厭了，天天縮在紫蘭殿裡唉聲歎氣。好在數日後，如今與輕鳳兩情相悅的李涵，終於再度宣召黃昭儀侍寢。

輕鳳頓時笑逐顏開，忙不迭將自己打扮好，登上鳳輿，被內侍們抬到了李涵的寢宮。這還是她第一次在大明宮內與李涵歡會，不同於曲江離宮中的閒雅幽致，恢宏的大明宮裡，百尺儀門次第開，她的良人負手而立，器宇軒昂地站在十二扇雲龍金屏之下，讓她這鑽天入地的小妖精，不由自主的，便陶陶然醉倒在眞命天子的凜凜威儀之下。

輕鳳神魂顛倒，望著李涵盈盈拜下：「臣妾黃輕鳳，參見陛下。」

李涵在燈下凝視著輕鳳，同往日一樣淺笑著應道：「愛妃平身。」

說著他走上前，執起輕鳳的手，看見她腕上那根繫著桃符的長命縷，同一串剔透的琥珀珠子一起纏繞在圓潤的胳膊上，在燈下泛著細膩的光澤。

李涵心中忽然有股說不出的滿足。十指交纏，他抬高輕鳳的手，看著她絹袖滑落，露出皓腕如雪、臂釧玲瓏。

沿著藕臂，細吻一路蜿蜒，直至輕鳳肩頭、鎖骨，惹她雙睫輕顫，嬌喘不休：「陛下……」一時輕衣如蛻，窸窣而落。心醉神迷間，李涵將她打橫抱起，一步一步走向自己的龍榻。衣衫不整的輕鳳羞不可抑，捉著李涵衣襟，將臉深深埋在他懷裡。

寶帳九重，掩盡風流。李涵放輕鳳躺在榻上，一邊替自己寬衣，一邊輕聲笑道：「卿卿，妳還是第一次來我這太和殿吧？」

「是呀，第一次……」隱身偷窺的不算，輕鳳偎在李涵懷中，與他肌膚相親，忽然瑟瑟發抖地開口相求：「陛下，您唸唸我的名字好不好？」

「輕鳳。」李涵從善如流地圓了她的心願，低頭吻著懷中人：「輕鳳……」

輕鳳終於從李涵口中聽到自己的名字，只覺得有生以來從未如此刻一般圓滿，不由心蕩神馳，得寸進尺地向他撒嬌：「陛下，我可不可以也唸唸您的名字？」

「不可。」李涵伸出一指，按住輕鳳雙唇，笑著搖搖頭。

輕鳳調皮地張開櫻唇，含著他的指尖飛快吮了一下：「為什麼？」

李涵迅速收回手指，然而指尖一點酥麻，已搔進他心頭：「唸多了，若人前失言，便是大禍。」

「我不怕！」輕鳳撲在李涵身上，雙臂勾著他的脖子，天不怕地不怕，「李涵，李涵……」

「放肆，」李涵壓住輕鳳，瞪了她一眼，卻又忍不住笑：「真是一隻小妖精。」

「陛下金口玉言，臣妾我就是一隻小妖精呢。」輕鳳歪著腦袋，半真半假地回答，望著李涵的黑眼珠滴溜溜打轉：「陛下猜猜臣妾是什麼妖精呀？」

「蛇精。」李涵不假思索地回答。

「啊？什麼呀？」輕鳳想到驪山裡一身黑衣冷冰冰的蛇精，不滿地嘟嘴：「臣妾怎麼會是蛇精呢？」

「不是蛇精，怎會如此纏人？」李涵笑道。

輕鳳聽出他話中曖昧，立刻轉憂為喜，越發癡纏不休：「蛇精渾身冰涼，臣妾哪裡像了？」

「也對，這裡很熱……」

「陛、陛下！」一陣驚喘逸出唇間，很快化作含糊的呻吟。

輕鳳鴉青色的長髮蜿蜒在白玉枕上，髮間一支銀釵斜橫，隨著節律輕輕叩著白玉，如落簷之雨，連夜不休。

待到雲收雨歇，已是長夜將盡，李涵帶著倦意摟住輕鳳，低聲吩咐：「天都快亮了，趕緊睡吧。」

輕鳳窩在李涵懷中，心滿意足地笑道：「今天是休沐日，陛下可以多睡一會兒。」

「那倒不行，辰時我就要前往興慶宮，去給太后們請安。」

輕鳳心裡咯噔一聲，想起了在驪山狐巢時看到的秘辛，猶豫了一會兒，才小心翼翼、話裡有話地發問：「陛下，七夕那天您和小殿下突發急病，後來太皇太后過問了沒有？」

李涵聞言睜開雙眼，不明白輕鳳爲什麼要在這樣一個時刻，聊起這樣一個話題：「我與皇兒染恙，太皇太后她自然會關心的。」

「呃，可是陛下，您覺得太皇太后她……會眞的關心你們嗎？」輕鳳回想起金鏡中郭太后陰狠扭曲的臉，忍不住追問。

她的質疑讓李涵心中不安，他皺起眉，從榻上半坐起身，看著依偎在自己身畔的小女子散發著無限的柔情，終是狠不下心來責備：「黃昭儀，妳回宮吧。」

輕鳳聞言一愣，悟出李涵在責怪自己言語失當，慌忙跳下龍榻跪在地上。她明白眼下這個時刻，最聰明的做法就是乖乖退下，可面前這個男人是她黃輕鳳最想保護的人，她又怎能坐視他被蒙蔽？

「陛下，恕臣妾斗膽，」輕鳳話在嘴邊轉了兩轉，終是忍不住說道：「陛下非寶曆太后所出，而寶曆太后又與太皇太后過從甚密，陛下您——」

「黃昭儀，妳僭越本分了。」榻上的李涵遽然皺眉，不怒而威地打斷她。

眼前人比他想像的更聰穎敏銳，他卻只能強硬地喝止她將要脫口而出的話。他清楚這些話會將情勢推到何等危險的境地，到那時候，誰還能繼續粉飾太平，維護一個虛偽到極點的和睦局面呢？

不是不知道祖母和寶曆太后對自己的貌恭心慢，也不是不知道自己和愛子的急病來得蹊蹺，只是他苦心經營了三年多，才將皇宮內外的勢力調和到一個微妙的平衡，為此付出了多少心力，只有他自己才知道。這樣的局面不可以被任何人打破，只因他不想再回到三年前……那個時候他剛剛登基，面對滿目瘡痍的亂局，一步之差就會使他像皇兄那樣，在洶湧的暗流中萬劫不復。

然而他剛剛冊封的昭儀卻企圖向他示警，他不知道她掌握了什麼，卻分明嗅出了其中危險的味道。李涵的目光一瞬間變得深不可測，他不能維護眼前這個嬌小的美人，在危機的苗頭孳生之前，所有潛在的風險都該被撲滅——他目前只能做到這樣，靠假像維繫住表面的浮華與平靜，來保住眼前人。

「妳退下吧，回宮好好思過。」李涵沉聲吩咐了一句，擺擺手掩住凌亂的衣襟，不再看她。

思過，思什麼過嘛！她哪裡做錯了！勸諫失敗，輕鳳只能沮喪地回到紫蘭殿，卻不見飛鸞的身影。

「這丫頭，又跑出去跟她的情郎幽會了吧？」輕鳳自言自語，鑽進帳中長歎了一口氣。她倚枕回想著方才的一幕幕，對李涵的態度很有些失望，不禁半帶埋怨地嘟囔：「可惡，明明之前什麼都好好的，為什麼要對我生氣呢，我只是在關心你啊……」

輕鳳原本對飛鸞的偷溜沒放在心上，哪知一連過了兩三天，私自出宮的飛鸞都沒有回來。今時不比往日，沒有翠凰的傀儡幫忙，獨力應付的黃輕鳳漸漸就有些招架不住，不禁埋怨起飛鸞來。

「這臭丫頭，盡會給我添亂，招呼不打就出宮，這麼多天也不知道回來一趟！」輕鳳自言自語抱怨一通，忽然回想起飛鸞這些日子總是一副心神不寧的樣子，不禁狐疑起來：「這一去不回頭的架勢，難不成是瞞著我私奔了？」

眞是可氣又可笑！輕鳳搔搔頭，心中難免生出一腔「女大不中留」的感慨。

「也罷，反正閒著沒事，就瞧瞧這沒良心的丫頭去！」輕鳳磨磨牙，索性施了個隱字訣，大搖大擺地晃出大明宮，往崇仁坊西角——如今李玉溪盤桓的邸店尋去。

不承想李玉溪的廂房裡卻是空無一人，讓輕鳳撲了個空。

「咦，這一對冤家，跑哪裡逍遙快活去了？」輕鳳皺起鼻子嗅了嗅，沒聞到多少飛鸞的氣息，倒是聞見了一股又一股美食的奇香。

輕鳳被勾得食指大動，一時忘乎所以，跑出邸店。只見街上車水馬龍川流不息，坊市中的吃食店星羅棋佈，散發出熱騰騰的香氣。她順著自己最鍾意的香味飄到修政坊的庾家樓，點了兩客自己最愛的鹹蛋黃粽子。

等粽子的間隙，輕鳳百無聊賴地東張西望，竟然看見了正隔著好幾桌，埋頭大啃粽子的李玉溪！

「嘿！你這呆頭鵝！」吃貨碰吃貨，輕鳳興高采烈地起身跳到李玉溪面前，打算與他併一桌。

李玉溪看見輕鳳也很高興，忙不迭咽下嘴裡的粽子，傻乎乎笑道：「姐姐今天好興致，竟偷偷出宮來吃粽子，哎，飛鸞怎麼沒來？」

這一句話問得輕鳳傻了眼，沒料到飛鸞竟不在李玉溪身邊。她瞪著李玉溪，難以置信地驚呼道：「什麼？你是說，飛鸞她不在你這裡嗎？」

「不在啊，」李玉溪無辜地攤開手掌心，委屈道：「自從妳們回大明宮之後，飛鸞她一直都沒來找我，妳們身在禁中，我也打聽不到妳們的消息呀。」

「可是，那丫頭三天前忽然離宮，之後就再也沒有回去過。我以為，她一直都和你在一起呢。」輕鳳結結巴巴地嚷道，這時熱騰騰的粽子上了桌，她卻已經沒心情吃了。

李玉溪聽了這話也急起來，眼巴巴望著輕鳳道：「姐姐，飛鸞她好端端的能去哪兒？妳神通廣大能不能找到她？長安城那麼大，我擔心她出事。」

「哎哎哎，你別盡顧著問我。」輕鳳一個頭兩個大，揉著太陽穴咕噥：「我就算再有本事，也不是千里眼順風耳，哪那麼容易找到她？」

在她認識的妖精中，也只有那麼一隻妖，有本事也肯幫忙的了。

「這樣吧，我去趟興慶宮，找個能掐會算的問問，你先回崇仁坊邸店裡等我消息吧。興許飛鸞她在哪裡玩夠了，就到你那裡去了呢。」輕鳳說著便動身，急匆匆要往興慶宮去。

李玉溪緊隨她身後起身，追上幾步，提議：「姐姐，我們還是分頭找吧。妳要我待在邸店裡等消息，我哪能坐得住？」

可惜，在他認識的人中，只有那麼一個人有本事上天入地，卻並不樂善好施。李玉溪歎著氣與輕鳳道別，將過去常和飛鸞光顧的茶樓飯館都找了個遍，最後不得不往華陽觀而去。

倚在華陽觀門口打發時間的小女冠，一看見李玉溪來了，便從門後亮出半個身子，噗哧一笑道：「好久不見呀李公子，來找我全師姐嗎？」

「不，不是的，」李玉溪縮縮脖子，尷尬地回答她：「我是來找永道長的。」

小女冠若有所思地轉了轉眼珠，下一刻瞇著眼笑起來：「永師叔他近來忙得很，可不一定有空見你。」

李玉溪一聽此言，立刻紅著臉將一吊銅錢塞進小女冠的袖子，低聲下氣地央求：「好姐姐，妳去幫我央告央告，就說李十六有事相求，務必請永道長惠賜一面。」

那小女冠得了銅錢，雙手籠在袖中嘻嘻笑著，還待說什麼，只聽觀中忽然傳出一陣笑語，正是永道士的聲音：「臭丫頭，不要借著我的名頭打秋風，快請李公子進觀，再去煮碗好茶。」

雖說沒吃閉門羹，李玉溪卻沒多少心情高興，他惴惴不安地登上華陽觀的客堂，在坐定後鼓起勇氣抬起頭，望著歪在席上的永道士行了一禮：「道長，李某今日腆顏造訪，委實有事相求，還望道長成全。」

「哦，是嗎？」永道士聞言掏了掏耳朵，故意仰起臉作神思恍惚狀：「不過貧道依稀記得，某人曾經賭咒發誓，要保護小狐狐永不受傷，怎麼到了這會兒，反倒求起我這惡人來了？」

永道士這番奚落，著實令李玉溪無地自容，他紅著臉發怔，半天也吐不出一個字來。永道士笑睨他半晌，知道他是個面皮薄心思純的人，這才「好心」地安慰他：「放心吧，你的小狐狸不會有事。」

「啊，眞的？」李玉溪喜出望外地抬起頭，對永道士的話將信將疑：「那麼道長您可知道，飛鸞她現在在哪裡？」

「她呀，去的地方也不算遠，你不用擔心，」永道士笑道：「至於其他，我猜她一定想親口告訴你，我就不多嘴了。」

另一廂，輕鳳潛入興慶宮找到翠凰，發現她正半躺在臥榻上，魂不守舍地發著愣。她從前可沒見過翠凰像這樣走神，不由衝她揮揮爪子，問道：「哎，妳在想什麼呢？這麼出神。」

聽見動靜的翠凰瞥了她一眼，懶懶收回目光，冷冷淡淡地回答：「沒什麼，養神而已。」

「哦，」輕鳳討了個沒趣，撓撓頭，決定先用拉家常做開場白：「前幾天，我和飛鸞回了趟驪山，見到了姥姥們。」

「哦。」翠凰點了點頭，卻依舊對輕鳳的閒聊興致缺缺。

「姥姥們寬宏大量，也沒責罰我們，還允許我們繼續待在長安，眞是快活！」輕鳳咧嘴嘿嘿了兩聲，見翠凰仍舊一副事不關己的樣子，便又道：「對了，姥姥們要妳儘早回驪山，說是還有地方需要妳幫忙呢。」

「嗯。」翠凰仍是淡淡應了一聲，對輕鳳的話不置可否。

這般漠然的態度終於讓輕鳳失去耐心，索性開門見山，湊到翠凰的榻邊開了口：「今天我來，實在是有難事求妳幫忙呢！這兩天飛鸞她忽然不見了，妳能不能幫我找找？」

翠凰聽了這話方才回過神，打起精神問：「飛鸞她怎麼會不見了？」

「誰知道，這陣子她總是神神叨叨的，我也搞不清她在想什麼。」輕鳳不滿地鼓起嘴，看著翠凰開始伸手掐算，便乖乖蹲在她身旁屏息凝神，等著聽消息。

不料翠凰這一算就是許久，在這過程中她始終沒有出聲，一雙眉卻是越蹙越緊。輕鳳看著她嚴肅的神情，一顆心不由自主也拎了起來。

「怎麼樣，有什麼結果沒有？」見翠凰遲遲不發話，輕鳳終於忍不住小聲發問。

「我只能算出幾日前她曾往西而去，至於到底去了哪裡，我卻算不出來。」翠凰無奈地搖搖頭，放棄了掐算。

「算不出來？」輕鳳一聽這話頓時急了，瞪著眼問：「飛鸞她一向膽小怕事，不會一聲不響去很遠的地方的，妳怎麼會算不出來呢？」

翠凰近來本就因為花無歡心煩意亂，這時被輕鳳質問，心裡就有些窩火：「誰知道呢，興許是她走得太遠了，或者她去的地方非比尋常。妳天天與她待在一起，卻連她去哪兒都不知道，現在倒來質問我。」

「我，我……」輕鳳語塞，情急之下突然提聲道：「妳可別忘了，姥姥讓妳來長安，就是要妳保護飛鸞的！她既然往西去了，那妳還不趕緊去找她？」

翠凰一聽輕鳳提出這個要求，不覺冷笑，索性移開目光，連一個正眼也不給她。

輕鳳見翠凰一言不發，又尷尬又生氣，狐疑地試探：「妳是不是在這花花世界待久了，不想離開這興慶宮，才不肯告訴我飛鸞去了哪裡，怕我會讓妳去找她？」

卻不料翠凰一聽這話，竟綻開櫻唇，啓齒冷笑：「這話妳怎麼不拿來問問自己？自始至終，貪戀紅塵的就一直是妳吧，裝什麼關心姐妹？」

「妳——」輕鳳氣得渾身哆嗦，剛想爲自己辯白，又覺得沒必要和她費口舌：「這天下有本事的又不是只有妳一個！我這就去找別人去，算我看錯妳了！」

說罷她頭也不回地跑出興慶宮，一溜煙地跑向華陽觀，不料半道卻撞上了往回走的李玉溪。李玉溪立刻將永道士給的答覆告訴了輕鳳。

「若是這樣說，飛鸞的安危是不用擔心了。」輕鳳好歹鬆下一口氣，悶悶不樂地說：「那臭道士一向神神叨叨，但對飛鸞一直挺照顧，他既然說了不用擔心，那我就先回宮等消息。」

語畢她和同樣心事重重的李玉溪告了別，溜回大明宮，留守在紫蘭殿裡聽天由命。

所幸自她頂替飛鸞侍寢那一次之後，李涵就像忘記了胡婕妤這個人似的，從沒有宣召過她。輕鳳獨自在紫蘭殿中嚴防死守，一會兒變作飛鸞一會兒又變回自己，好歹將飛鸞失蹤的事瞞了下來。

只是這次發生的事，最讓輕鳳操心的並不是一身分飾兩角的驚險，而是被自家姐妹蒙在鼓裡的無奈。虧她從小與那丫頭親密無間推心置腹，就算欺負她也是因為恨鐵不成鋼嘛，哪想過會被那丫頭一聲不響地拋在腦後，事到如今，怎能不讓輕鳳覺得唏噓？

輕鳳在心裡惦記著飛鸞，這天又是一夜都沒闔眼，直到雞鳴破曉之後，才懨懨地閉上雙眼入睡。不大一會兒，她在夢中感覺到一絲異樣——懷中有什麼東西正軟軟暖暖地拱著她，像一團熱烘烘的絲絮；跟著她嗅到了一股熟悉的氣味，又聽到了一道熟悉的聲音，那聲音嬌嬌柔柔，正不停地管她叫「姐姐」！輕鳳渾身一個激靈，連忙睜開眼睛，竟看見了失蹤多日的飛鸞！

第十四章　決裂

「妳妳妳！妳這死丫頭！竟敢不告而別，妳知不知道我都快擔心死了！快說，妳這些天到底去了哪裡？！」輕鳳一骨碌從榻上爬起來，搖著飛鸞的肩大吼。

「對不起，姐姐，害妳擔心了，」飛鸞卻是洋溢著一臉幸福的笑，雙頰通紅地撲進輕鳳懷裡：「我怕我先說了，妳會不准我去嘛，所以才故意瞞著妳的。姐姐，妳猜我去了哪裡？」

「我猜？我哪能猜得到，」輕鳳幾乎是一臉抓狂地喝問她：「連翠凰都算不出妳去了哪裡，妳還是趕緊老老實實地給我交代吧！」

「姐姐，我去了崑崙山。」

「啥？！」輕鳳聞言瞪直了眼睛，簡直不敢相信自己的耳朵：「妳說你去了崑崙山？那個鳥不拉屎的崑崙山？」

「是啊，我不僅去了崑崙山，還見到了西王母。」飛鸞興高采烈地坦白，成功地看著自己的姐姐面皮紫漲，驚恐得幾乎昏厥過去。

西王母，掌管瘟疫與殺戮的西王母，傳說中虎齒豹尾、披髮戴勝的可怕女神！

輕鳳臉上滿是一副「妳丫作死啊」的表情，結結巴巴地反覆唸叨：「妳去見了西王母？西王母？妳去找她幹什麼？找死嗎？啊……」

「不是啦，姐姐，我沒有想去找西王母，」飛鸞揉著裙角，扭捏地辯解：「其實，我本來是想去偷靈藥來著，可是我本事不夠，才剛走進崑崙山，就被西王母的弟子逮著啦。」

輕鳳張大嘴巴，這時腦子裡仍轉不過彎來：「靈藥？妳去偷什麼靈藥？」

飛鸞從袖中掏出一個碧玉雕的膽瓶，雙手捧著送到輕鳳的鼻子底下：「就是這個。姐姐，七夕那天妳不是說過嗎，如果這世上有生子秘方，也許就藏在驪山的琅嬛洞裡。所以回驪山那晚，我偷偷在琅嬛洞翻了很久，最後終於被我找到了古籍記載——西王母那裡有生子靈藥，能讓妖精服用後，和凡人生下孩子的靈藥。」

「那一晚，妳竟然是去琅嬛洞找生子秘方，怪不得我半夜醒來找不到妳……」輕鳳瞪著飛鸞手中的碧玉小瓶，難以置信地囁嚅。

「我本來以爲西王母很可怕的，不過幸好，她其實很和藹呢。」飛鸞笑嘻嘻地摩挲著手中的小瓶，對輕鳳道：「西王母她答應送我生子的靈丹，只要我肯爲她做三百年的灑掃侍女就好。我想這個有什麼不可以的呢，所以就答應下來了。」

這時輕鳳終於聽明白了狀況，心疼得連連咂舌：「傻丫頭，三百年那麼長，妳就這樣答應了？」

「嗯。」飛鸞憨笑著點點頭。

「妳——眞是個傻丫頭，」輕鳳不知道還能說什麼，只能揉了揉飛鸞的腦袋：「那妳不去陪那呆頭鵝了？」

「西王母她答應啦，會等李公子百年之後，才讓我兌現諾言。」飛鸞笑笑，不覺得三百年的時光有多難熬，只想著自己會有一個孩子，「我可以與李公子有一個寶寶，再陪著他過一輩子，多好。」

輕鳳愕然無語，這才歎服飛鸞的一顆眞心。飛鸞拔開碧玉瓶塞，將瓶中的兩顆丹丸倒進掌心，遞給輕鳳看：「姐姐妳看，這靈丹一共有兩顆，妳我一人一顆。」

「啊？也有我的份？」輕鳳傻眼，連連擺手：「妳這靈丹來得不容易，這一顆就抵妳給西王母做一百五十年的侍女呢，我可不能要它。妳還是收著它，到時候給那呆頭鵝生兩個娃娃，一男一女，豈不美哉！」

「沒事的，姐姐。」飛鸞嘻嘻一笑，將小嘴附在輕鳳耳邊，悄悄道：「西王母說了，只要服下這靈丹，從此就可以給凡人生孩子，並非吃一顆只能生一個。」

輕鳳一聽此說，不禁大喜過望，連連讚道：「哦哦哦，這靈丹果然是個寶貝。妳這丫頭，眞是一個討喜的命，連那麼可怕的西王母都沒怎麼爲難妳，就肯把這寶貝相送。」

飛鸞又是一笑，並沒多說什麼，只把手中的靈丹遞給輕鳳一顆，叮囑道：「在行房前把它吃下去，就可以生娃娃了，以後要想再生，只要事後吃一把棗子就好，單數生男、雙數生女。」

輕鳳接過丹丸，拈在手裡興奮地端詳了好半天，想了想，最終還是小心地把藥還給了飛鸞：「妳先收著吧，等我眞要用時，再向妳討就是。」

雖然她也很想替李涵生孩子，但這是飛鸞辛苦求來的寶貝，若是最後能剩下一顆還給西王母，讓飛鸞少做一百五十年侍女，那才是最好的。至於她和李涵的孩子，她要自己想辦法，若實在不行再動用靈藥，等飛鸞兌現諾言那天，自己就和她一起上崑崙山做侍女去，幫她分擔一百五十年。

此時興慶宮內，花無歡同往常一樣拜見翠凰，泛著寒氣的臉上仍舊波瀾不興。翠凰半躺在臥榻上，看著面前不動聲色的人，心頭就暗暗惱火——這個人的所作所為，是不是就是凡人常說的「裝蒜」？他明明在那晚對她……對她所附身的杜秋娘做了那樣的事，此刻卻這樣若無其事，簡直都要讓她為自己……為自己的宿主感到不平了。

「秋妃，秋妃。」

花無歡的呼喚在翠凰耳畔響了好幾次，才總算拉回了她的神志。翠凰心知自己失態，很是羞窘地咳了一聲，這才學著杜秋娘的腔調開口：「你說吧，無……無歡。」

花無歡雙手揖了一禮，對翠凰低聲道：「卑職上次提到過，要伺機除去黃昭儀一事，如今倒是有了一個計畫。」

「哦，是嗎？」翠凰挑挑眉，故意順著他的話往下說：「如今你在宮中凡事都要小心，所有計畫都務必穩妥周全，才能行事。」

「這點還請秋妃放心，」花無歡胸有成竹地冷笑道：「秋妃可還記得紫宸殿中的火珠？」

翠凰從杜秋娘混沌的記憶中搜出點印象，點點頭道：「記得。」

「卑職打算讓黃昭儀無意中闖入紫宸殿，打碎紫宸殿中供奉的火珠，相信她闖下這樣的大禍，即便有尋回玉璽的功勞，也保不住她的項上人頭了。」

紫宸殿內供奉的火珠，是貞觀四年林邑國進貢的寶物，大如雞卵、狀如水晶，曾經被女帝武則天供奉在洛陽的明堂之中，直到安史之亂後宮室被毀，才改放在大明宮紫宸殿中保存。這顆珠子在李唐新興之時被送進宮廷，見證過這個王朝最繁盛的歲月，意義自然非比尋常。

如果黃輕鳳毀了它，的確是九條命都不夠賠的。

想到此翠凰不禁打起精神，很是好奇地追問：「那麼你如何讓她誤闖紫宸殿呢？」

「自然是屢試不爽的老辦法——假傳聖旨。」

翠凰挑起眉，嘴角露出不以爲然的訕笑。這小小的表情變化，被跪在地上的花無歡敏銳地捕捉到，他並不介意被杜秋娘小看，繼續將計畫對她和盤托出：「等到時機成熟，計畫實施那天，卑職會安排手下包圍住紫宸殿，只要那黃昭儀中了卑職設下的埋伏，屆時根本不勞她動手，火珠定然也會碎在她腳下。」

翠凰聞言笑道：「你既然這樣說，看來是有萬全的把握了。」

「卑職不敢妄言，不過相信這一次，任她插翅也難飛。」花無歡嘴角勾出一絲冷笑：「到時天子震怒，黃昭儀只怕就要凶多吉少了。」

「這也難說，當今聖上也算是英明之君，安知此事他不會徹查，然後發現黃昭儀的冤屈。」翠凰反駁道。

「秋妃，難道妳忘了這裡是後宮，從來都只有陰謀讒害和落井下石，何時能辨清是非、還人清白？」花無歡冷笑道：「黃氏剛剛升上昭儀，多的是對她眼紅嫉妒的人，到時候眾口鑠金，就算聖上，也不過是個耳不聰、目不明的凡人罷了。」

可惜你智者千慮，終有一失。翠凰暗自心想，那黃輕鳳若是凡人也就罷了，可惜她是隻妖精，被你們陷害豈會束手就擒？

她心裡這樣想著，一絲神識便抽離杜秋娘的肉身，飛往大明宮紫蘭殿。哪知飛到近處時，她卻聽到了飛鸞輕柔的說話聲。

原來飛鸞已經回來了？哼，竟然沒人告訴她。翠凰暗自冷嘲，這時候又聽到輕鳳的說話聲：「妳準備什麼時候吃靈丹、要娃娃啊？」

「當然是越快越好啦，」只聽飛鸞吃吃一笑，與輕鳳小聲議論：「姐姐妳說，生娃娃會不會痛呢？還有我與李公子生的娃娃，是會像凡人的樣子，還是也會變成狐狸呢？」

「這個，應該是隨爸爸的吧？哈哈哈……」

吃靈丹，生娃娃？翠凰聞言心下暗驚，這兩隻不知天高地厚的小丫頭，只怕又要瞞著姥姥們闖禍了。

這時就聽輕鳳的聲音再度響起：「說到李公子，回頭妳趕緊出宮去見見他，也好叫他放心。」

「啊，李公子他知道我離開長安了？」飛鸞的語氣頓時驚慌起來。

「嗯，我見妳總不回宮，當然要出宮找他了，結果把我們倆都嚇了個半死。我去找翠凰幫忙，她竟查不出妳去了哪裡，還是李公子去華陽觀找了那個臭道士，得知妳平安無事，我們才略微放心，」輕鳳對飛鸞說完，忽然又「咦」了一聲：「奇怪呀，當時翠凰查不到妳在哪兒，說明距離極遠，妳也不該那麼快回來呀？」

「是西王母送我的，她給了我靈藥後，還特意讓她的弟子騰雲駕霧送我回來，一眨眼工夫就到長安了。」飛鸞對輕鳳解釋，又道：「既然這樣，我得趕緊去見李公子，還有翠凰姐姐那裡也要打個招呼，謝謝她找我。」

「找她？得了吧，她對妳的事一點也不上心，妳別上趕著去貼她的冷屁股了。」卻聽輕鳳嗤笑一聲，不屑道：「何況她本事大得很，說不定這會兒已經知道妳回來了，何必再多此一舉？妳是不知道啊，當時我急得火燒眉毛，她倒好……」

一番嘀嘀咕咕、加油添醋的數落，一字不落地傳入翠凰耳中。

身在興慶宮的翠凰，臉上神色越來越冷——她明白自己心底微微酸澀的感覺從何而來，到長安以來經歷了那麼多，她原以爲，自己已經被她們當作了朋友。

卻原來只有自己一廂情願，她們要的，不過是一個能在危急時刻，替她們排憂解難的幫手吧？至於其他時候，當她們沒有後顧之憂時，自然不會再惦念自己——特別是黃輕鳳！既然如此，她又何必自作多情，將她當作自己人呢？

這樣想著，翠凰目光一動，對還在她面前的花無歡點了點頭：「一切就照你說的辦吧，還有這個……最近你臉色似乎不好，拿去補補身子。」

她一邊說，一邊從枕下掏出一只人參，遞進花無歡手裡，卻躲開了他明亮到懾人的目光。

自從飛鸞回來，輕鳳醫好了一大塊心病，自然是馳逢喜事精神爽，又心癢難耐地想去見李涵。

這日天色向晚，輕鳳嗅出李涵的氣味在延英殿裡，不禁心疼地腹誹：眞是的，都已經這個時辰了，怎麼還在忙呢？我看看去。

延英殿不屬於后稷大人劃下的禁區，於是輕鳳大膽跑進延英殿，可巧又見到了在驪山行宮時，與李涵密談的那位宋姓大臣。這位大臣輕鳳已經偷偷打聽過，乃是中書舍人宋申錫。

又在密談哪？輕鳳一邊心想，一邊坐在李涵身邊，想聽聽他們這次聊的是什麼。

只聽李涵在座上道：「閹豎猖獗已久，數代帝君受其荼毒，甚至今時今日，謀害先帝的黨羽仍在宮中掌權，令我著實忌憚。尤其是那個人……在內廷招權納賄、專橫恣肆，若不設法除去，他日必將禍起蕭牆，釀成彌天之災。我有意鋤奸拔惡、肅清朝野，宋愛卿你有何高見？」

那宋申錫顯然知道李涵指的是誰，向他奏道：「陛下，冰凍三尺非一日之寒，若是操之過急，只恐遭閹黨反噬，大計不能成功。如今宮中閹豎自成派系，相互之間勾心鬥角，陛下倒是可以利用這點，將閹黨逐一剷除。微臣以爲，陛下可暗中物色一位人選，加以重用，以毒攻毒，逐步分散那人的實權，同時再將幾個一直與他針鋒相對的人調出京師，也免得他心生疑忌，反對陛下不利。」

李涵聽罷沉吟了片刻，點點頭道：「愛卿所言極是，只是這位人選還需從長計議，也免得拒狼進虎、反受其害。」

「是，陛下。」

緊挨著李涵的輕鳳看著宋申錫向李涵鄭重一拜，自己也肅然起敬，腦筋飛快地轉動起來。如果按照驪山時他們所說的那些話，李涵想要剷除的閹豎，十有八九就是花無歡了！那花無歡和翠凰附身的秋妃一直圖謀不軌，加上居心叵測的三位太后，嘖嘖，興慶宮可真是個藏汙納垢、烏煙瘴氣的鬼地方！李涵處處受人掣肘，不方便出手，可她卻是無所顧忌的妖精呀！自己非得為他出一份力不可！

心裡一旦打定了主意，輕鳳就決定立即行動，趁今夜李涵沒有召她侍寢，悄悄上興慶宮查探一番去。

時值仲秋，興慶宮中秋蟬嘶鳴、桂香四溢，輕鳳隱身穿過樹蔭花叢，哪知還沒挨著花萼樓，就遇到了同樣隱身的翠凰。

「嘿嘿，妳沒附在那個老女人身上啊？」因為上次的不歡而散，輕鳳撓了撓腮幫子，有些訕訕地打招呼：「飛鸞她回來了，這事妳應該已經知道了吧？唔，上次算我不對，是我沒管住嘴，妳大人大量別計較了啊。」

聽著她毫無誠意的道歉，翠凰懸浮在半空中，半垂的雙眼漠然無視輕鳳，態度比從前更加冷淡。輕鳳明顯感覺到了翠凰的變化，不禁心生疑竇，試探著問：「妳真的生氣啦？」

翠凰淡淡瞥她一眼，仍是一言不發，彷彿與輕鳳打交道是最去面子的事。

輕鳳尷尬一笑，搓揉著自己的衣帶，隨口道：「上次我說的那些話，都是有口無心的，老實說，妳從前一點也不把我放在眼裡的，怎麼這次倒跟我計較起來？莫非眞是被我戳中了什麼？」

翠凰聽了她的話，蛾眉一蹙，終於開了金口：「戳中？妳能戳中我什麼？」

輕鳳聽出翠凰話中不悅，乾笑了一下：「哎，也沒什麼啦！只不過妳遲遲不願離開長安，是不是因爲在這驪山之外、紅塵之中，有了什麼牽掛呀？」

輕鳳隨口的調侃卻令翠凰心中一沉，她不由盯住輕鳳，警惕地反問：「我能有什麼牽掛？」

輕鳳皺皺眉，覺得翠凰的態度非常不對勁，簡直就像是做賊心虛！出於女子的敏感，她直覺翠凰心底一定已經有了一個人，只是還在瞞著自己罷了。輕鳳左思右想，始終想不出冷冰冰的翠凰會與哪個男子產生瓜葛。要說這深宮之中唯一的男人，不止是她的男人李涵嗎？可是她心中很清楚，翠凰和李涵可以說完全沒有接觸過，那麼翠凰心底的人，又會是誰呢？

輕鳳腦中驀然靈光一閃，出現了一張人臉，只是這個猜想實在是太匪夷所思了，輕鳳壓根兒不敢把那個人的名字直接說出口。於是她裝作改變話題，實則暗暗試探道：「我發現，那個花無歡似乎和妳附身的杜秋娘，關係匪淺哪，呵呵呵。」

翠凰一聽這話，原本平靜的臉上竟瞬間現出忿怒之色，與往日的矜持淡定大相逕庭。輕鳳將翠凰的反應看在眼裡，知道自己八九不離十，多半是猜中了，不由訝然驚呼：「他，他可是個閹人！翠凰，妳不會眞的對他感興趣吧？」

這話瞬間刺中了翠凰的心病，令她臉色更差。

然而自小的驕傲，令翠凰從不屑掩飾心中所想，她雖然惱恨輕鳳戳破了自己的心事，卻並不迴避自己對花無歡這份特殊的感覺，因此相當鄙夷地回答：「妳這黃鼬精，果然成不了氣候。棄常爲妖、性靈爲精，是爲妖精。我若是要愛，一草一木都愛得，宦官又有什麼愛不得？」

翠凰坦蕩蕩的話令輕鳳張口結舌，一時竟無言以對。好半天後她才吞了吞口水，小聲道：「好吧，妳愛他便愛了，我也不好說什麼。但是花無歡這個人，居心叵測，妳可不要因爲喜歡他，就爲虎作倀啊。」

翠凰聞言卻冷笑著反問：「什麼叫爲虎作倀？」

輕鳳冷不防被她問住，遲疑了半天才回答：「嗯……這個妳和我都很清楚啊，他和那個秋妃一直在找玉璽——玉璽可是天子之物，他們背地裡打的主意，除了圖謀篡位還能是什麼？」

「那又如何？」不料翠凰斜睨著輕鳳，竟輕蔑一笑：「你愛你那個皇帝，關我何事？同樣的，我打算做什麼，也無須妳操心。」

「可是那個花無歡，他想對皇帝不利啊！」輕鳳不甘心地搶白。

翠凰看著輕鳳藏不住擔憂的雙眼，卻是漠然笑道：「那又關我何事呢？」

「妳……」輕鳳錯愕不已，卻只能默默地瞪著她。

翠凰瞥了輕鳳一眼，又冷冷地往下說：「還有妳，以後沒事，就不必老跑到這裡來了，我並沒有把妳當作朋友。」

輕鳳聞言皺起眉，望著她喃喃道：「妳，妳爲了那個花無歡……寧願與我爲敵？」

翠凰偏過臉，不去看她：「就算是吧。」

這一下輕鳳徹底沒了主意。她實在沒想到自己會如此悲催，剛決定幫李涵剷除異己，就多了翠凰這麼一個可怕的敵人。她橫豎不是翠凰的對手，索性大膽猜測：「妳打算幫那個花無歡？」

翠凰想了一想，懶得與她爭辯，乾脆點頭承認：「沒錯。」

「我看妳眞是附在秋妃身上太久，腦子壞掉了！」輕鳳的心瞬間掉進谷底，火大地再次向翠凰確認：「妳把話說清楚，妳眞要與我爲敵？」

輕鳳的話令翠凰心底一顫，心中隱隱泛出些苦澀，然而她依舊不動聲色，只將雙唇輕輕一動，吐出兩個冰冷的字：「沒錯。」

一得到翠凰這樣的答覆，輕鳳立刻後退了幾步，卻是毫無懼色，目光灼灼地望著翠凰道：「那好吧，既然妳這樣決定，我也沒有辦法。妳要幫助花無歡，我自然就幫助我的眞命天子，哼，妳可不要小瞧我！雖然我法術不濟，但是要論用心，我絕對不會輸給妳！」

說罷她尾巴一甩，頭也不回地竄出興慶宮，一溜煙跑回了大明宮。回到紫蘭殿後，飛鸞不出所料又溜了個沒影，輕鳳知道她是出宮「造人」去了，不由噗哧一笑，獨自躺在帳中開始想主意，看如何能夠幫助李涵除掉花無歡這個隱患。

「論法力，我可壓根兒鬥不過翠凰，和她作對，純屬找死，」輕鳳枕著胳膊自言自語，冥思苦想了好一陣子，忽然靈機一動，轉了轉眼珠：「為今之計，只有借刀殺人啦！」

那個叫宋申錫的大臣不是說了嗎，這招叫做「以毒攻毒」！輕鳳知道如今這大明宮中，若論起閹黨來，神策軍中尉王守澄這一派的勢力是最大的——他手裡掌管著龐大的禁軍，又曾經擁立李涵登基，與花無歡那一派自然是勢不兩立。

如果借用王守澄的力量，去扳倒花無歡，定然叫不食人間煙火的翠凰防不勝防！

輕鳳越想越覺得自己英明無比，索性一鼓作氣，在後半夜隱身出殿，悄然前往神策軍駐紮在禁苑中的大本營——神策軍北衙。她一路暢行無阻，直抵王守澄所住的宅第之外，這才現身。

王守澄的宅第非常華麗，四周戒備森嚴，到處散佈著他的黨羽。輕鳳一進入他的地盤，立刻就被神策軍的侍衛給攔下：「大膽，來者何人？」

輕鳳不慌不忙地揭開斗篷，唇角露出一絲挑釁的笑意，對攔住自己的神策軍侍衛說：「我要見王守澄，你去告訴他，就說紫蘭殿的黃昭儀求見。」

輕鳳一語驚人，原本充滿孩子氣的小臉，在暗夜裡顯得分外詭異。攔阻她的侍衛一聽她報出來的名頭，哪敢小覷？匆匆往王守澄處稟告之後，便折回來對輕鳳道：「昭儀娘娘，我們中尉大人有請。」

輕鳳嘻嘻一笑，翹著下巴道：「好說，帶路吧。」

一路跟隨侍衛走進王守澄的宅第，只見高堂錦廈美輪美奐，絲毫不遜於天子的宮室，輕鳳見了這囂張的排場，心中不禁暗罵：呔，先用這老賊除去花無歡，待有朝一日時機成熟，這個老賊我也非除不可。

說來輕鳳出山數載，倒是從沒和這位大名鼎鼎的王守澄打過交道，因此不免也有些好奇，在繞過大殿的錦屏時，特意圓睜著眼睛，細細端詳堂上坐的人。

那是個紫糖臉盤、身材微胖的老頭，這會兒正歪坐在榻上，腰下蓋著條錦衾保暖。他似乎沒有察覺黃輕鳳的到來，正專注玩弄著手中的兩顆金胡桃，直到一名小黃門蹭蹭移到他的榻前通報了一聲，他才抬起頭來懶懶搭了輕鳳一眼，不掩夜半起身的疲憊，貌恭心慢地招呼道：「喲，原來是昭儀娘娘駕到，恕老奴無禮，不便起身相迎了。哎，人老了，一到秋天腿腳就開始發僵，不中用了……」

輕鳳忙擺出一副識大體的姿態，福了福身子，假惺惺笑道：「中尉大人千萬不要這樣說，妾身黃夜前來叨擾大人，是妾身的不對。」

說罷她一直籠在袖中的手一動，竟從袖中掏出一只鏨金紅寶石蓮花香盒來，遞進侍立在一旁的小黃門手裡。那黃門忙不迭捧了香盒，送到王守澄榻前請他過目。王守澄慢條斯理地揭開盒蓋，原也不指望瞧見什麼稀罕玩意兒，不料定睛一看後，暗暗吃了一驚：也未曾聽說過這黃昭儀有什麼了不得的背景，如何今日能這般出手不凡，竟送他一顆鴿蛋大的珍珠？

輕鳳觀察著王守澄微妙的臉色，內心暗爽——她作爲一隻神通廣大的黃鼠狼，到哪裡尋不出一點奇珍異寶呢？京城首富佈滿機關的藏寶庫，不過是她的後花園罷了，要不是爲了低調，莫說鴿蛋大的珍珠，就連雞蛋大的珍珠，她也是手到擒來。

當下王守澄收了大禮，也不得不振作起精神，對輕鳳和顏悅色起來：「不知黃昭儀此番前來，找老奴有何貴幹呀？」

他雖然自稱老奴，可通身上下的氣焰，絕沒有半點奴僕的謙卑。輕鳳望著他笑道：「不瞞大人您說，妾身近日得罪了內侍省的花少監，想請大人您爲妾身做主。」

王守澄聞言笑道：「是昭儀娘娘太看得起老奴了。老奴雖身爲神策軍中尉，可是一向持盈守虛，不敢多過問宮中事務，黃昭儀這番請託，老奴只怕是不能勝任啊。」

黃輕鳳聽了王守澄這番託詞，對他的欲擒故縱十分腹誹。這時服侍王守澄的小黃門恰好送上茶食來，黃輕鳳手捧著茶碗，在白騰騰的茶霧裡瞇著眼，諂笑道：「大人此言差矣，如今誰不知道這皇宮之中，您老人家的地位舉足輕重呢？妾身遭遇的難事，若不能仰仗大人您襄助，妾身一介女流，就只能坐以待斃了。」

王守澄聞言呵呵一笑，他是個老奸巨猾的人，安能看不透黃輕鳳這點小算盤，只不過這丫頭見面禮送得體面，談吐也識大體，倒也合他的脾胃。他在小黃門的服侍下啜了一口茶，漱了漱吐進唾盂裡，這才清了喉嚨開口：「昭儀娘娘您這番話，眞是折殺老奴了。那個花無歡向來不識抬舉，和您過不去，也不奇怪。這事娘娘您想怎麼辦，就儘管放手去辦，老奴這裡不會多過問，若有什麼需要幫忙的地方，您是老奴的主人，老奴又焉敢怠慢？只不過……」

王守澄話說到這裡卻又頓住，輕鳳聽出他語帶機鋒，立刻虛心求教道：「妾身愚鈍，還望大人指點一二。」

王守澄莞爾一笑，一直耷拉著的眼皮抬了抬，閃出點狡詐陰險的寒光：「只不過，但凡這類事體，要想辦得滴水不漏，總需講求個裡應外合、八面玲瓏。那花無歡在後宮之中，一向謹小慎微，斷不肯授人以柄，老奴又怎能奈何得了他？不過如果昭儀娘娘您能從中斡旋，由老奴在外朝替您穿針引線，到時候昭儀娘娘您的心腹之患，自然能藥到病除啊……」

這番話正中輕鳳下懷，她連忙起身下拜，對王守澄恭維不迭：「多謝大人指點迷津，有您這一席話，妾身可算是有活路了。」

自打與王守澄結盟後，又過了風平浪靜的兩三天，這日輕鳳忽然接到李涵的口諭，宣她今夜侍寢。

自從那夜進諫失敗後，李涵還不曾關照過紫蘭殿，今日宣她侍寢，自然是為了重歸於好了。輕鳳喜不自禁，迫不及待地妝扮完畢，便一心守在殿中翹首以盼。黃昏後，果然有四個綠衣內侍抬著鳳輿遙遙前來，恭請黃昭儀往太和殿去。輕鳳見這幾名宦官很是面生，不禁奇怪地問：「怎麼不見王內侍呢？」

「回娘娘的話，王內侍臨時有事抽不開身，故命小人們前來接駕。」一位陌生的綠衣內侍跪在地上答道。

輕鳳急著與李涵相會，不假思索地點頭應下，登上鳳輿由內侍們抬往太和殿。一路上她想著與李涵言歸於好後的種種情狀，個中風流不可言傳，一張故作矜持緊繃繃的臉上，就抑制不住地揚起笑意。

哪知正走在半道上，不知從哪裡忽然冒出一名內侍，攔住鳳輿向輕鳳稟告：「啓稟娘娘，聖上因政務繁忙，宣您移駕前往紫宸殿。」

「紫宸殿？」輕鳳心裡頓時打起了鼓——那裡可是后稷大人指明的禁區啊！

然而不等她猶豫，抬鳳輿的內侍們已經腳下改道，一刻不停地往紫宸殿而去。

要男人，還是要命，這是一個問題！輕鳳爲難地望著不遠處恢宏的紫宸殿，內心天人交戰，糾結了許久，最終還是對著天空翻了個白眼。

罷了罷了，留得青山在，不怕沒柴燒。

「哎呀呀呀，哎喲喲喲……」輕鳳忽然彎腰捂著肚子，裝模作樣地哼哼起來：「停下，快停下！」

抬著鳳輿的內侍們正健步如飛，忽然聽見黃昭儀叫停，只得原地停下，按捺住焦躁地問詢：「昭儀娘娘，您這是……」

您這是唱得哪齣戲？

輕鳳故意擠眉弄眼，哼哼著答道：「也不知怎的，肚子忽然痛起來，今夜恐怕沒法侍寢了。不如，不如你們前去向聖上告聲罪，今天還是讓我暫且回去吧。」

內侍們聞言，頓時變了臉色，其中一人立刻揚聲反對：「昭儀娘娘，聖上有旨請您上紫宸殿，茲事體大，小人們豈敢輕易做主。還請娘娘您開恩，不要爲難小人們。」

「哎，聖上有旨不假，可是我現在疼得不輕，若是勉強去面聖，難免粗枝大葉觸怒了天顏，到時可怎生了結？」輕鳳故意唉聲歎氣，一臉痛苦地看著內侍們。

內侍們見輕鳳抱著肚子滿鳳輿打滾，一被顛簸就不停叫痛，最後只得折衷道：「娘娘您只是一時玉體違和，不如先在這裡休息片刻，若是好轉了，再往殿上去，娘娘您看可使得？」

輕鳳聞言眼珠一轉，見好就收地點了點頭，一邊揉著肚子一邊四處張望，隨後指著御花園裡的一處假山，開口：「我去那裡解個手，也許就好了，你們看如何？」

內侍們頓時面色發青，呑呑吐吐地支吾道：「娘娘，此舉大不敬，萬萬使不得。」

輕鳳翻了個白眼，索性兩手托著腮，慢條斯理地應道：「那好吧，我再忍一忍，興許什麼時候就好了呢。」

兩方一時陷入僵局，內侍們等了好一會兒，終於按捺不住，試探著與輕鳳商量：「娘娘，要麼您還是去解手吧，小人們一定守口如瓶就是。」

輕鳳臉上露出一副正中下懷的詭異笑容，捂著肚子跳下鳳輿。她一邊哼哼唧唧地呻吟，一邊往假山那裡走，待繞過假山才得意地齜了齜小牙，搖身一變幻化出原形，毛蓬蓬的尾巴一甩，跟著哧溜一下鑽進了假山石的縫隙裡，溜之大吉。

不料沒跑多遠，輕鳳就在隱僻處看見了幾個鬼祟張望的內侍，她頓時疑心大起，聯想到今日遇見的種種反常，不由恍然大悟，暗暗叫糟。

原來她險些遭了暗算，李涵宣她侍寢只怕也是假的，卻不知想害她的那個人是誰。輕鳳特意抽著鼻子嗅了嗅，果然紫宸殿裡李涵的氣味極淡，人壓根兒不在殿中。

一想到李涵今夜其實沒打算見她，輕鳳就憤憤然打了一下花枝，情愁完全壓過遭人暗算的氣憤。她氣哼哼地繞著紫宸殿轉了好幾圈，很快就摸清了埋伏在四周的人數——雖然談不上裡三層外三層，但對付一個弱女子，卻是綽綽有餘。嘖，幸虧身爲妖精，若是個凡人，今天自己絕對是插翅也難飛。

輕鳳在心裡盤算了一下，決定守株待兔，瞧瞧想謀害自己的主謀是誰。

好一會兒之後，等待黃昭儀的內侍們終於不耐煩，抽了一人繞到假山石後，卻哪裡還能看得見黃昭儀的影子。

眼看到嘴的鴨子就這麼飛了，抬鳳輿的內侍們立刻慌了神，他們一邊大聲呼喚「黃昭儀」，一邊招來埋伏在附近的同夥四處搜尋，其中一人飛奔向紫宸殿報信。

片刻後，紫宸殿中，花無歡聽了手下慌亂的稟告，低頭看著一地亮晶晶的火珠碎片，眸中映出的細碎寒光，像淬了毒的寒刃。

「一群廢物……罷了，吩咐其他人，都撤下吧。」他踢了踢腳邊閃爍的碎片，摒退左右，若有所思地自語了一句：「不應該。」

那個女人，不應該有這樣的運氣，竟逃過他設下的埋伏。即便在中途察覺出不妙，又有誰敢冒抗旨的大不韙，不去紫宸殿面聖？更何況他特意安排了諸多人手，半恭請半脅迫，任她插翅也難飛。機關算盡仍能讓她脫身，實在蹊蹺。

思來想去，這女人分明是應該知道了什麼，然而誰會對她洩密呢？

他開始懷疑自己的手下，將可疑人物一個個過濾排除，可是被他安排在各個環節的人，幾乎都不曾獲悉他全盤的計畫，而自始至終掌握著所有細節的人，除了自己，就只有……

腦中突然冒出一個最離奇的想法，這想法讓花無歡瞬間白了臉色，眸底滑過一絲陰鷙的狠厲。

前所未有的惱怒讓花無歡幾乎失去冷靜，他命令下屬仔細收拾火珠碎片，自己則快步走出紫宸殿，被躲在暗處的輕鳳看得一清二楚。

原來竟是花無歡！輕鳳冷笑一聲，抬頭望著紫宸殿的飛簷，有點委屈地埋怨：「后稷大人，你就知道管我這隻小妖精，怎麼不管管那個死太監呢！」

天人無情，后稷自然不會和一隻小妖精講道理。輕鳳沮喪地撇撇嘴，轉身跑向李涵的寢宮太和殿，小心翼翼地躲在門檻後面偷看他。

此時寢宮中明燭煌煌，李涵毫無懸念地正在批閱奏章，輕鳳睜著一雙黑豆小眼盯著他，剛伸爪撓了撓腮幫子，就被無聊又眼尖的王內侍發現。

「喲，黃大仙。」王內侍輕笑了一聲，悄悄走到殿外，揮袖驅趕輕鳳：「去──去──還不快走，這裡可沒你惦記的東西。」

哼，你要知道我惦記什麼，一定嚇死你！輕鳳弓起身子，揚了揚尾巴，露出小尖牙，有恃無恐地向王內侍示威──李涵都沒攆我呢，你倒會獻殷勤！

「王內侍，回來。」這時殿中忽然傳出李涵的聲音。

輕鳳和王內侍同時望向殿中，只見李涵已經放下奏章，正饒有興味地盯著輕鳳打量。

輕鳳轉了轉黑豆小眼，與李涵四目相對，反倒羞澀地捲起尾巴遮住半邊臉。就這麼一個無心的舉動，卻把李涵瞬間逗笑：「別攆了，隨牠去吧。」

王內侍領命回殿，滿臉堆笑地向李涵解釋：「卑職也是怕這小畜生驚擾了陛下。」

哼，你才小畜生呢！輕鳳不滿地甩了下尾巴，吹鬍子瞪眼。

「這小傢伙，似乎挺有靈性。」李涵將輕鳳的一舉一動看在眼裡，覺得牠彷彿能聽懂人話似的，便試探著問：「你聽得懂我說話嗎？別躲在殿外，進來。」

咦，李涵這是在試探她嗎？輕鳳前爪搭著門檻，歪著腦袋猶豫了一下，最終還是翻過門檻，緩緩靠近李涵的御榻。

王內侍頓時緊張起來：「小畜生，你可別放屁啊！」

你才放屁呢！就不會說點好聽的啊！輕鳳氣得鼓起腮幫子，衝王內侍尖聲叫了一下。

「王內侍，看來牠真聽得懂。」李涵忍俊不禁，好心地提醒王內侍：「你可別出言不遜，衝撞了黃大仙。」

「卑職明白。」王內侍見李涵高興，自然要湊趣，裝模作樣地對輕鳳作了一個揖：「黃大仙，您大仙有大量，可別跟小人我計較啊。」

平素王內侍對輕鳳照顧有加，輕鳳決定賣王內侍一個面子，便趾高氣揚地點了點腦袋。

「嘿，陛下，牠貞聽得懂人話呢！」王內侍立刻眉飛色舞。

李涵望著輕鳳微微一笑，拍了拍身側御榻：「過來。」

睽違數日，輕鳳哪經得起李涵這一笑的誘惑。她樂陶陶地爬上御榻，蜷著身子在李涵身邊坐下，用腦袋蹭了蹭他的衣袍。李涵身上迷人的麝香味蠱惑著她，讓她忘記了警惕和提防，竟然半躺在李涵身側，全身心地放鬆了下來。

不經意間，就聽李涵喃喃道：「這小傢伙，讓我想起一個人。」說罷竟伸手籠住輕鳳的腦袋，順著她的毛一路向下撫摸，直到尾椎那裡才停住。

這一摸可了不得！人事已通的輕鳳哪受得住這個，立刻渾身顫抖，軟成了一灘泥！不行不行，再摸，她就把持不住了啦！

就在輕鳳被摸得心猿意馬的時候，一旁的王內侍卻大驚小怪地嚷嚷起來：「陛下，使不得！這野物可比不得天天有人打理的玉猧兒，不能隨便拿手碰的，要不，卑職先抱這位黃大仙去洗個澡……」

輕鳳一聽「洗澡」二字，便如當頭棒喝，瞬間清醒過來。

簡直沒天理啊！侍寢要洗澡也就罷了，變回黃鼠狼被李涵摸個兩下，怎麼還要洗澡啊！輕鳳見王內侍的手已經向自己伸過來，立刻夾起尾巴竄下御榻，一溜煙逃出了太和殿，邊跑邊抱怨：

哼，王內侍眞是太可惡了，還口口聲聲叫我黃大仙呢，結果一點也不敬重我！

可惜輕鳳卻不知道，就在她溜走不久，寢宮中的李涵一邊用清水淨手，一邊對端著金盆的王內侍道：「這幾天我沒有點黃昭儀侍寢，想來也是冷落了她。這樣，大食國剛送到的阿末香，明日你往紫蘭殿送一些去。」

「是。」王內侍低頭領旨，暗暗偷笑——明明都已經喜歡成這樣了，又何必和心愛的妃子置氣呢？

話分兩頭，卻說此時興慶宮內，花無歡已火速趕到花萼樓，求見被翠凰附身的杜秋娘。

「秋妃，」他跪在翠凰榻前，請罪的語氣冰冷尖銳，與謙卑的身姿截然相反：「今次卑職有辱使命，未能成功除去黃氏，請秋妃降罪。」

翠凰端坐在榻上，被他的怒氣衝得有些不知所措。憑藉法術，她早已知道他的計畫失敗，只是一計失敗，再設一計就是，又何必如此惱火？更何況這火氣竟像是在對著她發作。翠凰無奈地凝視著跪在自己面前的花無歡，既然想不明白，索性再次拾起讀心之術，不料一讀之下，心神大震——此時此刻，他竟然在懷疑自己！

翠凰面色蒼白，竭力穩住心神，用平靜的語氣敷衍了一句：「世上哪有萬全之策，此事實在無須介懷，快起來吧。」

哪知花無歡並不動身，只是抬起頭來，直視著翠凰的雙眼開口：「那麼，也請秋妃您不要半途而廢，忘了憲宗的遺命。或者說，如果妳只是想借用她的身體，那麼還請妳手下留情，至少不要剝奪她的意志。」

這後一句話太過驚人，令翠凰一時驚慌失措，只能瞠目結舌地盯著花無歡，好半天後才喃喃囁嚅：「你這般胡言亂語，是什麼意思？」

她平生第一次虛張聲勢地抵賴，只因不敢相信自己通天的本領，竟能被一個凡人用肉眼看穿。

「是不是被我說中了？其實妳根本就不是秋妃？」這時候花無歡已然站起身，目光冰冷地與她對視：「如果我說得沒錯，就請妳不要再掩飾。因為我拿不出證據，也不知道妳使用了什麼手段，又為什麼要附在她的身上。但是我確信，降妖伏魔有無數種辦法，請妳不要逼我做到這步。」

翠凰默默聽完花無歡的逐客令，卻沒有如他預想中那樣惱羞成怒或者反目成仇，只是怔怔地低著頭不說話。這幾乎又要使花無歡懷疑自己的判斷，也許之前的一切都是錯覺，眼前這懨懨的人，只是病糊塗了而已。

然而這時眼前人玉齒輕啓，打消他最後一絲僥倖：「你……什麼時候發覺的？」

花無歡心神一凜，一剎那真切地感受到毛骨悚然。他頭一次與深埋在秋妃體內的妖祟對話，本能的敵意使他出口不善，語氣比往日更加冷硬：「不管妳信不信，我很早就覺察出妳不對勁了。」

「那麼，爲什麼直到現在才戳穿我？」翠凰低聲問道，黯淡到極處的眼眸中，竟然微不可察地透出一點亮。

她的反問令花無歡猝不及防，一時捫心自問，內心深處欲蓋彌彰的那個答案，竟使他難堪得無地自容。然而雙方內心都明鏡般透亮，誰也無法將彼此糊弄。他咬得牙齒格格駁駁作響，靜默了許久才道：「因爲我心猿意馬，以爲她不在我就能有機可乘，就能夠自欺欺人下去。只是沒料到，妳竟會出賣我。」

說這話時他面色蒼白，左眼下的一粒藍痣，像極了道明心跡後、恩斷義絕的淚。

「你爲什麼覺得我會出賣你？」面對花無歡表現出的疏離，翠凰隱隱覺得不甘心，望著他低聲道：「如果我說，我沒有呢？」

「一切跡象都指向妳，何況，我憑什麼相信妳呢？」花無歡盯著面前茫然失措的人，咬牙斷言：「妳只是附在她身上的，一介妖祟而已。」

他這句話如無形之刀，刺得翠凰心口劇痛，讓她想大聲叫喊出自己的冤枉。然而經年累月的心如止水、寡言少語，讓她此刻竟然笨口拙舌，只吶吶低問：「眞的僅此而已？」

花無歡冷笑了一聲，通身怒氣直沖腦門，竟忘了忌憚翠凰身爲妖祟，只是咬牙切齒道：「當然！妳若識相就自己離開，讓她回來。妳若執意要鵲巢鳩佔，我花無歡向來不擇手段，哪怕玉石俱焚也會逼出妳這妖孽來！」

「我，」翠凰咬了咬唇，她平生鮮少嚐過六神無主的滋味，一時也不知道自己在遲疑什麼，最後只得歎了口氣，抽身而去：「罷了……」

話音一落，只見杜秋娘忽然雙目一闔，渾身虛軟地癱倒在了坐榻上。花無歡立刻上前將她扶起，緊張地察看她蒼白的臉。須臾之後，只聽得杜秋娘喉中格格作響，跟著她重重咳了兩聲，長歎了一口氣，這才緩緩睜開眼睛：「無歡？無歡，現在是什麼時辰，你怎麼會在這裡？」

她嗓音沙啞地問著，渙散的目光落在自己的忠僕臉上，卻帶著淡淡的漠然。花無歡神色一凜，立刻低頭隱藏掉眸中的失落，起身後退了幾步：「現在剛到亥時，秋妃您……」

「哦，到亥時了啊……」杜秋娘喃喃道，目光恍恍惚惚越過花無歡，落在透著矇矓月光的紗窗上：「漳王睡了嗎？他正是長身體的年紀，即使用功也不能太過。」

「是。秋妃您身上元氣不足，也要多休養才好，」花無歡出言攔住正打算起身的杜秋娘，低著頭沉聲道：「卑職會親自去探望漳王殿下。」

「嗯，也好。你辦事我一向放心的。」杜秋娘唇角若有似無地笑了笑，目送花無歡起身告退。

花無歡默默走下花萼樓，卻無端頓住腳步，回首仰望著樓閣上半捲的珠簾，心中一片空茫，莫可名狀。

事已至此，再追悔也是枉然。只是今日造釁已開、覆水難收，接下來又該如何收場？花無歡微微皺眉，卻又無可奈何，在夜色中煢煢孑立了許久，才籠著衣袖悄然離開。

第十五章　火珠

因爲忌憚后稷大人而躲過一劫的輕鳳，這夜回到紫蘭殿後，獨自窩在帳中睡得人事不知，壓根兒不知早朝時紫宸殿火珠失竊一事，在朝堂上引發了多大的波瀾。

天快亮時，輕鳳矇矇矓矓地翻了個身，還待再睡，卻兩耳一動，聽見帳外響起一陣窸窸窣窣的聲音。因爲飛鸞出宮偷會李玉溪，她昨晚是放了瞌睡蟲才睡的，因此這聲音極不尋常。輕鳳頓時警覺起來，睜開雙眼，悄悄掀開錦帳一角，就看到一個穿著內侍綠袍的背影躡手躡腳溜出了內殿。

她立刻跳下地，一雙眼睛在光線昏暗的紫蘭殿中灼灼閃光，隨後直奔到存放夏衣的衣箱前，打開箱子翻找起來。須臾，她從好幾層衣服底下翻出一只氣味陌生的絹袋，打開一看，不禁有點傻眼：「這是什麼？」

只見絹袋中一片光芒璀璨，全是一種晶瑩剔透的寶石碎片。輕鳳一邊琢磨著這玩意兒是啥，一邊順手收回瞌睡蟲，鑽回帳中，將絹袋藏進了被窩。

過了不久，尚食局的宮女前來送朝食，自然要與自己相熟的宮女竊竊私語，交流勁爆消息：「聽說了嗎？供奉在紫宸殿裡的火珠不翼而飛，今早被人發現，早朝時聖上大發雷霆呢！」

「哎喲，又丟東西了？」聽到消息的宮女吃驚地掩住嘴：「當初丟了白玉枕，龍武軍費了九牛二虎之力才找回來。這種事，一而再、再而三地鬧出來，聖上豈能不震怒！」

殿外宮女還在交頭接耳，這邊廂輕鳳低頭看著自己手中的絹袋，恍然大悟——這一定是火珠，還他娘是碎的，花無歡這是存心讓她死無葬身之地啊！

輕鳳在帳中呵呵一笑，眸中滑過一絲冷光。

這天宮中果然掀起軒然大波，天子李涵下旨徹查火珠失竊一事，一時宮中風聲鶴唳，謠言滿天飛。諸多傳言中，不知何人散播消息，說是昨日傍晚見到黃昭儀曾在紫宸殿附近出沒。

不用想也知道，這一定是花無歡放出的消息，輕鳳將火珠碎片妥善藏好，守在紫蘭殿中按兵不動，直至太陽落山、月黑風高之時，才袖著那只盛碎片的絹袋，隱身出殿，往王守澄的宅第走了一趟。

夤夜，興慶宮上空，翠凰孤獨地坐在一團冷雲中，默默看著數十騎神策軍飛騎而來，將花無歡的手下一一扣押。

一名拚死跑回花無歡身邊報信的內侍，如喪考妣地跪倒在他腳邊，而花無歡只是目光黯淡地掃了他一眼，踢了踢他瑟如秋葉的腳踝：「走罷，我的事，不要報於秋妃知道。」

翠凰在空中悠悠歎了一口氣，俯瞰著難掩衰色的興慶宮，終於耐不住襲身而來的落寞，開始漫無目的地在長安上空亂逛。宮外就是生機勃勃的民間，眾生在她腳下擾擾攘攘，卻與她並無干係——她知道自己正在牽掛什麼。

由神策軍掌管的神策獄，是大唐近十幾年來，宦官擅權的產物。在這暗無天日的地界，宦官擁有直接審訊犯人的權力，不僅大理寺、御史台、刑部無力干涉，有時甚至連天子都無法控制。

三日後，神策軍的最高首領——中尉王守澄坐在刑堂之上，睥睨著堂下遍體鱗傷的人，將一只鼓鼓囊囊的絹袋丟在他面前：「花少監，乖乖招吧，招出我要的那幾個人來，你我兩便。」

堂下人奄奄一息地伏在地上，聞言勉強抬起頭，從凌亂的髮絲間望出去，目光碰上散落在絹袋外的火珠碎片，卻是無聲一笑：「要殺要剮，悉聽尊便。」

一地晶瑩的火珠碎片，在堂上火燎的照耀下反射出刺目的光，映得花無歡汗涔涔的臉越發疏離無情，其眉目間赤裸裸的藐視之色，令王守澄惱羞成怒。

他走下堂，厚重的皀靴踩在花無歡的肩胛上碾磨，逼他重又匍匐在地，止不住地喘息。陰鷙的內心稍覺快意，王守澄揚起尖雌的嗓子，趾高氣揚道：「花無歡，我一向愛你伶俐，可惜你竟不識抬舉，處處與我作對。今次你落在我手裡，你以為自己還有什麼能耐，能逃出我這手掌心？」

花無歡額頭抵著冰冷的磚地，凌亂的髮絲因為他負痛的掙扎，磨斷了許多。他喘了口氣，吐掉口中血沫，懨懨答道：「願賭服輸，我不想牽扯他人，也不需要你的抬舉。」

「果然是鐵骨錚錚啊。」王守澄獰笑一聲，譏嘲道：「我能高看你一眼，還不是因為你出身不同，比旁人心高氣傲些也情有可原，誰讓你是——」

「閉嘴！王守澄你這老狗！」一剎那腦中一片空白，花無歡胸中氣血翻湧，想也不想便破口大罵。

王守澄被他的辱罵惹得勃然大怒，飛腳將他踢開三尺遠，尖聲罵道：「花無歡，你好大的膽子！進了我這裡還敢強橫，還把自己當紆青佩紫的貴胄王孫嗎？告訴你這不知天高地厚的小鬼，今天我這裡就是森羅寶殿、百鬼道場，不信卸不下你這身骨頭！」

花無歡對王守澄的罵語置若罔聞，任憑獄丞將自己架起來，再次施以重刑。此刻他的神魂早已脫離肉體的痛苦，一徑飛升到空茫的九霄之上，而後在恍惚之中，他的眼前滑過一片鮮花著錦的明媚，那些已然煙消雲散的紫煙、金粉、朱顏、綠鬢，又重新環抱住他，甜蜜親暱而溫存——卻正是他多少年來、竭力忘卻的夢影。

不，不能！他不能再讓這些記憶湧回腦中！那種粉身碎骨的痛，一輩子一次就夠了！他禁不住撕心裂肺地大叫起來，頭疼欲裂地瞠圓了雙目，掙扎奮起與獄丞劍拔弩張地激鬥，再毫無知覺地昏厥。一桶桶涼水澆潑在他的臉上，他止不住地嗆咳，蒼白的眼瞼在無意識中輕顫，左眼下的一粒藍痣，卻原來是目睹了過往徹骨慘痛所凝成的、再也拭不去的淚。

翠凰立於紫宸殿巨大的簷翅上，抬頭仰望著星空。在她身前不遠，站著大明宮的城隍神后稷。

「妳一定要救他？」見慣了興衰變遷的后稷，臉上永遠掛著一副淡淡的笑意。

「求大人成全。」翠凰低下頭，盈盈跪落在后稷面前，隨即渾身一震，雙眉緊蹙。她竭力使自己保持平靜，然後毫不猶豫地下狠手自傷，還是讓一絲鮮血順著她的唇角滑下。

「何苦。」后稷輕輕歎息一聲，收起唇問笑意：「起來吧。」

「謝過大人。」翠凰起身，雖勉力支撐，身軀還是微微晃了一下。

后稷若有所思地打量著翠凰，問她：「打算如何救？」

翠凰再度仰望星空，似乎她想要的轉機，就隱藏在那璀璨的漫天星宇之中：「自然是用凡人能接受的辦法。」

后稷也順著她的目光抬頭望了望星空，點點頭道：「這個辦法的確不錯，要不要我助你一臂之力？」

翠凰聞言失笑，偏過頭來望著后稷，輕聲道：「大人若肯幫忙，翠凰受寵若驚。」

「也不光是爲你，如今的皇帝太小氣，我想要他修葺一下殿宇，非得要點花招不可。」后稷一邊說一邊撣了撣衣袍，淡淡抱怨：「再放任下去，恐怕這大明宮的飛簷之下，就要徹底淪爲鼠雀的巢穴了。」

翠凰抿唇一笑，對后稷道：「這樣務實儉省，是個好皇帝呢。」

后稷聞言笑得意味深長，溫潤如玉的臉上，卻不見臧否之色：「好皇帝，不是靠儉省出來的。」

是夜，天邊出現彗星——也就是俗稱的掃把星，長長的彗尾劃過長空，直落在紫宸殿頂，方才消失不見。與此同時，紫宸殿的殿頂詭異地走了水，沖天火光驚起鴉雀無數，盤旋在大殿上空驚叫不歇。

紫蘭殿中，在市井聽見風聲趕回宮的飛鸞拉著輕鳳，與她一同勾著脖子望天，嘖嘖驚歎：「今年竟然出現掃帚星呀，不知道哪裡要鬧災了！」

說這話時，她們耳尖地聽見殿下有宮女也在小聲議論：「聽說河北這幾年一直鬧兵患，惹得周邊民不聊生，今日這天相，不正是天怒人怨的徵兆嗎？」

「哎，這樣的話，聖上很快就要頒佈『修省詔』了吧？」

輕鳳與飛鸞疑惑地對視一眼，不知道宮女口中的修省詔，是個什麼東西。

這時就聽見有人急匆匆向紫蘭殿跑來，當看見殿下的宮女們時立刻揚聲招呼，語氣裡帶著明顯的震驚：「嘿，妳們知道嗎，紫宸殿那裡出大事了！」

「什麼事？是不是說紫宸殿走水的事？這個我們已經知道了。」宮女們嘰嘰喳喳地回話，好奇地將來人團團圍住。

「哎，不是不是，比這件事還要稀罕，」來人輕咳一聲，氣喘吁吁道：「紫宸殿的火勢不大，很快就被我們掖庭局的人給撲滅了，可是待我們走進殿中查看時，竟然發現了前些日子不翼而飛的火珠！你們說這算不算件咄咄怪事？！可憐為了那顆火珠，宮中多少人受了牽連！今天這從天而降的火珠，會不會是方才那掃帚星變的？」

「噓，這話可不能亂說！」宮女中立刻有人出言提醒：「掃帚星是不祥之兆，和火珠能有什麼關聯呢？」

「話雖如此，可是……」那人欲言又止，半天後才訕訕補了一句：「反正火珠是回來了，聖上仁厚，這件事估計也不會再多追究了……」

輕鳳和飛鸞躲在殿中聽完這番議論，也覺得這事頗有些古怪。飛鸞不禁歪著腦袋，悄聲問輕鳳：「姐姐，難道說，那顆掃帚星從天上落下來，正好砸進紫宸殿中，變成了火珠嗎？」

「這怎麼可能？哪有那麼巧的事。」輕鳳撇撇嘴，暗暗琢磨了半天，也不能判斷這一次從中搗鬼的，是永道士還是翠凰。

然而不論孰是孰非，紫宸殿中的火珠失而復得，是不爭的事實。天降彗星的異象，也給皇家帶來了足夠大的警示。沒過幾天，李涵果然就向天下發佈了〈彗星見修省詔〉：

「昔宋景發言，星因退舍；魯僖納諫，饑不害人。取鑑往賢，深惟自勵，載軫在予之責，宜布恤辜之恩，式表殷憂，冀答昭戒……應在京城百司及天下州府見禁囚徒，各委長吏，親自鞫問。罪合死者降從流，流以下並釋放。惟故意殺人及官典犯贓，並主掌錢穀之吏計較盜竊者，不在免限。」

身陷囹圄多日的花無歡，因爲這一道詔書，被無罪放還，職位不變。

劫後餘生卻並未使花無歡內心有多少慶幸，酷刑之後的他體無完膚，被幾名心腹扶回自己的宮室之中，躺在榻上休養。在摒退左右之後，他獨自寬去襤褸的囚衣，手腳不便地翻出藥箱，將罐中傷藥大把大把地往身上抹。

「我知道，能讓打碎的火珠還原的，只有妳。」他在沒有旁人的廂房中忽然開口，突兀的自語透著無比的詭異。

然而他話音未落，廂房裡已是煙氣氤氳，一位青衣美人靜靜出現在他的面前——那正是翠凰本來的容貌，雲鬟霧鬢、柳眉桃腮，有著無與倫比的美麗。

花無歡抬頭淡淡瞥了她一眼，對她的美麗無動於衷。他是受過腐刑之人，本就不會受美色所惑，之所以會對秋妃心存一絲妄念，不過是因爲當初他剛剛獲罪進宮，在掖庭局中心如死灰之際，受到她一時的關懷，從此便將那恩惠深藏心中，一直感念至今罷了。

而眼前這份超凡脫俗的美麗，無非是比凡人的皮相更加光鮮而已，可惜在這深宮之中，光鮮是最可悲的東西。

他這樣想時，眼前便又開始浮現出許多鮮妍明媚的色彩，泛著過往陳舊的味道，讓花無歡唇邊溢出一陣陣的苦。也許是長久的受刑使他心力交瘁，才會讓這許多他已刻意遺忘掉的東西，再次趁虛而入。

花無歡苦惱地甩甩頭，強迫自己鎮靜下來，抬頭面對始終沉默的翠凰。

「原來這就是妳的本來面目。我知道是妳還原了火珠，甚至有可能是妳引得天子發修省詔大赦天下，才使我得以脫身。」他凝視著翠凰幽黑的雙眸，冷冷道：「無論妳這樣做是出於何種目的，我已確然從中受惠，妳可以離開了。」

他漠然的態度，給這初次的照面蒙上一層暗淡的灰色。翠凰沒有說話，心中卻多少有些受傷難堪。自她修成人身之後，沒有任何生靈會如此漠視她這副皮相，她也想過他應該與其他凡夫俗子不同，然而這樣的反應，不是不叫她失望的。

也許……她應該再多付出一些，凡人總是貪婪的。翠凰心裡這樣想著，便伸出手來，讓自己的靈力在掌心匯成一顆紫色的珠子，珠子圓轉著，散發出一圈圈璀璨的光芒，映照在花無歡的臉上，讓他眼角唇角的裂傷瞬間癒合：「的確是我復原了火珠，如果我願意，還可以復原任何東西。包括你。」

花無歡抬起手來，發現手腕上的青腫正在逐漸消失，下一刻卻將身子退後，躲開了靈珠的光華，信口自嘲道：「一點小傷而已，不勞費心。」

翠凰淺淺一笑，臉上浮現出些許複雜莫測的神情：「你身上，不只有小傷吧。」

花無歡面色一白，盯著翠凰的雙眸裡，閃動著一觸即發的火苗：「妳這話什麼意思？」

「我可以讓你完全復原，復原成你進宮前那樣。」翠凰覺得這對宦官來說，應該是個很難抗拒的誘惑，至少城隍神后稷是這麼說的。

一瞬間花無歡駭然生笑，前一刻還浮動在眼前的美麗顏色，轉眼間霍然一片片破碎，在他面前血流成河。

「妳以為我很可憐，是嗎？」他面色鐵青地咬牙道，轉瞬卻又淒涼地嘿笑起來：「妳又以為，我進宮前是什麼樣呢？」

身體的殘缺，算得了什麼？如果能挽回那些毀滅在他眼前的鮮活美麗，哪怕他粉身碎骨，又算得了什麼？面前這法力通天的妖祟，以為復原他的身體，就能拯救他了嗎？

多年前對世事充滿憧憬的自己，曾經無憂無慮地活在一座琉璃塔裡。當那座琉璃塔轟然坍塌之時，自己早也就跟著碎成齏粉，再也拼湊不起。爲什麼那一年抄家滅族，偏偏只有他一個人活了下來？那些環繞著自己的紫煙金粉朱顏綠鬢，怎麼能夠一瞬間就失去生色，如夢幻泡影般，消失在他的生命之中。從此讓他看清楚琉璃塔之外，原來還有一片壓在他頭頂上的無邊陰霾，叫作天威。

她以爲，自己需要復元的，僅僅是肉體嗎？

「我苟延殘喘活在當下，已然是奢侈得，連名姓都不配擁有了。」花無歡嘿然笑道，佈滿血絲的雙目浮出一層薄淚，又滴淌下來，浸潤著左眼下藍色的淚痣，讓他看上去分外妖異而悽惶，「收起妳那套自以爲是的妖術，給我滾，快滾！」

「我……」翠凰雙唇囁嚅，無助地皺起眉，不知道自己爲何會惹得花無歡如此憤怒。她還沒有學會該怎樣面對一個脆弱的凡人，在需要顧忌他喜怒的前提下，將一切做到最好。

他已然惱恨自己，叫她又能怎麼辦呢？翠凰束手無策，只能在花無歡恨意熾燒的目光下，別無選擇地轉身離開。

第一次意識到自己是令人討厭的，翠凰失魂落魄地浮在半空中，無意識地回想起某個曖昧的夜晚，那個出其不意令人心悸的吻。哎，剛剛忘了問他，那個時候，他到底是否知道，自己吻的是誰？翠凰抬手撫過自己的嘴唇，回憶著那時的親暱，心底便牽出陣陣疼痛。

眞是，任憑什麼法術也救治不了的疼痛呢。

她喃喃自語道：「若是早知如此，當初就應該做點什麼……」可她能做點什麼呢？冥冥之中似乎有個念頭一閃而過，可此刻她的腦中一片空白，什麼頭緒也抓不住。

翠凰茫茫然飄過大明宮的上空，無意中忽然聽見有個聲音在呼喚自己，她不由低下頭，這才發現自己不知不覺之中，已來到了紫蘭殿的上方。

呼喚翠凰的正是飛鸞，她本在露台上百無聊賴地觀星，恰好看見翠凰兩眼無神地飄過，這才興起好奇，將翠凰喚住：「翠凰姐姐，妳怎麼到大明宮來了？」

飛鸞紅潤的臉上掛著笑，唇角彎出個飽滿的弧度，無聲無息地流露著幸福：「妳不是一向待在興慶宮的嗎？」

飄在空中的翠凰尚未回答，聽見動靜的輕鳳已從殿中衝了出來，一臉警惕地盯著她，假笑了一聲：「嘿，眞是稀客啊，看來前兩天那碎掉的火珠能復原，八成就是妳做的手腳吧？」

翠凰低頭凝視輕鳳，灰濛濛的眼中映出她泛著光澤的榛子臉，忽然便鬼使神差地悟出之前困擾自己的謎題：「啊，是了。如果當初我的魅丹不被妳們偷走，我今天，也不會像現在這樣……」

「啊？妳什麼意思？」輕鳳莫名其妙地看著翠凰，發現她的情緒很不對勁：「我和妳說火珠的事呢，妳好好地又扯什麼魅丹？那件事，我們不是早了結了嗎？」

「了結？」翠凰目光一冷，眼中的恨意一閃而過：「不，這件事，遠遠沒有了結。」如果當初是自己吞下了魅丹，那個凡人，又豈會對她這般無情？

「翠凰姐姐，妳這是怎麼了？」敏感的飛鸞雖然不明就裡，卻從翠凰的神色中覺察到了一絲不尋常，疑惑地望著她問：「妳……妳在難過嗎？妳是不是碰上什麼事了？」

「她呀？」輕鳳自然心中有數，扯了一下飛鸞的胳膊，嬉皮笑臉地賣關子：「她如今也陷在情障裡，脫不了身呢。妳猜她喜歡誰？」

「真的？怎麼會這樣！」飛鸞大吃一驚，詫異地望著翠凰：「翠凰姐姐，妳……妳喜歡誰？」

隱秘心事被輕鳳輕佻地揭破，在飛鸞震驚的目光下，翠凰惱羞成怒——她想出手教訓多嘴多舌的輕鳳，然而無所遁形的窘迫，讓她更想從飛鸞和輕鳳眼前逃離。幾乎是不假思索的，她拂袖幻出一團青雲，眨眼間便消失在雲空之中。

長安城上空，清涼的夜風透體而過，卻吹不散壓抑在翠凰胸口的鬱氣。她在長安城中漫無目的地繞了許久，才漸漸平復了心中驚怒的波瀾。

是了，她失去了魅丹，所以沒人再會給她真心。她竟淪落到……連一個凡人都不肯正眼看她，連一隻不入流的黃鼬精都敢隨意奚落、羞辱她。

恨意就這樣恣意蔓生，蜿蜒著爬滿了整顆心。

她停在空中思索了許久，最後一咬牙，仍是飛回了興慶宮花萼樓。此時杜秋娘正躺在榻上，恍恍惚惚聽宮女訴說自己近來的舉止言行，雙眸中不禁生出濃濃的困惑：「奇怪……妳說我做了這些事，可我自己連一樣都不記得……」

妳當然不會記得，翠凰心道。她低下頭，冷冷看著神思恍惚的杜秋娘，下一刻便毅然決然地鑽進了杜秋娘的肉身中。

「對不住，我還需要妳這具肉身，替我自己討還些公道……」翠凰附在杜秋娘身上，再度睜開眼時，眸中已是光華閃爍——「我沒了魅丹只好認命，但是某些人，也不該、不能再做美夢……」

彗星降臨之後，天下依舊是一副老樣子，談不上四海承平，也沒啥過不去的天災人禍。日子一天天過去，當天氣從金秋轉爲寒風漸緊的孟冬十月，李涵的生辰——十月十日慶成節就要到了。

如今與李涵蜜裡調油的輕鳳，一早就扳著手指數日子，盼星星盼月亮地等著這一天：「往年只能爲他獻上一支歌舞，今年終於有機會可以和他共度了！老天保佑，慶成節那天他可千萬別宣召其他人啊！」

對了，還有生辰賀禮呢，她該爲他準備點什麼呢？

正在輕鳳美滋滋胡思亂想的時候，卻聽帳外窸窸窣窣響了幾聲，竟是出宮多日的飛鸞跑了回來。輕鳳慌忙抹抹自己燥熱的臉頰，斜睨著飛鸞取笑了一句：「死丫頭，今天刮的是什麼風哪，竟然把妳給吹回來了！」

飛鸞卻像沒聽見她的調笑似的，一徑盯著輕鳳猛看，桃心小臉上一陣紅一陣白，把輕鳳弄得莫名其妙：「哎，我說妳這是怎麼了？大清早冷不丁地衝回來，卻一句話也不說，是不是想嚇唬我呢？」

飛鸞依舊不回她的話，又怔忡了片刻，才後知後覺地搖搖頭。輕鳳簡直拿她沒轍，伸手捏捏她的臉，裝模作樣地威脅：「再不跟我說清楚，我就去找那隻呆頭鵝算帳哈！」

飛鸞聽了輕鳳的話連忙又搖搖頭，長長地吸了一口氣，才慢悠悠開了金口：「姐姐啊……」

「嗯？」輕鳳急忙豎起耳朵，聽她到底有何話說。

飛鸞紅著臉猶豫了好半天，才對輕鳳小聲囁嚅：「姐姐，今早和李公子吃餛飩的時候，我，我吐了……」

「呃，妳吃撐了嗎？」輕鳳初聽之下沒反應過來，片刻後才心中一緊，吃驚地睜大雙眼盯著飛鸞，期期艾艾道：「妳，妳吐了？」

飛鸞心知輕鳳已猜著了大概，紅著臉點了點頭，臉上滿是掩不住的歡喜：「姐姐，自從我吞了靈丹，到今天終於可以確定……我懷上他的娃娃啦！」

這爆炸性的消息讓輕鳳目瞪口呆。她睜大雙眼，盯著飛鸞的肚子看了許久，卻哪能看出半點懷娃娃的跡象來？她吞吞口水，結結巴巴道：「妳還眞是……哎，恭喜啦死丫頭，李公子他知道嗎？」

「我，我還沒告訴他呢。」飛鸞樂呵呵地搖搖頭：「我想給他一個驚喜！」

這可眞是天大的驚喜。輕鳳兩眼一翻，望著天無奈地長歎一口氣——虧她還成天琢磨著給李涵送個啥驚喜呢，誰曉得飛鸞竟神不知鬼不覺，又把她甩開了幾條街！

果然鼬比狐，算個雛啊！她搖頭晃腦，嘖嘖感歎。

這時飛鸞搖了搖輕鳳的胳膊，皺著小臉道：「姐姐，我如今已經懷了娃娃，可宮中的彤史卻不曾記錄我與皇帝行房，用不了幾個月，我這肚子就瞞不了人啦，到時候可怎麼辦才好呢？」

輕鳳聞言撓了撓下巴，點頭道：「這的確是一個問題，咱們得想個法子瞞天過海。唔，不如這樣吧，咱們這兩天就去找王內侍通融通融，安排妳去侍寢，如何？到時候咱們再像上次那樣，移花接木、李代桃僵，反正車到山前必有路，總歸會有辦法解決的。」

飛鸞聽了輕鳳這番話，一向乖巧的她這一次卻不再言聽計從，搖搖頭道：「不，我不想再用這樣的辦法。我在想有什麼法子能一勞永逸，讓我從此就不用再踏入大明宮呢。」

輕鳳沒料到飛鸞這次竟會萌生去意，一時怔愣在原地，無法接受她的想法：「妳，妳不打算陪我了嗎？」

她有些無措，想著自小陪在自己身邊的姐妹，這會兒竟要割捨自己而去，心裡就一陣陣地緊揪難過。早知如此……她，她才不會把飛鸞交給那隻呆頭鵝呢！

飛鸞溫柔地撫摸著自己的小腹，低著頭喃喃道：「姐姐，我們以後可以相聚的日子那麼多。可李公子卻只是一個凡人，他只有幾十年的壽命，想想在他百年之後，有多漫長的一段時光，我都無法再見到他。一想到這件事，我就一天都捨不得浪費。」

飛鸞的話中深意，輕鳳又焉能不懂？只是自小在一塊兒長大，她即使知道她們將來都會各自尋覓幸福，卻想不到飛鸞會先提出與自己離別。這讓輕鳳不勝唏噓，在聽完飛鸞的話之後，沉默了許久，才不得不點點頭：「妳說得對。此事若換作我，也一定會這麼選擇。既然妳去意已決，我就想辦法送妳出宮去。」

「姐姐……」飛鸞感動地撲進輕鳳懷裡，滾圓的淚水從眼眶中撲簌簌掉下來——她和姐姐從吃奶的歲數就一直相伴在一起，如今自己猶豫許久做出了這樣的選擇，姐姐一定會很傷心。可是她捨不得李公子，就像姐姐會為了心上人忽喜忽悲一樣，她們妖精墜入情網後，都會這般難以自拔吧？

「傻丫頭，哭什麼……」輕鳳感慨萬千地揉了揉飛鸞的腦袋，歎了一聲又道：「此番妳離宮不比從前，必須得想個不驚擾凡人、又能全身而退的法子。現在姥姥們那裡咱們是回不去了，妳為凡人生子，灰耳姥姥要是知道了，非得為妳把我的腿給打斷了不可！這樣吧，我去找找能幫我們的人。」

飛鸞聞言吸了吸鼻子，抬頭怔怔問輕鳳：「誰能幫我們呢？翠凰姐姐嗎？」

「不，絕不能找她，」輕鳳立刻搖起腦袋，兩只耳墜直晃蕩：「這事被她知道，還能瞞過姥姥們？唔，不如……我還是去找那個臭道士吧，他雖然人有點顛三倒四的，可到底手眼通天、法力高強呢。」

飛鸞隱隱覺得找永道士有點不靠譜，可她一向對姐姐言聽計從，還是乖乖點了頭。輕鳳性子急，定下了主意便說辦就辦，當下叮囑飛鸞留守紫蘭殿，由她自己隱身溜出大明宮，往永道士所在的華陽觀跑去。

待到抵達華陽觀後，因爲天光正亮，輕鳳索性就裝作一個仰慕永道士的信女，站在觀外求見他。永道士得知輕鳳不請自來，立刻走出廂房迎接，樂得瞇眼笑道：「好久不見呀，小昭儀，今天什麼風把您給吹來了？」

輕鳳看見他得瑟的樣子就老大不爽，故意指著華陽觀中掛的四神長幡，假惺惺笑答：「這個您還要問我嗎？今天刮的一直是北風呀。」

永道士眉眼彎彎地嗤笑了一聲，銀線繡的鶴氅歪歪搭在他肩上，在北風中獵獵翻飛：「得啦，小昭儀。妳一向是無事不登三寶殿，今日妳不請自來，是不是有事想求我呀？」

說罷他將輕鳳請入廂房，還挺熱心地給她倒了一杯茶。輕鳳被永道士一語道破來意，暗暗翻了個白眼，無奈猶豫了半天也找不到藉口搪塞，只得很沒面子地承認：「對呀……我若有事要找你幫忙，你幫是不幫呢？」

永道士眉毛一挑，笑得一團和氣：「嗨呀，好說好說，如今咱們倆是什麼交情？妳有事兒，儘管提。」

輕鳳一聽此言，立刻打蛇隨棍上，毫不客氣地開口問：「那什麼，你手裡是不是有許多靈丹妙藥？有沒有比如……假死藥之類的東西？」

「啊？假死藥？」永道士聽了輕鳳這要求，頗覺意外，好奇地笑問：「妳要那個做什麼？」

輕鳳只想解決問題，卻不想把飛鸞的事透露給永道士，故意一問三不知，賣關子道：「哎呀，我要那個自然有用處，你就告訴我有沒有吧。」

「嘻，假死藥又不是什麼稀罕東西，我這裡多的是，」永道士將手伸進鶴氅的廣袖中摸了幾下，竟然掏出許多瓶瓶罐罐，擺在輕鳳眼前賣弄：「吶，我這兒有一日醉、百日醉、千日醉，都是假死藥，妳要哪一個？」

一日、百日、千日……輕鳳在心中盤算了一下，忽然抬起頭瞪了永道士一眼，沒好氣地問他：「難道就沒有十日醉嗎？」

這陰險狡詐的傢伙，一定是故意的吧？！

「這個斷貨了，」永道士無辜地攤手，為自己撇清，「十日醉一向很搶手，我這裡才賣到脫銷，我何必放著生意不做，故意騙妳玩？」

輕鳳想想也有道理，低頭算了算日子，覺得一日醉太倉促，千日醉又太誇張，那麼就只有百日醉比較靠譜了：「那就來一瓶百日醉吧。嗯，這百日醉，就是吃了以後假死一百天，對吧？」

永道士自信滿滿地點頭：「那當然了，多一天少一天，都不叫童叟無欺！」

輕鳳聞言心花怒放，垂涎欲滴地從永道士手中接過一只小巧玲瓏的白瓷瓜稜瓶，掂了掂，翻來覆去摩挲了許久，忽然又不放心地抬頭問：「那個……這個藥，對孕婦沒什麼不利吧？」

永道士眼珠一轉，臉上露出不懷好意的笑容：「放心吧，我這個藥安全可口，別說不利，還安胎呢！妳儘管拿回去吃就是。」

輕鳳被永道士的話羞得炸毛，立刻義正詞嚴地聲明：「這藥不是我要吃！」

「哦，不是妳，那就是小狐狐了。」永道士套話成功，滿意地摸了摸下巴：「不用問，孩子是那個李玉溪的。」

「你這臭道士，就不能委婉一點嘛！」輕鳳有點替自家妹妹害臊，滿臉通紅地揉著裙子，扭捏承認：「對，我要假死藥是為了飛鸞！哎，她懷了那呆頭鵝的娃娃，所以想出宮，和那呆頭鵝好好過小日子。不過她到底是天子的妃嬪，正式離宮總得有一個凡人能接受的說法吧？我就想讓她用假死藥一夜暴斃，然後一勞永逸地逃出宮去，你覺得這個辦法如何？」

輕鳳一打開話匣子，不禁也有點興奮，索性把飛鸞去崑崙山求生子藥的事也說了一說。永道士聽了一臉壞笑，假裝什麼都不知道似的，連聲感歎：「嘖嘖，小狐狐她可真是重情重義……李玉溪那小子真是白撿了一個大便宜，也不知道咱們的小狐狐如此犧牲，到底值不值得呢？」

輕鳳聞言，也頗覺不平地翻了個大白眼，酸溜溜道：「值不值得，她都一頭栽進去了，我能有什麼辦法？」說起來這件事的始作俑者也是她黃輕鳳，所以有了今天這局面，她也不能抱怨啥。

「要說辦法也不是沒有……」永道士輕描淡寫地提了一句，接著便對輕鳳掌心一攤，露出市儈笑意：「喂，小昭儀，藥錢呢？」

輕鳳沒想到永道士還留了這一手，茫然地睜大雙眼：「啊？你還要藥錢？你剛剛不是還說，咱們倆的交情很鐵嗎？」

永道士歪在坐榻的憑几上奸笑著，就事論事地教誨輕鳳：「交情再鐵，這百日醉也是有成本的呀。」

輕鳳就知道永道士不會讓自己白落好處，皺著小臉問：「唔，那這一瓶要多少錢呢？」

永道士伸出一隻手指，在輕鳳鼻尖前面晃了晃，笑嘻嘻道：「不多呢，一萬貫。」

奸商敲詐！輕鳳傻眼，當下只能把藥瓶往永道士面前一送，氣呼呼地說：「今天我可拿不出一萬貫來，你寬限我幾天吧，我得花時間去長安城裡籌錢。」

反正京城幾個富戶的寶庫，輕鳳可是來去自如，勝似自家的後花園。

「這可以倒是可以，只是寶貨不等人，近來問我買假死藥的人又特別多，妳不怕等妳籌夠了錢，它卻有價無市？」永道士說罷，忽然又換了一副嘴臉，循循善誘道：「不如咱們打個商量，妳若肯答應我的要求，這藥我奉送，如何？」

輕鳳心中一動，抬眼瞄著永道士不懷好意的笑臉，警惕地問：「臭道士，你又在打什麼鬼主意？」

「哎，怎麼能說是鬼主意呢。」永道士狡猾的狐狸眼骨碌碌一轉，擺出一副爲輕鳳獻計獻策的赤誠嘴臉，誘惑她：「妳難道就不想知道，李玉溪值不值得小狐狐爲他如此犧牲嗎？正好我這百日醉能讓人沉睡三個月，不如咱們借此考驗一下那個李玉溪，看他是不是配得上咱們家小狐狐呀？」

「哎，你這話也在理，得來全不費工夫的感情，誰知道他會不會珍惜呢？」輕鳳聽了永道士的提議，不禁也有點心動：「你想怎麼考驗他？」

「很簡單，咱們瞞住他，就讓他當小狐狐死了。」永道士奸笑不已，附在輕鳳耳邊如此這般地說了一通，最後一錘定音：「如果妳沒異議，咱們就一言爲定吧。」

「不成！那呆頭鵝萬一傷心欲絕，自尋短見了可怎麼辦？」輕鳳一聽就覺得不妥，連連搖頭：「就算他沒死，只要瘦個半斤八兩，回頭被飛鸞知道了她也得心疼死，我可不想被她怪罪！」

「妳不答應，那就算了。」永道士立刻從輕鳳手裡拿回百日醉，收進了自己的袖子裡。

「喂，你成心的是吧！」輕鳳瞪起雙眼，氣呼呼地盯著永道士：「你不幫我，我求別人去。」

「妳能求誰？」永道士托著下巴，笑咪咪地凝視著輕鳳，「有我在呢。」話中威脅之意，不言自明。

「你！」輕鳳可算知道了什麼叫騎虎難下，她想了想，反正永道士考驗的是李玉溪，橫豎飛鸞又不吃虧，便兩眼一閉，慷他人之慨：「百日醉拿來！」

「這就對了，所謂情比金堅，一個考驗抵一萬貫，多划算呀。」永道士帶著一臉得逞的壞笑，雙手將藥奉上。

拿到不要錢的假死藥，輕鳳又馬不停蹄地趕回大明宮紫蘭殿，將百日醉拿給飛鸞瞧，如此這般將藥效對她說了一遍，吹得是神乎其神。飛鸞聽著也很歡喜，憨憨地望著輕鳳笑道：「眞好，這樣一來我就可以出宮了。不過我要沉睡三個月，時間有些長，我怕李公子他著急呢。」

輕鳳心懷鬼胎，哪能容飛鸞這樣猶豫不決，呵呵假笑兩聲，摸著飛鸞的腦袋安撫道：「哎，不怕不怕，不是還有我嘛？！我會告訴他妳只是吃了百日醉，需要假死三個月而已，妳還怕他連這點時間都等不及？」

飛鸞覺得輕鳳說的甚是有理，點點頭不再猶豫，嬌滴滴地對輕鳳交代了一句：「那到時候，一切就拜託姐姐妳啦。」

說罷她想也不想，直接拔掉了小瓷瓶上的木塞，脖子一仰，將瓶中的百日醉一飲而盡。

「啊？！妳就這樣吃下去啦……」輕鳳目瞪口呆地盯著飛鸞，緊張地問她：「感覺怎麼樣？」

飛鸞若有所思地咂咂嘴，低頭憨憨地看了看手中的小瓷瓶，回答輕鳳：「嗯，味道還不錯哦，有點茉莉花的香味……」

話還沒說完，她的身子便軟軟地癱了下去。飛鸞緊張地叫了一聲「姐姐」，輕鳳慌忙接住她，握住她的手問：「妳怎麼了？」

「我不能動了。」飛鸞躺在輕鳳懷裡，試著掙扎了一下，身軀卻紋絲不動。

「別害怕，大概是藥效發作了。」輕鳳抱著飛鸞，陪她說話壯膽：「妳就當睡一覺，等醒過來，就可以和李公子長相廝守啦。」

「嗯，我不能再陪著姐姐了，姐姐……妳一個人在宮裡……要……」飛鸞越說舌頭越遲鈍，眼皮也漸漸開始往下垂。

「我有李涵呢。」輕鳳在她耳邊輕聲道：「妳就放心吧。」

「好……」飛鸞嘴角逸出一絲甜甜的笑，下一刻便雙目緊閉，陷入沉睡，很快連呼吸也變得微弱，直至消失。

輕鳳伸手往她鼻子下探了探，不由嚇了一跳——果然沒一絲活氣，要不是心裡早就有數，眞要被這場面活活嚇死。

「哎呀，沒想到藥效這麼靈！眞厲害……」她將飛鸞放在榻上躺好，接著退開了幾步，伸手把髮髻抓散、一扯衣襟，涕泗橫流地號起喪來：「來人呀——來人呀——胡婕妤她，胡婕妤她出事了！」

聞訊趕來的宮女和內侍們火速衝進紫蘭殿時，就看見黃昭儀正躺在地上哭天搶地，而躺在榻上的胡婕妤已是面色青白人事不知，眾人不由大驚失色，亂哄哄唬作一團。

只見大殿中哭的哭、喊的喊，叫太醫的叫太醫，一時鬧了個人仰馬翻。輕鳳一邊捂著臉假哭，一邊暗暗透過指縫瞧熱鬧，心中竊笑不已。

當御醫們從太醫院急匆匆趕到紫蘭殿時，飛鸞早已面色青灰四肢僵硬，常人望一眼就知道她已經死透，又遑論醫術高超的太醫們？他們認定假死的飛鸞已經離奇暴斃，連把脈的功夫都省了，直接便吩咐宮人去向李涵報喪。

輕鳳也很配合地倚在榻邊，假裝哭得精疲力竭，拉長了嗓子喊道：「我苦命的妹妹啊……」

御醫在一旁看得著實不忍，好心勸慰她：「生死有命，還請昭儀娘娘節哀順變，待會兒我們會仔細查驗，盡力找出婕妤娘娘的死因。」

輕鳳聞言，心裡咯噔一聲，慌忙梨花帶雨地抬起頭來，問御醫：「查驗？怎麼查？」

不會是要脫光光驗屍吧？萬一飛鸞醒來後知道了這事，還不把她給埋怨死！

「查驗需要剖檢婕妤娘娘的玉身，此舉雖然唐突，但還請昭儀娘娘理解。」御醫甚是恭敬地回答輕鳳，說出的話卻堪比晴天霹靂，將輕鳳打擊得目瞪口呆。

千算萬算竟漏了這一齣！輕鳳愣了半天，一個激靈醒悟過來，慌忙撲上前抱住飛鸞僵硬的屍身，嚎啕大哭：「我苦命的妹妹啊，妳撒手丟下我，一去不回頭……死便死了，如今還不得全屍，妳怎麼那麼命苦啊……」

心虛加上後怕，輕鳳越哭越眞，一時竟淚如雨下，令觀者動容、目不忍視。

「昭儀娘娘，胡婕妤猝然薨逝，事情來得蹊蹺，必須經過太醫院查驗才可入殮，這也是對胡婕妤的負責與尊重，所以還請昭儀娘娘您節哀。」御醫又出言安慰，這下輕鳳更不知如何是好了。

「唉，我的傻妹妹啊……」妳好歹佯裝一下不小心落個水啥的，再假死該多好？這麼急著喝那百日醉作甚？！「……如今妳死得這樣不明不白，倒叫我今後如何是好？」

就在輕鳳無計可施之際，卻意外地聽見殿外傳來王內侍的唱禮聲，跟著李涵便匆匆走進紫蘭殿，在宣過平身之後急切地問：「胡婕妤怎麼樣了？」

輕鳳一看見李涵到來，便如同遇見了救星，她急中生智地飛撲上前，跪在李涵腳下哀嚎了一聲：「陛下！臣妾命不久矣……」

嚎完她立刻兩眼一閉，倒在地上裝死。恰好她今日不曾搽粉，此刻裝成氣若游絲、面如金紙的樣子，十分維妙維肖。李涵見輕鳳忽然昏死在地，以爲她是因淒入肝脾而不支倒地，立刻俯身抱起她，急得面色發白：「御醫呢？還不過來！」

輕鳳雙目緊閉正演得投入，看不到李涵的臉色，只覺得攬著自己的胳膊正在微微發顫，心下不覺一鬆——情況不錯，李涵現在已中了她的苦肉計，事情便有轉圜餘地了。

跟著輕鳳被抱到一張貴妃榻上——此刻床榻正被飛鸞佔著呢，誰都不可能讓她與「死人」並排躺著呀——御醫為輕鳳又是把脈又是按摩，輕鳳等了好一會兒才星眸微睜、哀哀甦醒，望著李涵啞聲喊道：「陛下……」

李涵見輕鳳醒來，急忙伸手撫摸著她的額頭，心有餘悸道：「好些沒？我知道妳與胡婕妤感情深厚，可是人死不能復生，妳一定要節哀……」

輕鳳見李涵如此關心自己，一顆心怦怦跳著，差點心猿意馬忘掉正事。她急忙穩住心神，兩隻眼睛可憐兮兮地望著李涵，低聲哀求：「陛下，我這妹妹一向身體嬌弱，今年接連病了好幾場，入秋後身子更是不濟，臣妾到處想方設法、求神問藥，還是沒能讓她挨到開春，這都是臣妾的不是。只是身體髮膚受之父母、不敢毀傷，臣妾往昔曾受義父義母所託，答應凡事都要保得妹妹周全，所以還請陛下念在我姐妹二人侍奉陛下一場，賞我妹妹一具全屍吧……」

說罷她泣不成聲，連自己都被這段話給感動了。李涵看著輕鳳肝腸寸斷的模樣，一顆心不覺亂了方寸，情急之下竟忘了後宮禮法，只顧著寬慰她：「誰說要毀傷胡婕妤的身體？愛妃妳且寬懷。王內侍，現在就傳我旨意下去，胡婕妤因急病薨逝，追封昭容，即日入殮厚葬。」

天子金口玉言、一言九鼎，這下哪個御醫還敢在飛鸞身上動刀？輕鳳心下大大鬆了一口氣，不覺對李涵露出一個發自肺腑的笑容，讓李涵目光微動，有些動容。

為了收殮飛鸞，紫蘭殿中人來人往，忙亂不堪。李涵便將輕鳳帶回自己的寢宮，一邊悉心安慰，一邊又灌了她一碗安神湯。

這自作自受的滋味，苦得輕鳳小臉皺成一團，不禁抽噎著縮在李涵懷裡求安慰。

李涵輕撫著輕鳳的鬢髮，柔聲問道：「現在可好些了？」

「嗯。」輕鳳趕緊點頭，生怕一個不好，再被逼著喝藥：「臣妾好多了，謝陛下關心。」

「這兩天妳就安心住在太和殿吧，紫蘭殿那裡妳只管放心，我既已答應妳，就不會准許任何人冒瀆胡婕妤。」

輕鳳得了李涵這句承諾，感激地望著他道謝：「臣妾替妹妹謝過陛下。」

李涵望著眼眶發紅的輕鳳，不覺心中一痛，緩緩道：「妳的心情我明白，今天妳為胡婕妤哭訴時，讓我想起了皇兄駕崩那一年……」

輕鳳聞言一愣，看出李涵雙目中隱藏的痛楚，不禁心虛地囁嚅了一聲：「陛下……臣妾讓您傷心了嗎？」

「不是因為妳，」李涵無奈地摟緊輕鳳，淡淡笑了一下，於無人處，在她耳邊啞聲道：「這些年，雖然人人都拿我與他相比，稱頌我為賢君，可是我始終記得和他一起長大的歲月，記得他遇害時的模樣，也記得……是誰害了他。他是我的哥哥，可只怕已沒人會相信，我還想著為他報仇……妳不許人毀傷妳的姐妹，我也曾盼望他毫髮無傷，在被扶上皇位那一天，我其實，深深恨著那些人……」

「陛下！」輕鳳抱住李涵，將臉深深埋在他懷裡，眼角湧出的淚珠浸濕了他的衣襟。

對不起，對不起，我騙了你，但我知道你的心願了，李涵，我一定會助你達成心願，哪怕拚掉我這一身修爲和性命……

第十六章　生辰

自從李涵下旨，內侍省奚官局很快就開始為飛鸞辦喪事。將作監左校署為她提供喪葬儀物，甄官署則為她準備陪葬明器。按照妃嬪喪葬的禮儀，紫蘭殿內還要請道士女冠來打醮做法事，請永嘉公主帶領女冠入宮的諭旨，很快就傳到了華陽觀。

永道士聽到這個消息時，臉上只露出心知肚明的壞笑。他在華陽觀中地位極高，入宮打醮的差事落不到他頭上，索性趁著眾人忙碌時，在觀內信步亂轉。

此時全臻穎正坐在廂房裡梳頭，準備到時辰就隨著永嘉公主一同進宮。她嘴裡咬著幾根細小的銀髮簪，含含糊糊地對坐在她身旁的女冠抱怨：「真討厭，也不知道宮中死了什麼人，急急忙忙就叫我們今天入宮打醮，我本來都已經和張公子他約好了，晚上要一同去赴王大人府上的詩會呢……」

只聽廂房窗牖下忽然傳來一陣笑聲：「呵呵呵，那無聊的詩會不去也罷，賢侄妳還是進宮吧，師叔我保證妳不虛此行哦！」

全臻穎驚了一跳，待聽出是永道士的聲音，立刻惱火地走到窗前，咬著銀牙道：「凡是師叔你保證的，能有什麼好事？」

永道士不理會全臻穎話中的譏刺，逕自瞇著眼笑道：「是不是好事，妳到時候就知道。只是妳可要聽師叔一句勸，不能得意忘形哦！還有啊，賢侄，妳腮上的胭脂是不是太紅了？」

「誰赴喪事會搽胭脂？！」全臻穎對永道士質疑自己的天生麗質忍無可忍，終於罔顧長幼尊卑，砰地一聲關上了窗戶。

眞是晦氣！她皺著眉心想，匆匆收拾好自己之後，便跟著永嘉公主一同前往大明宮。

待到進宮之後，全臻穎才得到消息，知道是紫蘭殿中薨逝了一位婕妤娘娘。她暗暗心想：也不知道這婕妤娘娘是美是醜，多大年紀？想來聖上正當青春，她的歲數肯定也大不了，卻這麼早就薨逝，眞是福薄。

全臻穎一向自視甚高，也因此心中總有些不平之氣——若不是自己服侍的永嘉公主矢志修道，令她也不得不出宮做了女冠，就憑她的姿色，安知不能得到天子垂青，封她在這大明宮中做個娘娘呢？那風光與她如今輾轉於各色男人之間相比，豈止是雲泥之別？

懷著這樣複雜的心情，當全臻穎踏入了紫蘭殿之後，她便留心往敞開的靈柩中瞧了一眼。這一瞧不打緊，棺中人的一張臉，竟差點驚散她的三魂七魄！

死掉的竟是那個小賤人——那個橫刀奪走她的十六郎、害她一敗塗地的狐狸精！

全臻穎緊緊盯住靈柩中那張面色青灰，卻依舊精緻美麗的臉，一時之間竟忘了尊卑禮儀，直到身後的女冠伸手捅了捅她的後腰，她才回過神來匆忙地低下頭，內心禁不住湧上一股狂喜。

太好了，太好了，死掉的人竟然是她！眞是太好了！

當下她無心再誦經，只低著頭混在隊伍中濫竽充數，心思早已飛出了大明宮——十六郎他現在還不知道這個消息吧？如果他知道了這個消息，會不會回心轉意，回到自己身邊呢？噫，他若回到她的身邊，那就是個不折不扣的薄倖郎……可是，對那隻狐狸精薄倖，才真叫人解恨又解氣！

全臻穎心不在焉地陪著永嘉公主打了一會兒醮，便百爪撓心一般，恨不能插雙翅膀飛出宮去。因此她藉口身體不適，在被公主瞪了幾眼又罵了幾句之後，便低著頭唯唯諾諾退出紫蘭殿，腳下不停地跑出了大明宮。

出宮之後，全臻穎立刻馬不停蹄地趕到李玉溪住的崇仁坊，衝進邸店用力拍門。應聲開門後的李玉溪見到她，目光中有些吃驚，態度卻很是疏離：「全姐姐，妳怎麼來了？」

「十六郎，」全臻穎盯著李玉溪，目光無比熱切，豔麗的臉上卻難掩緊張之色：「你知道嗎，今天我隨公主入宮打醮，是為一位剛剛薨逝的婕妤做法事。」

李玉溪安靜地聽她說完，有些疑惑地蹙著眉問：「那又如何？」

「那位薨逝的婕妤，和你的飛鸞長得一模一樣。」全臻穎雙唇哆嗦著說完，一顆心狂跳著，雙眼緊緊盯著李玉溪的臉，等他接下來的反應。

然而李玉溪卻仍是滿臉疑惑，蹙著眉反問了一句：「妳說什麼？」

「我是說，胡飛鸞那隻狐狸精，她已經死了。」全臻穎一氣說完，胸口裡空蕩蕩的，渾身竟有些虛脫後的疲軟。

李玉溪黑琉璃似的眼眸中閃過一絲震驚，然而他很快又平靜下來，搖搖頭道：「妳也很清楚，她不是一個普通人，她怎麼會隨隨便便就死呢？」

「十六郎，你不相信我的話？」全臻穎不禁有些著急，她忍不住伸出手抓住李玉溪的袖子，目光灼灼地凝視著他。

「不相信。」李玉溪低下頭，看著全臻穎抓住自己袖子的手，低低吐出這三個字，便要拂袖抽身。

全臻穎卻不依不饒地攥緊他的衣袖，不甘心就此敗退：「十六郎，這一次眞的是千眞萬確，我若撒謊，天打雷劈！」

他聽見她如此賭咒，心頭便不禁竄起一把火苗，燒得他焦躁慌亂、無法自持。他猛地一下甩開她的手，將心中的不安化作怒吼，衝著她叫道：「夠了！妳這麼大老遠地跑來，就是爲了告訴我她的死訊？妳眞是安得一顆好心！」

他的斥責讓全臻穎一陣發懵，恍惚了好一會兒，才喃喃問道：「十六郎，你眞的不信我？」

李玉溪咬緊牙關，面無表情地看著全臻穎泫然欲泣的臉，毫不留情地說：「我不相信。自從那次妳騙了我之後，我就再也不會相信妳的話了！妳走吧，走吧！」

他的話讓全臻穎又愧又恨，禁不住全身顫抖，眼中也湧出淚來。她面色蒼白地盯著李玉溪，哽咽的喉頭好半天才平復下來，長長地喘了一口氣：「信不信由你，反正……我在華陽觀中等你，如果有一天你後悔了，還是可以來找我。」

說罷她飛快地轉過身子，逃也似的跑出邸店，消失在李玉溪的面前。她的話李玉溪置若罔聞，只待門前安靜之後，才心神不寧地關上房門，回到廂房中坐下。

半晌之後，李玉溪漸漸回過神，心中的不祥之感也再次清晰地浮出水面，擾得他坐立難安。他想找人求證一下這個消息，卻發現自己求助無門——自從飛鸞回到戒備森嚴的大明宮，他便再也沒機會自己偷偷去找她。每一次相見，都是飛鸞變著法子從宮中溜出來，潛入這家邸店來與自己碰面。

李玉溪一想到此處，便頹喪地垂下腦袋——每每到了這樣的時刻，他總是驚覺自己的無能，並為此羞慚不已。他忽然想到了神通廣大的永道士，那個放誕無禮的人，曾經那樣肆意地嘲笑過他，可是此刻也許只有他，才能幫他推算出飛鸞的安危……

李玉溪低頭猶豫了好一會兒，才咬牙拿定了主意，起身換了件衣裳準備往華陽觀走一趟。這時卻聽咚咚兩聲，廂房的門板再次被人叩響，他立刻上前打開門，就看見梨花帶雨的輕鳳站在門外。

「哎呀，我苦命的妹妹哪……」輕鳳一見李玉溪打開房門，立刻捶胸頓足地哀嚎起來：「哎呀李公子，我可算是見到你了，可憐我那苦命沒福的妹妹哪，嗚嗚嗚……」

李玉溪看見輕鳳哭得昏天黑地，不祥的預感越發像一塊沉重的磐石，重重地壓在他的心口。他緊張地盯著輕鳳，只敢小聲地問：「姐姐妳這話，是什麼意思？」

「這些話還能有什麼意思？」輕鳳淚眼婆娑地瞥了李玉溪一眼，掩著臉抽抽搭搭道：「唉，還不是飛鸞她，飛鸞她……」

李玉溪因她吞吞吐吐的話急得火燒眉毛，幾乎是用吼的衝輕鳳喊道：「飛鸞她怎麼了？妳快告訴我！」

輕鳳悲傷地低下頭，渾身帶著一股無力回天般的絕望，緩緩搖了搖頭：「唉……也是我那妹妹命薄，她上次與你分別之後，在回宮的路上竟冤家路窄，撞上了我們狐族的天敵白虎神。她奮力頑抗才從那白虎神的爪下逃脫，可是仍舊受了很重的傷，回到宮中後就一病不起，現在已經因爲傷勢過重，離世了……」

李玉溪心中一沉，無法置信地盯著輕鳳囁嚅：「妳是說……她死了嗎？妳是說，她已經死了？」

輕鳳無奈地望著李玉溪，好半天後才緩緩點頭，沉痛道：「唉，李公子呀，你還是節哀順變吧。」

李玉溪聞言卻木然地搖頭，喃喃否認：「不，不……」

輕鳳看著李玉溪的反應，差點忍不住笑場——這呆頭鵝的表現，直到目前她都還算滿意。正在得意之時，卻不料李玉溪竟忽然暴起，用力抓著輕鳳的雙臂一陣猛搖，痛得她齜牙咧嘴。

「不——她沒死，她一定沒死！妳帶我去見她！妳帶我去見她！」他一邊搖晃著輕鳳，一邊在她耳邊大喊。

輕鳳受不了他的瘋狂，當即施出一個力字訣，將他砰地一聲遠遠彈開：「你瘋啦？給我冷靜點！」

真是要命，全身的骨頭都快被這呆子搖散架了。雖說他搖得越猛，就意味著對飛鸞用情越深，但是……但是飛鸞又沒真死！她可不想為了永道士一個惡作劇般的考驗，害得自己被一個呆子搖散了架！

不過這麼一折騰，也把輕鳳肚子裡的戲謔之意給折騰沒了。她輕輕歎了一口氣，瞥了一眼被自己甩到屋角的李玉溪——此刻他正神情恍惚地縮在角落裡，一雙黑琉璃似的眼珠也失去了往日的光彩，眼神直愣愣地不斷重複著一句話：「我要見她，我一定要見她……」

輕鳳不由動了惻隱之心，走到李玉溪身邊，低聲安慰他：「人死不能復生，那個——」

「飛鸞她不是人！」李玉溪猛然打斷輕鳳。

「嗯？」輕鳳冷不丁被他搶白，有點愣神：「你這話是什麼意思？」

「飛鸞她不是人，是狐妖，所以，她有辦法活過來的！一定有辦法的！」李玉溪拽住輕鳳的裙角，目光灼灼地盯著她：「姐姐，妳幫我吧，求妳幫幫我！」

他瘋狂的眼神讓輕鳳有點害怕：「你要我怎麼幫你啊？」

「等飛鸞的靈柩被送到妃嬪陵寢那天，妳陪我去把飛鸞偷出來，好不好？」李玉溪將這個驚世駭俗的提議脫口而出，兩眼還閃閃發光，渾身透著一股邪乎勁，比輕鳳還像一隻妖精。

「呵，你這呆頭鵝，出息了啊！」輕鳳對李玉溪刮目相看，決定捨命陪君子，欣然同意了他的偷屍計畫。

輕鳳離開後，李玉溪在邸店中失魂落魄地等待了五六天，才盼來消息——飛鸞的靈柩終於從大明宮中運出，送往李涵的章陵。李玉溪當天便與輕鳳出了長安城，在夜幕降臨之後，趁著夜色潛入了章陵的妃嬪陪陵。

章陵位於長安城北的西嶺山南麓，是李涵爲自己修造的陵寢，自他登基之日起這座陵寢就開始修建，直到今天也沒有竣工。所以妃嬪的陪陵也只是潦草地開鑿了一部分，飛鸞的棺槨被送入陪陵之後，只有爲數不多的侍衛看守。

時值十月孟冬，夜裡已是天寒地凍。李玉溪和輕鳳在濃得伸手不見五指的夜色中溜過神道，躲在石翁仲崔嵬的黑影下，險險與一隊巡邏的侍衛擦身而過。

「飛鸞就在那裡面。」輕鳳指著眼前一團濃墨般黏稠的夜色，在李玉溪耳邊低聲道。

此刻李玉溪如同睜眼瞎一般，什麼也看不見，只能一邊發抖一邊難以置信地問：「妳怎麼知道？」

「我看得見，也嗅得到。」輕鳳洋洋自得，眼珠在暗夜中煥發著螢光。說罷她看也不看李玉溪，逕自拽著他的衣領，將他一路往前領。李玉溪一邊被她拽著走，一邊心想：她果然是隻妖精……

很快這一人一妖便走到了某個地方，李玉溪依舊什麼也看不見，只覺得腳下的泥土十分鬆軟，四周的空氣也忽然不再冷得刺骨，變得有點濕、又有點黏，同時耳中有氣流微鳴，嗡嗡地輕撞著他的鼓膜。

看來他們已經進入了一條地道，李玉溪暗暗心想。

輕鳳始終拽著李玉溪的衣領，領著他不停往前走，約莫走了有一刻鐘的時間，她忽然停住腳步，對李玉溪道：「我們到了。」

李玉溪未曾防備輕鳳會忽然停下，差點被她帶了個趔趄，穩住了身子才低聲問：「到哪裡了？」

暗中響起「嘭嘭」兩聲，是輕鳳伸手拍了拍一旁的木板，回答李玉溪：「這是飛鸞的棺槨，她就躺在裡面。」

李玉溪得到了答案，渾身的寒毛才後知後覺地豎起來，在暗夜中結結巴巴地問輕鳳：「現在我們要怎麼做？」

「當然是打開這棺材咯，你不是哭著喊著要見飛鸞嗎？難道這會兒又害怕了？」輕鳳在黑暗中回答他，嗓子裡憋了絲笑意。李玉溪看不見輕鳳的臉，只能感覺到夜色裡有兩點螢光微微閃動了一下，接著又從他眼前移開。

他鼓足勇氣，伸出手慢慢觸摸到冰涼的棺槨，接著找到了棺蓋與棺身之間的細縫，兩手按住棺蓋推了推：「不成，已經被釘死了。」

「靠你哪成？讓開——」輕鳳將李玉溪推到一邊，雙手施了個力字訣，指甲摳進棺蓋下的細縫裡輕輕一撥拉，便已將棺蓋揭開。

隨著靈柩被打開，一股馥郁的茉莉香氣撲面而來，這香味裡充滿了溫柔，恰似飛鸞在陽光下明媚的梨渦淺笑。李玉溪心裡本就不多的恐懼被盡數驅散，思念隨即漲滿他的胸臆，令他情不自禁地伸出胳膊，探手入棺。

棺中鋪著柔軟的錦衾，他迫不及待地將之揭開，去撫摸錦衾下的人。但覺觸手所及之處，竟是一片細膩柔軟，雖然失去了往日的溫暖，卻嬌柔宛如生時。李玉溪不禁心下一痛，定了定神才繼續摸索，片刻之後他渾身一震，一顆心止不住地狂跳了起來——他碰到了棺中人的手指！那指尖細如削蔥，曾經總是與他的手指緊緊交纏相握，而今卻只剩下失去生機的冰涼。

他心中大慟，立刻緊緊握住那隻手，使力將棺中人拉了起來。那具身軀已不像剛入殮時那樣僵硬，此刻竟柔軟得像個活人，很容易就被李玉溪拉坐起來，腦袋歪歪搭出了靈柩。

輕鳳在暗中看著李玉溪的動作，忍不住默唸了一句阿彌陀佛，心想要不是知道飛鸞是假死，這一幕看著得有多瘮人呢！正在胡思亂想間，就見李玉溪已探身入棺，一把將飛鸞抱了起來。

輕鳳頓時頭皮發麻，她在人間待得久了，一時半會兒還真沒辦法比李玉溪更加淡定，她慌忙走上前搖了搖李玉溪的胳膊，在他耳邊催促道：「喂，別傻愣在這兒了，你還要跟她抱到什麼時候？」

李玉溪抱著飛鸞的「屍體」，胸口因為激動急促地喘息，一時竟忘記了哭泣。他緊緊摟著飛鸞，如同往日一般與她交頸相擁，低沉而又堅定地開口：「我要把飛鸞帶走。這裡又冰又涼，她一個人在這裡太孤單寂寞，我不能讓她睡在這裡。」

這句話輕鳳聽了甚是受用，她在心中暗暗喝了一聲采，心想對這呆頭鵝的考驗他可算是全部通過了，下面只等那百日醉的藥效一過，自己就可以還他一個大活人啦！

「嘿，好你個呆頭鵝，也不枉我家飛鸞對你一片癡心了，」輕鳳欣慰點頭，慷慨地拍著胸脯對李玉溪道：「放心，我來幫你。」

當下一人一妖抬著飛鸞的「屍體」走出了狹長的地道，因爲帶著飛鸞使得回程多有不便，輕鳳甚至很奢侈地用瞌睡蟲將章陵四周的侍衛統統迷昏，施了個力字訣將飛鸞扛在肩上，與李玉溪一道趕回長安。抵達長安城下時，恰好天亮城門開啓，輕鳳揹著飛鸞，和李玉溪混在龐雜的胡商隊伍裡，順利進了京。

原本他們行進的路線直指李玉溪所住的崇仁坊，然而半道上李玉溪忽然改變主意，從輕鳳背上搶過飛鸞，抱著她往華陽觀的方向走去。輕鳳不由吃了一驚，追上他問：「喂，你打算做什麼？」

李玉溪快步向前走，一臉決然地回答輕鳳：「我要去見永道長，我要去求他，讓飛鸞活過來。」

「啥？」輕鳳一聽此言，頓時一個頭兩個大，「你去找他？」

她暗暗心想，那你還眞是找對人了。

這時旭日東昇，天邊映出層層朝霞，胭紅色的霞光照在飛鸞毫無血色的臉上，竟給她添上了一抹活色生香。李玉溪抱著飛鸞一路來到華陽觀前，撲通一聲在觀門石階前跪下，衝著門裡聲嘶力竭地高喊：「永道長，永道長……」

觀門吱呀一下應聲而開，門裡還沒走出人來，倒先傳出一串朗朗笑聲：「呵呵呵，是誰這麼一大清早就來叫我，故意擾人清夢呢？」

話音未落，門邊就露出永道士雌雄莫辨的俊臉，此刻被朝霞映著，分外的美麗鮮妍。他一瞧見李玉溪抱著飛鸞，立刻心領神會地瞥了一眼站在李玉溪身旁的輕鳳，與她交換了一個心照不宣的狡猾眼神，跟著才假意寒暄道：「喲，李公子，你這是……」

李玉溪摟著飛鸞，長跪在永道士面前，黑琉璃般的眼珠浸在淚水中，目光哀慟而決絕：「永道長，您是對的。從前我對您出言不遜，今天我跪在這裡求您原諒——您是對的，我沒有能力保護她，在她遇害時一無所知，在她逝世後一籌莫展……所以我今天將她送到您這裡，我拜託您讓她活過來。只要您能讓她活過來，我願意從此放棄她，讓她隨您去終南山修道。我發誓永生永世再也不會與她相見，只要她能活過來……」

永道士低頭看著李玉溪，臉上想擺出悲天憫人的表情，無奈怎麼看都像是在奸笑：「這件事淪落到今天這步田地，的確很遺憾，雖然我也很想幫忙，可是李公子，她已經死了啊。」

「不，她還活著！你看她的臉，還是這樣鮮活，這說明她還有得救！她並不是凡人不是嗎？這樣的她怎麼會死，怎麼會死……」說罷李玉溪泣不成聲，望著永道士不住磕頭，連一旁的輕鳳看了都不忍心，不停對永道士偷偷使眼色，讓他別再刁難李玉溪。

可惜永道士一向喜歡把自己的快樂建立在別人的痛苦之上，此刻他玩性大發，才不會輕易放過李玉溪。他假裝考慮了一會兒，才低頭看著李玉溪充滿期待的臉，笑道：「哎，雖說我神通廣大，但是起死回生嘛，實在不是一件容易的事啊！這樣吧，你先把她的屍體停放在我這兒，我會採集日月天地之精華來修補她的元神，快則一年，慢則百年，也許她就能醒得過來。至於剛才你發的那些誓嘛……我們先看看她能不能再活，等活過來再說，如何？」

輕鳳在一旁橫了永道士一眼，暗暗心想：這臭道士果然信不得，壓根兒就不會安什麼好心。無端逼著她搞這種愛的考驗，簡直要把李玉溪這隻呆頭鵝給玩死了。

李玉溪卻滿心以為這是老天賜給自己的一個機會，連連點頭答應：「多謝道長，哪怕等一百年，只要她能活過來就好。」

永道士聽了他的話，故意笑著問：「你真的覺得這樣好嗎？百年之後，她就算活了過來，你也沒法看見她了。」

哪知李玉溪卻搖了搖頭，平靜地緩緩開口：「我既然決定讓她隨您去終南山，就已經做好了不再與她相見的準備。那麼一年或者百年，於我又有什麼差別呢？」

永道士聞言不住點頭，讚歎道：「李公子你既然有此決心，貧道便也捨命陪君子，哪怕拚盡這身道行，也會救小狐狐一命，李公子儘管放心吧。」

「多謝道長。」李玉溪得到永道士的承諾，又深深地給他磕了個頭，這才虛晃著站起身，轉身失魂落魄地離開。

待到李玉溪走遠，輕鳳瞪了永道士一眼，語氣十分埋怨：「你果然很缺德。」

永道士嘻嘻一笑，為自己的缺德找理由：「所謂良藥苦口利於病，我不下這狠招，怎麼能考驗出他的真心呢？」

輕鳳對永道士的藉口嗤之以鼻，叮囑他務必好好看護飛鸞，別又被這裡的「某些女人」趁虛而入後，才返回大明宮紫蘭殿補眠。

忙完了飛鸞這頭，轉眼就到了李涵的生辰，這天輕鳳特意起了個大早，焚香沐浴，悉心妝扮起來。因爲飛鸞剛「離世」，輕鳳只能穿著素白的衣裙，髮髻上插戴著樸素的銀首飾，在被脂粉妝點後，倒恰恰像一朵清新的梔子花，比往日姹紫嫣紅的打扮要嬌俏許多。

她獨坐在紫蘭殿中，滿心期盼著李涵的宣召，然而一直等到午後，也沒盼來傳旨的王內侍。不會吧，難道李涵今天要陪其他人？輕鳳心頭隱隱覺得不妙，頓時便坐不住了，一個人悄悄溜出紫蘭殿，循著氣味找到延英殿外，卻遇上了王內侍。

「昭儀娘娘，您怎麼到這裡來了？」王內侍打量著輕鳳，特意關心地問候：「這兩天娘娘可安好？」

「挺好的，」輕鳳嘴上和王內侍寒暄，目光卻越過他，往延英殿裡張望：「今日可是慶成節，聖上還在議政嗎？」

「聖上有旨，從今年開始，慶成節一律從簡，不但曲江大宴停辦，連百官也不必進宮祝壽了。非但如此，還要禁止屠牲，只用蔬食設宴呢。」王內侍一邊說一邊搖著頭，明顯也有點不以爲然：「歷代先帝，哪有這樣儉省的？每次聽宮裡的老人說起當年的盛景，連卑職都要抱憾自己生得太晚呢——」

輕鳳心不在焉地聽著王內侍講古，好半天才忍不住打斷他：「王公公，聖上他有沒有透露……今晚宣召哪位妃嬪呀？」

「這個，」王內侍有點爲難地看了輕鳳一眼，委婉地提點她：「聖上的生辰，可不是一般的日子……」

您這不是廢話嘛！輕鳳有點焦急地望著他：「這我當然知道呀，所以我才著急打聽嘛！」

「那個，胡婕妤薨逝那幾天，聖上不是天天陪著您嗎？」王內侍輕咳了兩聲，支支吾吾道：「其他宮裡的娘娘……對這事有點意見……」

「所以呢？」輕鳳聽懂了王內侍的暗示，失望地垮下雙肩：「聖上他今晚要陪別人了是嗎？」

「昭儀娘娘，這卑職就不得不說您了，」王內侍故意板著臉，一本正經地教育輕鳳：「聖上是一代賢君，不能沉溺女色，豈可偏寵一宮？您若是想做一位可以匹配他的賢妃，也要收斂妒心，溫良恭謙、進退有度才是。」

「我才不要做那假惺惺的木頭人。」輕鳳嘟著嘴拒絕，氣得王內侍眉毛直跳。

「這位娘娘可眞是……」望著黃昭儀賭氣遠去的背影，王內侍無奈地搖搖頭：「聖上也有聖上的苦衷啊，您若一直任性，不懂忍耐，只怕遲早要辜負聖上的苦心呢……」

輕鳳氣呼呼地回到紫蘭殿，一頭撲進床榻裡生悶氣，任由花鈿委地、髮髻鬆散。眼睜睜從白天躺到晚上，始終沒有一道諭旨傳到紫蘭殿，輕鳳失望地坐起身，盯著自己的雙腿，狠狠拍了一下：「別不爭氣去看他，他正花前月下、你儂我儂呢，要妳去犯賤！」

可縱是如此嘴硬，惆悵的心卻彷彿被一根游絲牽繫著，嫋嫋繞往那太和殿飄去。

半晌之後，輕鳳的雙腳還是落在地上，不甘心地跺了幾下，自暴自棄地低喃：「算了，又不是第一次！」

她沉吟片刻，最終還是攏著自己的笛子隱身出殿，披著月色走向李涵的寢宮。

太和殿的露台上，李涵正與楊賢妃並肩賞月，原本兩人有說有笑，然而一道不知從何處響起的笛聲，瞬間打斷了李涵的閒談。

那道笛聲幽怨淒迷，透著無邊的孤寂，在孟冬月夜中聽來，令人不覺寒從心起，黯然神傷。

「陛下？」楊賢妃望著李涵被笛聲吸引，一臉失神的模樣，心中很是不悅，卻不便表露，只故意笑著問：「陛下，您聽到笛聲了嗎？也不知道是誰在吹啊？」

李涵聽見楊賢妃的話，立刻回神，卻還是怔忡地笑了一聲：「是啊，聽起來技藝很是精妙呢。」

「陛下若是喜歡，不妨請那吹笛人上殿，在您面前獻藝呀？」楊賢妃故作大度地提議，眼中卻閃過一絲寒光。

李涵望著楊賢妃豔若桃李的笑臉，被笛聲打亂的一顆心卻波瀾漸止，不動聲色地牽起她的手，與她一同往殿中走：「不必了，笛子就要離遠了聽，才有味道。」

高台之下，輕鳳躲在扶疏的花枝後，寂寞地吹完一曲，仰望著已經空無一人的露台玉欄處，心中默默訴說：李涵，還記得你在曲江時吹的這支曲子嗎？當時我用柳笛應和你時就記住了它，本來想在今天當面吹給你聽的呢，祝你生辰快樂、長命百歲，我的陛下……

慶成節隔日，朔風漸緊，寒氣驟降，長安城竟下了入冬以來第一場細雪。

爲了彌補輕鳳，這一晚李涵宣召黃昭儀侍寢。當心心念念的佳人披著毛茸茸的白貂裘，冒著風雪登上太和殿時，站在簷下等候的李涵不覺一笑，瞬間覺得身周溫暖如春。

他攜著輕鳳冰涼涼的小手，將她拉進燒著暖爐的寢宮，識趣的王內侍已經緊閉了殿門。

等不及進那九重寶帳，才穿過一道珠簾，李涵便摟緊了輕鳳，輕吻她涼涼的鼻尖：「冷嗎？」

「冷。」輕鳳故意笑著回答——李涵也不瞧瞧，她的雙頰正熱得發紅呢。

「我替妳暖暖。」話語未歇他的吻便落在四處，癢得輕鳳咯咯發笑。

「陛下，您在吻哪裡呢？」

「哪裡冷吻哪裡。」

「那臣妾渾身都冷。」

她的話讓李涵忍不住笑出了聲，不禁停下動作，一雙明亮的桃花眼深深凝視著她，許久之後才又開口：「昨天……怨我嗎？」

輕鳳仰著小臉，與李涵四目相對，不答反問：「陛下聽見臣妾的笛聲了嗎？」

李涵點點頭：「就是聽見了，才擔憂妳難過。」

「陛下不必爲臣妾憂心，」輕鳳依偎在李涵懷中，雙目在昏暗的光線裡灼灼發亮：「臣妾說過呀，臣妾比您想像的要堅強，堅強很多很多。」

「妳呀……」李涵輕輕歎息了一聲，不知該如何憐惜眼前人，只能像捧著稀世珍寶般抱起輕鳳，向那重重錦帳深處走去……

椒室香暖，一夜旖旎，在雪月映照不到的溫柔鄉裡，只有幽幽幾點宮燈的微光。輕鳳穿著雪白的寢衣，枕著李涵的胳膊，半夢半醒間感覺到他的一隻手正滑過自己的腰線，不由輕輕呻吟了幾聲，幾乎要在他掌下現出原形：「陛下……」

「還沒睡嗎？」

這樣叫人家怎麼睡嘛！輕鳳嘟起嘴剛要抱怨，就聽李涵在她耳邊低聲道：「既然還沒睡，就和妳商量一件事。」

李涵要和她商量事呢！輕鳳瞬間精神抖擻，豎起耳朵——不管李涵和自己商量什麼，都說明他已經對她另眼相看，不僅僅將她視作後宮妃嬪了，這可是天大的好事：「陛下請講，臣妾聽著呢。」

「下個月，我打算下一道〈崇儉詔〉，禁用錦衣華服，珠玉金寶。」

「好呀，」輕鳳立刻表示贊同，還不忘奉承一下李涵：「陛下英明！」

「先別急著溜鬚拍馬，」李涵笑著捏了一下輕鳳的鼻子：「妳還記得妳和胡婕妤的芙蓉寶台嗎？如今胡婕妤薨逝，我也不會再讓妳登台獻藝，不如就將它拆解了，鑿下寶玉熔掉黃金，以充內帑。妳看可好？」

「原來陛下是想商量這個啊，」輕鳳抬頭望著李涵，狡黠一笑：「陛下做的決定，臣妾豈會反對。不過拆了芙蓉寶台，陛下可得補償臣妾。」

李涵凝視著她泛著光澤的笑臉，不覺莞爾：「妳要我如何補償妳？」

輕鳳歪著腦袋，巧笑倩兮地望著李涵說：「等來年春天，陛下要親手爲臣妾做一支蘆管，補償臣妾！」

「妳啊……」李涵忍不住輕聲笑起來，低頭咬了一下輕鳳小巧的耳垂：「好，我答應妳。」

細雪漫空，長夜未央。寂寂深宮中，除了春風一度的太和殿，更有幾多幽怨，在避人耳目之處肆意蔓延。

楊賢妃手捧暖爐，斜靠在榻上，冷冷瞥了一眼跪在榻下的心腹宮女：「昨夜吹笛的人，可查出來了？」

「回娘娘，奴婢已經查出來了，那吹笛的人就是紫蘭殿的黃昭儀。」宮女垂頭回答，大氣也不敢出。

「哼，果然是那個狐媚子，」楊賢妃冷笑一聲，向來明豔的水眸此刻蘊滿了殺氣：「不過短短半年，竟敢在我眼皮子底下竄得那麼快，我看她是活得不耐煩了。妳繼續替我盯著她，等我拿住她的錯處，呵呵，我看誰能保得住她……」

「娘娘，」那跪在地上的宮女遲疑了一下，說出心中疑慮：「那個黃昭儀，瞧著邪門得很，脾氣陰陽怪氣的，經常躲在帳中好幾天不下床，也不要人貼身服侍。當初她在曲江行宮時撞鬼，可是有許多人親眼看見的，她當時殺了鬼怪變成的胡婕妤，結果胡婕妤如今眞的暴斃了。這樣一想，胡婕妤的薨逝，只怕與那黃昭儀脫不了干係。以奴婢愚見，娘娘還是避開那個不祥之人爲好——」

「住口！妳是要我退讓嗎？」楊賢妃厲聲喝道：「一個裝神弄鬼的賤人而已，也值得你們大驚小怪，哪怕她眞是妖魔鬼怪，我也有辦法治她。」

暴怒的楊賢妃嚇得那宮女噤若寒蟬，連忙自掌了兩記耳光：「娘娘恕罪，是奴婢多嘴了，奴婢該死。」

楊賢妃滿臉陰沉地瞪了那宮女一眼，轉身背對著她，冷冷撇下一句：「下去。」

轉眼到了太和四年正月，入冬以來，長安城已紛紛揚揚下了好幾場大雪。

自飛鸞離開之後，輕鳳白日裡無所事事，每天都寂寞得要命。因爲時時想著李涵，她索性隱了身子，天天到延英殿去看李涵處理政事。

她總是在晌午時賊溜溜地跑入延英殿內殿，這個時候李涵通常都端坐在御榻上，與大臣們一同商議政事。每當他這般全神貫注時，側臉英挺的線條俊美無比，迷得輕鳳垂涎欲滴，怎麼也看不夠。

「哎，陛下陛下，我要是你手裡的奏章就好了，讓你三更半夜都放不下我……」她猴在李涵的御榻靠背上，撒嬌撒癡，無意中瞥了一眼他手中的奏章，看見上面寫著李宗閔引薦牛僧孺云云。

這是什麼東西？輕鳳轉轉眼珠子，不大理解，也不以爲意。這時就聽李涵在座上對宰相道：「可以令刑部尙書柳公綽爲河東節度使，眾愛卿以爲如何？」

大臣們紛紛點頭稱是，交口稱讚柳公綽如何如何有能力，只有輕鳳一個人無聊地撓了撓腦袋，在局外一頭霧水。她不禁懶懶伸了個懶腰，打了個哈欠，覺得做皇帝眞是辛苦又無聊。

接著大臣們又開始和李涵討論起正月就要舉行的進士科舉考試來，在眾人熱鬧祥和的議論聲中，輕鳳驀然後知後覺地想起，今年那李呆鵝似乎也是要參加科舉的。

「哎呀，他現在的狀況，適合參加科舉嗎？」輕鳳吐了吐舌頭，心裡有那麼一點點內疚。不過轉念一想，比起她家飛鸞的幸福來，那個李呆鵝的功名前途，也是可以退居其次的啦。她可沒有什麼想讓自家妹妹做進士夫人的打算，畢竟她們可是連后妃都做過的妖精呢。

雖然心裡替自己如此開脫，輕鳳到底過意不去，有點記掛起李玉溪來。好些日子沒出宮了，也不知道那小子現在過得如何，要不還是趁著白天無事，去看看他吧。

事不宜遲，輕鳳說走就走，很快就溜出了大明宮。正月的長安雖然下了好幾場雪，街市上卻仍舊熱鬧無比，輕鳳在街頭東逛逛西晃晃，注意力很快被各色小吃吸引。畢羅、胡餅、炙羊肉；餛飩、肉脯、醴魚臆，她從街市這一頭吃到那一頭，大快朵頤不亦樂乎，直到肚皮撐得溜圓，才走到李玉溪所住的崇仁坊。

一路蹓進李玉溪居住的邸店，輕鳳敲了敲房門，不料好半天門都沒開，竟吃了閉門羹！輕鳳豎起耳朵，分明聽見屋子裡有人在呼吸，何況她鼻子一聞就知道是李玉溪，於是又用力拍了拍房門，高喊道：「李公子，開門哪！喂，我曉得你在裡面……」

她吼了好幾嗓子，才把屋中人給叫起來，就聽見門裡傳出叮鈴噹啷的碰撞聲，跟著房門吱呀一開，露出副人不人鬼不鬼的骨架子。輕鳳這一看不打緊，差點被李玉溪的新形象嚇掉半條命。就見他形銷骨立，已經消瘦得脫了人形，哪還有當初叫飛鸞垂涎的白麵蒸糕的風韻？

「天哪！」看著李玉溪這副樣子，輕鳳不禁驚叫了一聲，不由分說地衝上前去，晃了晃他的身子：「喂，你不要命啦！瘦成這副鬼樣子？」

李玉溪沒有說話，只懶懶搭了輕鳳一眼，便默不作聲地低下頭去。輕鳳心想這下壞了，這隻呆頭鵝不會是想絕食殉情吧？這可萬萬使不得！否則飛鸞那廂還沒醒過來，李玉溪這頭倒先餓死了，到時候她可如何對飛鸞交代呢，還不被她給怪罪死！

她立刻扯了扯李玉溪的手，異常熱情地絮叨：「你最近是不是沒有好好吃飯？這可不像你啊！走，上街下館子去。」

「不，」李玉溪用力甩開輕鳳的手，倔強地拒絕她的好意，又從案上撈起一卷書來，氣若游絲地低喃：「這兩天就要考試了，我還得看書呢。」

輕鳳瞠目結舌地看著他，沒好氣地反問：「就你這個狀態，還看書？還考試？」

李玉溪躲開她的糾纏，兀自虛弱地逞強：「妳以爲我千里迢迢客居京城，爲的是什麼？我，我可不光光是爲了兒女情長，就忘掉舉子大業的人。」

可是說著說著，眼淚就從他黑琉璃似的眸子裡湧了出來，一串串滑下凹陷的臉頰。輕鳳看著李玉溪逞強的樣子，一時啞口無言。半晌之後，她卻忽然不由分說地虎起臉，一把扯起李玉溪：「什麼不爲兒女情長、不忘舉子大業？你，你這個樣子，也太沒說服力了吧！走，吃飯去！」

說罷她一鼓作氣將李玉溪拉到街上，衝進一家湯麵鋪子，氣哼哼地爲他點了兩碗熱湯麵，「啪」一聲將筷子拍在李玉溪面前：「吃！」

不待李玉溪有反應，她自己倒先拿起筷子，吸溜吸溜就吃下一碗麵條，李玉溪默默看著她，好半天之後忽然陰陽怪氣地開口：「妳竟然也吃得下……」

輕鳳吃得正香，聞言立刻抬頭瞪他一眼，理直氣壯地反問：「爲什麼我吃不下？」

李玉溪低下頭，黝黑的眼珠盯著熱氣騰騰的麵條，竟又漸漸浮上一層薄淚，半天後才哽咽著唏噓：「我以爲妳跟飛鸞是好姐妹呢。」

輕鳳聞言一拍桌子，義正詞嚴地嚷嚷：「我和飛鸞當然是好姐妹，這還用你說？！」

李玉溪無辜地瞥了她一眼，繼而小聲抱怨道：「那她離世了，妳胃口還那麼好……」

「啊？」輕鳳被李玉溪說得一愣，跟著心虛起來，乾巴巴咳嗽了兩聲才道：「飛鸞過世，我當然傷心！可是死者已矣，活著的人還得好好過日子不是嗎？我這是化悲傷爲食慾，爲了飛鸞才這樣努力吃飯！就說你吧，你現在這樣折磨自己，飛鸞她要是看見了，能安心嗎？」

輕鳳這一番老生常談的說辭，根本打動不了李玉溪。他只是有氣無力地瞅了她一眼，便默默地望著街心，再也不說話。輕鳳看著他無精打采的樣子，頓時也沒了胃口，在草草敷衍了他幾句之後，便忙不迭地告辭。

哎，我是不是做得太過分了？一路上輕鳳心中暗想，忍不住就埋怨起永道士來。這時天邊飄下霰雪，輕鳳還有些興致，忽然想起飛鸞還在永道士那裡，便拔腿匆匆往華陽觀跑去。

當日李玉溪將飛鸞交給永道士之後，輕鳳本不放心將飛鸞留在華陽觀，可無奈永道士振振有詞，說飛鸞服用了他的百日醉就最好待在他身邊，這樣萬一出個什麼事，沒人比他更清楚如何處理意外。輕鳳被永道士說服，只能無可奈何地聽從了他的安排。

待到輕鳳抵達華陽觀時，就見道觀上空香煙嫋嫋，從觀內隱隱傳出步虛笙磬之音。此時正值新年，道觀裡五花八門的節目自然也少不了。永道士今天穿著一件絳紅色盤金繡的蜀錦道袍，聊應新春節景。他見到輕鳳前來，立刻興高采烈地迎出門，站在一株怒放的紅梅樹下招呼道：「喲，小昭儀，好久不見。今天怎麼突然想起我，還特意來向我拜年？」

輕鳳嘟著嘴瞪了他一眼，氣呼呼地與他鬥嘴：「誰來跟你拜年了！我是來看我家飛鸞的。誰知道她被留在你這兒，你有沒有好好待她？」

永道士聽了輕鳳的質問，立刻無辜地聳聳肩，萬分委屈地喊冤：「天地良心，小狐狐她天天昏睡著，我能怎樣待她？」

輕鳳信手一指掛在道觀屋簷上的冰凌，煞有介事地說：「這兩天下了好幾場大雪，你不給飛鸞加幾床被子，萬一將她凍著呢？」

輕鳳的話惹得永道士忍不住發噱，呵呵笑道：「有妳這個婆婆媽媽的監令官，我哪敢對她不上心，不信妳自己去查驗好了。」

輕鳳聞言輕哼了一聲，大大咧咧地踱進永道士的廂房，就看見飛鸞如今已幻化爲原形，狐狸身子團成一團，圓圓軟軟的，正盤在個蒲團上閉目沉睡。輕鳳看著她不覺微笑起來，這時永道士在她耳邊解釋道：「妳看小狐狐現在，已經是沉睡的樣子，應該過幾天就可以醒了。我給她睡的蒲團裡塡的可都是芝草，保證她此刻正在美夢之中高枕無憂。這樣妳可放心了吧？」

輕鳳滿意地點了點頭，忽然想到一事，不禁疑惑地問永道士：「你這百日醉，雖然是用來假死的，可沒幾天屍身就軟了，這些日子又是沉睡的狀態，看來藥力不足啊？」

「哪有的事，」永道士笑著辯白道：「我這藥都說了是百日醉，並非百日死，當然不會維持死狀一百天。實際上一般是僵死五日之後，身體就開始發軟，到了五十天之後，就與睡著的常人無異。妳想若是眞的足足死上一百天，那得多嚇人啊，再說要是想藥效長一點，不是還有千日醉嗎？」

輕鳳暗暗心想，這不還是等於藥力不足嘛，解釋和沒解釋都一個樣。繼而她心念一轉，又問：「那一日醉，豈不是只能假死一兩個時辰？這藥能有什麼大用？」

「哎呀，小昭儀妳果然敏銳，」永道士聞言立刻興致勃勃起來，湊到輕鳳身旁神秘兮兮地說：「所以說，這一日醉一般都是情人間買來爭風吃醋時喝的，屬於情趣用品，妳要不要也買上一瓶呀？」

「我才不要這麼無聊的玩意！」輕鳳聞言大窘，沒好氣地白了永道士一眼，才繼續道：「看飛鸞這個樣子，我也就放心了，她的確過得不錯。」

永道士聽著輕鳳如釋重負的口氣，不禁笑道：「她當然過得不錯，難道還有誰過得不好嗎？」

輕鳳橫了永道士一眼，忍不住埋怨他：「當然有。你忘了現在還有個對她牽腸掛肚的呆頭鵝嗎？」

永道士這才反應過來，恍然大悟：「哦，妳說他呀。」

「是啊，要說我們這事，可能眞是做得太過分了，」輕鳳皺起眉，頗爲不忍地對永道士說：「這事啊……咱們最好還是收手吧。這樣欺人太甚，小心將那隻呆頭鵝折磨死了，到時候難道你還要給飛鸞變個活人？」

永道士聞言嘻嘻笑了兩聲，左顧右盼閃爍其詞，望著廂房外旁逸斜出的一枝紅梅，一腔深情地感慨：「梅花香自苦寒來，妳放心吧，他們很快就能守得雲開見月明啦！」

輕鳳不由冷嗤一聲，對永道士沒好氣道：「得了得了，你呀，趕緊將飛鸞還給那李玉溪吧，要不然呀，就要鬧出人命來啦！你是沒看見，他現在已經瘦得不成人形了，過兩天還要參加科舉考試，唉，我估計他八成要交白卷了。」

這時永道士眼中卻流露出意味深長的目光，故意話裡有話地笑道：「被妖精纏上的人，有幾個是不倒楣的？」

輕鳳翻了一個白眼，不再理會瘋瘋癲癲的永道士，逕自伸手撫了撫飛鸞柔順的毛髮，放心地與永道士告辭。永道士卻笑著挽留她：「哎，不留下來跟我吃一個團圓飯嗎？今天華陽觀裡做大餐，有加了鐵皮石斛的祛寒餃兒湯，還有千年茯苓長壽糕哦！」

長壽糕？吃了這臭道士的東西，只怕夭壽還差不多。輕鳳小嘴一撇，氣哼哼道：「不稀罕。」

說罷她頭也不回地揚長而去，只留下永道士在原地訕訕發笑：「嘿，這丫頭，脾氣還真嗆。」

第十七章　修道

春寒料峭，正月的科舉考試如期舉行，各地的舉子們雲集長安，於考試這天，列隊進入了尚書省南邊的禮部貢院。李玉溪在這一天也勉力打點了行裝，進入貢院考試，只是這些天來，他日日活得如同行屍走肉，整個人絲毫不在狀態。

進入科場後，李玉溪與知貢舉的官員們一一對拜，隨後按照順序席地而坐，開始進行考試。所有的舉子們皆是身穿麻衣，遠遠地一眼望去，眞是紛紛麻衣如雪。他們一日三餐都在貢院內解決，這樣長時間疲憊的考試，對身心都是一種非常大的考驗。

考試共分三場，分別是帖經、雜文、試策，不過近幾十年來，詩賦考試躍居首位，初場詩賦是否合格，已成爲決定去留的關鍵。這樣以詩賦爲擇優選才標準的情況，反映了大唐偃武修文之風，已漸漸滲入到進士科舉之中。而進士科也已經由最初設想的政事科，逐漸演變成爲文學之科。這三場考試成爲大唐進士考試的定制，三場考試每場都會篩選淘汰一批舉子，而三場都通過即爲科舉登第。在分出甲乙等第及名次之後，便會在貢院外張榜公佈。

這一場至關重要的考試，李玉溪卻一直心不在焉地怔怔發呆。從清晨旭陽初昇發放題目，直到傍晚時分，他仍然沒有寫出自己的科舉詩來。漸漸地夜色降臨，貢院內仍在考試的舉子們紛紛點起了蠟燭——夜試規定只可燃蠟燭三根，以燭盡爲限，因此曾有詩人薛能在〈省試夜〉一詩中寫道：

白蓮千朵照廊明，一片承平雅頌聲。
更報第三條燭盡，文昌風景畫難成。

長夜將盡，在第三條蠟燭燒完之前，李玉溪終於從神遊中清明過來，提筆寫下了自己的科舉詩：

天上參旗過，人間燭焰銷。誰言整雙履，便是隔三橋。
知處黃金鎖，曾來碧綺寮。憑欄明日意，池闊雨蕭蕭。

這首詩詩意頹廢，實在不適合在科舉應試時使用，很快知貢舉的官員就將這首詩判爲不合格。李玉溪在得知消息時，卻絲毫不覺得難過——也許他的心，早在得知飛鸞離世時，便已跟著變成了死灰。

他面無表情地收拾好行李，跟隨同一批被刷下的舉子，無精打采地離開了貢院。當他走出貢院時，天上又悄然飄下細雪來。李玉溪沒有撐傘，獨自踽踽行走在細雪之中，神形頗有些潦倒。此時雞鳴已過，沿街的早點、茶湯攤子次第開張，李玉溪正神思恍惚地往自己住的崇仁坊走著，冷不防一把傘湊到他的面前，爲他遮去了漫天飛雪。

「這麼冷的天，天又下著雪，你走路，怎麼不撐傘？」

熟悉的聲音在李玉溪耳邊響起，婉轉中帶著微微的擔憂，如鶯歌般清靈動聽。李玉溪神色一凜，如遭電殛般回過神來，原本失神的眼睛終於恢復清明，看清了站在自己面前的人。

「妳……」他難以置信地伸出手去，卻不敢輕易觸碰眼前人，怕她只是一個夢幻泡影，輕輕一碰又要消失。然而面前的人卻嬌憨爛漫地笑起來，先一步抓住了他的手。

「是我，李公子，我回來了……」

李玉溪難以置信地望著眼前人，夢囈般喃喃道：「飛鸞？真的是你？」

飛鸞開心地點點頭，連聲應道：「是我是我，李公子，我已經醒過來啦！」

她歡快得像隻黃鸝，在李玉溪眼前活蹦亂跳，終於使他漸漸放了心，相信飛鸞真的已經復活——這一定是拜永道長所賜，他果然言而有信，將飛鸞救活了！李玉溪頓時激動得無以復加，喜出望外地問飛鸞：「是不是永道長他救了妳？」

飛鸞聞言一愣，不大理解李玉溪的話——他這話的意思，是不是說她吃了永道士給的假死藥，所以才能從大明宮中脫身呢？如果這樣也算救的話，那的確是永道士救了她。於是飛鸞對著李玉溪點點頭，又開心地笑起來。

李玉溪又驚又喜，只顧著緊緊握住飛鸞的雙手，連傘也顧不得撐，任由濛濛飛雪落在自己與飛鸞的髮梢上。

「太好了，太好了……」他口中不停重複著，淚珠止不住地衝出眼眶。

飛鸞伸手抹抹他的臉，嬌嬌軟軟地柔聲道：「哎呀，你的臉好冷。李公子，你是不是剛考完試？考得好不好？」

也不知是不是因爲飛鸞雙手的搓揉，李玉溪的臉漸漸紅起來，小聲對她說：「哎，別提了。

我沒考好，今年已經落榜了。」

飛鸞聽到這個消息，不禁有些難過，皺起眉歎道：「哎呀，那可怎麼辦才好？」

她一臉認眞地發起愁來，李玉溪卻喜不自勝地凝視著她，笑得開懷：「管他呢，反正我已經不在乎了。」

「嗯，那也好。」飛鸞點點頭，也不問李玉溪爲何不在乎，反正她從來都不會反對他的決定，只要他開心就好。

飛鸞仰臉望著李玉溪，發現他比從前瘦了一大圈，猜想他一定是爲了考試才辛苦成這樣，不禁心疼起來，搖著李玉溪的手問：「李公子，你辛苦了一夜，現在餓不餓？我倒眞的有點餓啦，不如一起去吃東西呀？」

她一從夢中醒來，就迫不及待地跑出華陽觀找李玉溪，此刻肚子正在咕咕叫呢。

李玉溪聽見飛鸞的問話，恰似多年的行屍走肉終於回過魂一般，忙不迭地點頭道：「餓，當然餓！走，咱們吃東西去！」

飛鸞應聲笑道：「好呀，不過那勝業坊的蒸糕、頒政坊的餛飩、輔興坊的胡餅、長興坊的畢羅、長樂坊的黃桂稠酒，你都已經帶我吃過了。」

李玉溪笑著點點她的鼻尖，滿是寵溺地說：「那又怎樣，妳死而復生，咱們就算是又活了一遍，所以這些東西，咱們都得再吃一遍！」

飛鸞開心得兩眼發光，桃心小臉在冬日暗淡的天光中散發出明媚的光彩，用力點了點頭：

「好！」

當下兩人交頭接耳了一番，決定去勝業坊吃蒸糕——那是他們第一次在宮外相見時光顧的鋪子，自然意義非比尋常。

李玉溪一路上都牽著飛鸞的手，進入蒸糕鋪子後，他和飛鸞各點了一客蒸糕，入席坐下相視而笑。這樣親暱地面對面，帶著恍如隔世的喜悅，讓二人之間甜蜜得如同蜜裡調油。李玉溪飲水思源，不勝感慨地對飛鸞道：「這一次，多虧永道長他幫了我們，我對他眞是無比感激。不過……我答應過他，如果他可以讓妳醒來，我就再也不會與妳相見，讓妳隨他去終南山修道呢。」

「啊？」飛鸞聞言一愣，對李玉溪這番話大惑不解，苦著臉問：「李公子，你爲什麼要這樣答應他呢？」

李玉溪低下頭，慚愧地囁嚅：「沒辦法，誰讓我本事不濟……可只要能讓妳活過來，我、我情願和妳分開。」

飛鸞慌忙抓住他的手，堅定地搖搖頭：「不行，我可不想與你分開。你知道嗎，我之所以來找你，就是因爲，就是因爲……」

飛鸞的臉忽然紅起來，一想到接下來要告訴李公子的消息，就羞得抬不起頭。好半天後她才拽著李玉溪的袖子，將他拉近自己身邊，附在他的耳畔悄悄說了幾句話。

這一說不打緊，李玉溪驚得一跳，險些把桌案都給掀了！

「什……什麼！」他喜出望外，恨不得把飛鸞抱起來轉幾圈，卻又緊張得不敢輕易碰她，只能坐立不安地再一次求證：「妳是說，妳……懷了我的孩子？」

飛鸞羞赧地瞧了眼四周的動靜，紅著臉對李玉溪點點頭。

李玉溪高興得坐不住，詩人的浪漫思維一發散，竟然突發奇想、自作聰明地醒悟道：「難怪永道長他在妳醒來後，還讓妳來見我，他眞是一個大好人！」

飛鸞聽了李玉溪這句天外飛仙的話，如墜五里雲霧——自己高高興興地告訴他懷寶寶的事，怎麼李公子他又扯上永道士呢？她有些不明白，但是也沒有多追問。這時李玉溪卻又拉起飛鸞的手，與她親密地十指交纏，低下頭輕聲道：「經過這段日子的大喜大悲，我也該大徹大悟才對。所謂功名利祿，不過只是浮雲罷了，對我又有什麼意義呢？飛鸞，不如我和妳一同去終南山吧。」

「啊？」李玉溪的話令飛鸞猝不及防，她不由睜大雙眼，驚訝地低喊：「你，你想去終南山？」

李玉溪毫不猶豫地點點頭，說出自己心裡的想法：「對，就像永道長說的那樣，我們一同修煉，一起追求神仙之道，不是也很好嗎？再者……我只是一介凡人，如果想要更長久地和妳相伴，也只有修道這一條路可走，不是嗎？」

他不想百年之後，成爲她的曾經滄海、過往雲煙，所以他要爲了她修神仙之術，求一個生生世世的圓滿。

李玉溪的話中飽含著矢志不渝的深情，惹得飛鸞眼眶一陣陣發熱，她仔細想了想他的提議，覺得既然他不科舉，而自己生娃娃的事也不敢叫姥姥們知道，那麼去終南山追求長生的確是個好主意。雖然她還是有點怕那個永道士，可是如果有李公子陪在自己身邊，她什麼問題都不怕！

飛鸞欣然點了點頭，對李玉溪柔柔地笑道：「好，我們就去終南山。」

當下兩個人高高興興地將蒸糕吃完，手牽著手，一路有說有笑地去華陽觀見永道士，向他說出未來的打算。

永道士聽了他們倆的決定，當然是舉起雙手贊成，壞笑得兩眼彎彎像隻狐狸：「哎呀，你們兩個能下這樣的決心，實在是太讓我欣慰了，如果我那全師侄有你們一半的覺悟，我能少操多少心哪！」

飛鸞和李玉溪還來不及作答，這時候就聽背後傳來一道顫抖的聲音，帶著即將吐血的憋屈嚷道：「什麼？你，你們……辛辛苦苦鬧了半天，卻要上終南山修道？！」

飛鸞和李玉溪慌忙回過頭，就看見輕鳳正站在他們背後，臉上露出一副痛心疾首的表情。原來她從昨天開始就待在華陽觀內，和永道士一起等候飛鸞醒來，可惜飛鸞兒女情長，一睜眼就拋下姐妹跑去找情郎了。現在好容易等到他們回來，偏又給她帶來這樣的噩耗，真是讓輕鳳聽得險些吐血。

永道士這廂卻是老神在在，一徑對輕鳳得瑟地笑道：「哎，他們的決定妳可不能反對呀，我還等著妳啥時候也開竅了，跟著我們一同上終南山算了。」

輕鳳白了他一眼，啐道：「去你的，我的眞命天子在紅塵之中，這天下我最不可能去的地方，就是終南山啦！」

永道士聽輕鳳說得這般篤定，卻是很不正經地嘻嘻一笑，故作神秘道：「小昭儀，話可不能說絕哦。」

這一道一鼬耍著嘴皮子，正吵得不可開交時，就聽原本安安靜靜待在一旁的李玉溪冷不丁開口，滿臉認眞地望著永道士道謝：「永道長，這次飛鸞能夠起死回生、重新醒來，眞是多虧了您爲她採集天地精華。您的大恩大德，李某今生今世沒齒不忘……」

他這一段沒頭沒腦的話，提醒了正在鬥嘴的永道士和輕鳳——他們倆曾經狼狽爲奸，做過一件缺德帶冒煙的事，並且這件缺德事還有一堆爛攤子沒有解決！

果然就聽飛鸞「咦」了一聲，滿眼疑惑地望著李玉溪，已經半張開小嘴準備問個究竟。

「啊哈——我終於想起來，要送給小狐狐補身子的千年靈芝擱在哪兒了！」永道士忽然扯起嗓子喊了一句，同時指著李玉溪的鼻子道：「李公子，我這裡正忙著和小昭儀嘮嗑，你去幫我取來吧，就在華陽觀第三進廂房的左邊，一條抄手遊廊走到底，過了廊下垂花門，直接進右手邊的耳房，房中桌案上擺著一個木墩子，木墩子上長的那株就是千年靈芝。你直接把靈芝掰下來就行，不必連著木墩一起抱來了。」

「哎?可是我還沒感謝完呢……」李玉溪沒想到自己的話會被永道士打斷，期期艾艾著不肯動身。

「你既然感謝我，不如就用實際行動來報恩嘛！」永道士沒臉沒皮地訕笑著，一定要指派李玉溪去做這件事：「你若連這點忙都不肯幫，我怎麼知道你的感謝是不是真心實意呢，對不對？」

李玉溪覺得永道士的話挺有道理，便也不再推辭，乖乖出門去幫永道士取靈芝。輕鳳看著李玉溪傻乎乎地被支開，有些心虛地壓低了嗓子問永道士：「你指派他去拿靈芝，拉拉雜雜扯那麼一大堆，他能找得到嗎？」

「沒事，這華陽觀他比我還熟。」永道士也壓低了嗓子回答，對輕鳳使了個眼色：「別操心他了，咱們還有正事要辦。現在他和小狐狐兩個終於肯上終南山修道，我可不想和他們鬧翻，讓煮熟的鴨子飛了！」

輕鳳心領神會，立刻將飛鸞悄悄拽到一邊，對她柔聲安撫道：「哎，其實呢，妳假死的事，我一直沒有告訴李公子哦。」

「啊？為什麼？」飛鸞聞言吃了一驚，不解地望著輕鳳，有些埋怨地說：「姐姐，當初妳不是答應得好好的，說會把這件事告訴李公子，叫他不要擔心的嗎？」

輕鳳一愣，立刻心虛地訕笑：「哈哈哈，話是這樣說沒錯啊，可當時我怕他追究妳突然假死的原因，妳不是想把懷娃娃的消息留著給他當驚喜的嗎？但如果不說明白，我又怕他怪妳行事魯莽，事先不與他商量，所以左思右想啊，就臨時變了個說法，把這件事兒給瞞住了。妳呢，就把這件事當成一個善意的秘密，千萬不要說漏嘴哦。」

輕鳳這一番苦口婆心的胡謅，聽得飛鸞傻乎乎地直點頭，竟也沒問輕鳳當時到底換了個什麼說法，就這麼信口答應了下來：「姐姐妳說的是，我不會說漏嘴的，放心吧。」

輕鳳和永道士同時長吁一口氣，不約而同地心想：這傻丫頭，真是太好哄騙了。

終南山距離長安只有五十里，離驪山也不遠，因此做好決定的當天，飛鸞和李玉溪就依依不捨地和輕鳳告了別，回崇仁坊簡單收拾了一些行李，帶著永道士寫的薦信出了城，前往終南山宗聖宮找永道士的師父收留。至此大明宮中只剩下輕鳳孤零零一隻妖精，雖然也算逍遙自在，但是總歸有些寂寞。

日子一晃又過了好幾天，某日輕鳳照舊在延英殿裡陪著李涵與臣下商議政事。她瞇著眼趴在金銀錯銅鶴香爐下，被熱氣烘烤得昏昏欲睡……連篇累牘的政事真是催眠最佳利器！當輕鳳從一場小睡中醒來，她一個激靈睜開眼睛，才發現殿中的大臣們都已散盡，只剩下了李涵和宋申錫兩個人。

「陛下這份密旨，微臣一定會親手交給京兆尹王大人。」

輕鳳親眼看著宋申錫將一份詔書藏進袖中，心中暗想：這次李涵竟擬了一道密旨，他想做什麼呢？可恨自己不爭氣，竟然一不小心睡著了，完全沒聽見他們之前說了什麼啊！

「此人應當可靠吧？」李涵似乎有點不放心，坐在御榻上頗有疑慮地問。

「陛下放心，王大人與微臣相交已久，是個忠實可信之人。」

宋中錫篤定的語氣，讓李涵面色一鬆，眉宇之間染上幾分喜色：「有勞宋愛卿促成此事，待兵力齊備，爲大唐除去閹宦之禍。」

「陛下有命，微臣萬死不辭。」

趴在香爐下的輕鳳偷聽到這裡，覺得自己總算有點明白狀況了——原來李涵這是準備行動，除去花無歡了嗎！上回借著火珠的由頭，王守澄差一點就成功除掉他了，老天保佑，這次可一定要順利啊！

輕鳳不由興奮起來，恨不得也能爲李涵做點什麼。她苦苦思索了好一會兒，忽然醍醐灌頂，豁然開朗地自語道：「哎呀，所謂『知己知彼，百戰不殆』。我呀，應該到興慶宮去看看才對，若是發現什麼，也好提醒李涵。」

說著輕鳳便撒開腿溜出延英殿，一鼓作氣跑到了興慶宮的花萼樓。這一次，她恰好看見翠凰附身的杜秋娘正在接受漳王的問安。那漳王年紀不大，尚未弱冠，可是舉止間進退有禮，笑容又溫文爾雅，看上去十分可親。

他穿著一身潔白的親王常服，整個人被襯得玉樹臨風，鍾靈毓秀。輕鳳在他身上依稀看到了昔日李涵的影子，心裡暗想：「這位就是漳王李湊吧？李涵的異母弟弟，怪不得也這樣優秀呢。不過，作爲皇帝的弟弟，太優秀可不是什麼好事呢。」

她多留了一個心眼，趁著翠凰還沒有發現自己，憑著靈敏的嗅覺，在興慶宮中迅速找到了漳王的宮室。

漳王住的宮殿看上去並不華麗，不過他只是個尚未弱冠的大男孩，宮室樸素點也並不令人感到意外。輕鳳倒是在他的宮室裡看到了許多卷冊和簡牘，案上還有寫了一半的文稿，輕鳳隨手翻了翻，發現文稿中的內容是君臣間的問策。

「呃，也不知道他寫這個的時候，是把自己代入哪個角色哦？」輕鳳先是自言自語，卻忽然在刹那間恍然大悟，訝然驚呼：「天哪，難道他們把他當皇帝來培養嗎？這可是件了不得的大事！原來如此……這個漳王就是花無歡和杜秋娘押的寶呀！」

輕鳳發現了這個秘密，心中大駭，剛想撒腿開溜，冷不防頭頂上響起一道涼薄的譏嘲：「妳還敢來興慶宮，真是好大的膽子。」

輕鳳頭皮一炸，意識到自己被翠凰抓了個正著，慌忙亮出利爪往上一劃，想先發制人找機會脫身。可惜她根本就不是翠凰的對手，貿然出擊的右手不但沒有碰到翠凰的衣角，連手腕都被一股怪力緊緊扼住，將她整個人向上提了起來。

整條右臂傳來一陣劇痛，疼得輕鳳齜牙咧嘴，忍不住大叫：「救命啊！救命啊！」

翠凰彷彿聽見笑話似的，緊抿的雙唇挑起一個微彎的弧度：「妳指望誰來救妳呢？」

已經被提到半空的輕鳳雙眼圓睜，臉色慘白地瞪著翠凰，像思考她的問題般愣了片刻，突然撕心裂肺地叫起來：「臭道士，救命啊！臭道士快來，我知道你能聽見！」

翠凰聽出她在向誰求救，臉色一變，還沒來得及做出反應，只見宮室之中驟然雲氣氤氳，從中露出一張雌雄莫辨的絕豔臉龐。

「嘖，小昭儀，妳這唱的又是哪一齣啊？」永道士在雲中托著下巴，饒有興味地欣賞著輕鳳的慘狀。

「少廢話，還不快救我！」他幸災樂禍的眼神讓輕鳳又氣又恨，卻又不得不求他。

永道士兀自笑吟吟地望著輕鳳，中途只淡淡瞥了翠凰一眼，目光中的警告之意便讓翠凰渾身一冷，以最快的速度放開輕鳳，消失在永道士眼前。

「呵呵，逃得倒挺快。」永道士姿勢不改，仍是一副瞧熱鬧的悠閒模樣。

輕鳳撲通一下跌落在地，疼得「哎喲哎喲」直叫喚，衝還在優哉游哉的永道士發脾氣：「你怎麼還不緊不慢地乾看著，快帶我走啊，沒聽見漳王的腳步聲嗎？」

「知道啦，急什麼，」永道士袖子一捲，把輕鳳撈上雲頭，轉瞬間便與她一同出現在長安城上空：「這不就出來了嘛。」

「還是你厲害，」輕鳳長舒一口氣，渾身散了架似的癱在雲上，對永道士說：「勞駕送我回紫蘭殿，我太疼，沒法隱身了。」

永道士一臉同情地看著她，嘖嘖感歎了兩聲：「小昭儀，我問妳啊，沒事妳又上興慶宮惹那青狐作甚？」

「我？」輕鳳看了他一眼，一臉正直地回答：「我在宮鬥啊。」

「宮鬥？」永道士噗哧一聲，毫不客氣地大笑起來：「哈哈哈，妳逗我？妖精和妖精打架，叫宮鬥？」

「喂喂，笑兩聲就行了啊！人家在說正經的呢！」輕鳳白了他一眼：「我也想正常的宮鬥啊，可是誰叫翠凰法術那麼強，偏偏還站在我的死對頭那邊呢！」

「妳的死對頭是誰？」永道士笑著問。

「還不就是內侍省那個花無歡。」輕鳳冷哼了一聲，忽然兩眼骨碌一轉，將主意打到了永道士身上：「要不，你幫我滅了他？」

「用法術嗎？」永道士摸著下巴思考著：「不是說好了要宮鬥嗎？妳這是犯規啊。」

「是翠凰先犯規的！」輕鳳據理力爭。

「也對，我可以幫妳啊，」永道士繼續摸著下巴思考，越想越美：「至於報酬嘛……是我帶著妳回終南山呢？還是妳跟著我回終南山呢……」

「都不行！誰要去終南山啊！」輕鳳對永道士的幻想嗤之以鼻：「我這輩子已經在山裡住夠啦！」

「好好好，我知道啦。不過，一條人命的代價可是很高的。」永道士意味深長地望著輕鳳，提醒她：「好歹是修煉了幾百年的妖精，妳心裡有數吧？別宮鬥不成，把自己栽進去。」

「我知道我知道，我又不傻，有損修爲的事我肯定不做，」輕鳳不耐煩地掏了掏耳朵，忽然靈機一動，雙手合十、兩眼發光地望著永道士，笑得萬分諂媚：「不傷人性命，保人性命總可以吧？你那些續命物、護身符啊什麼的，隨便送我兩個好不好？不用多厲害，能防禦翠凰的法術就行。」

「能防禦那青狐的，可不是一般之物啊。」永道士瞇著眼睛，笑嘻嘻地望著輕鳳：「也罷，就送妳兩個。」

說罷他往袖中摸了摸，掏出兩個紅色打著纓絡的護身符，遞給輕鳳。輕鳳如獲至寶地接過護身符，在心裡盤算了一下，故意一臉崇拜地望著永道士問：「你這袖子裡到底有多少東西啊？」

「袖裡乾坤大，妳想要什麼，我這裡應有盡有。」永道士得意洋洋地對輕鳳自誇。

輕鳳吸了一下口水，與永道士討價還價：「那這護身符，你再送我兩個？」

「小昭儀，妳還眞是貪得無厭啊。」永道士打量著輕鳳，連聲笑道。

「我又不是爲了給自己，」輕鳳紅著臉替自己辯解：「有翠凰在，我根本施展不開手腳，投鼠忌器你懂不懂？」

「妳啊，可眞有意思。」永道士在雲端托著下巴，凝視著輕鳳的一舉一動，澄澈的眼眸中映著一隻倔強的黃鼬：「拿去，盡情玩吧。」說著他從袖中又掏出兩只護身符，寵溺地送給了輕鳳。

與永道士分別後，輕鳳回到紫蘭殿，將四只護身符在床榻上一字排開，伸出一根手指挨個清點：「李涵的、小猴子的、王內侍的……再給王守澄一個，免得他被翠凰滅了。」

這泱泱大明宮裡，要保的人也就那麼幾個。

輕鳳輕輕歎了一口氣，袖著三只護身符離開紫蘭殿，循著李涵的氣味尋去。

須臾，輕鳳來到太和殿外，遠遠望見了王內侍，立刻笑逐顏開地迎了上去：「王公公，聖上在殿中嗎？」

「在呀，」王內侍呵呵笑著，對輕鳳行了一個禮：「卑職見過昭儀娘娘，不知昭儀娘娘駕到，有何貴幹呀？」

「王公公，我有好東西送你！」輕鳳從袖中摸出一只護身符，對王內侍晃了晃，怕他不拿這個當一回事，老臉皮厚地說：「我自己做的，你可要隨身帶著啊。」

「哎喲，這可折煞卑職了，」王內侍慌忙打躬作揖，接過護身符，讚不絕口：「昭儀娘娘眞是好手藝，都趕上華陽觀的貢物了。」

「咳咳，」輕鳳尷尬地咳了兩聲，又拿出一只護身符遞給王內侍：「我替魯王殿下也做了一只，你代我轉送給他，好不好？」魯王就是李涵的皇長子李永，今年正月剛剛受封。

王內侍點頭答應，接過護身符：「卑職代魯王殿下謝過娘娘。不過昭儀娘娘啊，請恕卑職一問，您給卑職都做了護身符，那一定也替聖上做了吧？」

「那當然呀，」輕鳳狡黠地一笑，湊近了王內侍，低聲向他撒嬌：「我想親手將護身符送給聖上呢，王公公，您可得替我美言幾句呀。」

王內侍聽了輕鳳的央求，笑了兩聲，樂呵呵地對輕鳳道：「昭儀娘娘呀，您可眞是個活寶。卑職明白您的心思，一定幫您將話送到！」

輕鳳得了王內侍這句承諾，立刻喜不自禁地向他道謝：「多謝王公公！」

許是王內侍回去幫輕鳳說了好話，當天晚上，李涵竟眞的欽點她侍寢了。輕鳳只覺得天地間一剎那春意融融，她趕忙精神抖擻地梳妝打扮，只用樸素的白衣和銀首飾，將她襯得如同一朵嬌俏的玉蘭，俗謂「要想俏，三分孝」，此話眞是半點不假。

好容易捱到傍晚時分，輕鳳迫不及待地登上鳳輿，由內侍們抬著，前往李涵的太和殿侍寢。

這一夜的風流旖旎，自不消言說。就在雲收雨歇，兩情繾綣之際，輕鳳的手探出錦帳，在滿地的衣物間摸索了好一會兒，小指才勾住一只護身符，將它拎上龍榻，呈給李涵：「陛下，這是臣妾給您做的護身符。」

「是嗎？」李涵接過護身符，拿在手裡細看，覺得十分玲瓏可愛：「多謝卿卿這份心意，爲何忽然贈我這個？」

「因爲陛下也送過臣妾長命縷呀，」輕鳳揚揚手腕，望著李涵笑道：「長命縷配護身符，恰是一對。臣妾願陛下長命百歲，萬事無憂。」

「生死有命，富貴在天，」李涵語調慵懶地笑道：「凡事不可強求。」

「即便如此，陛下不是也有許多心願，哪怕再難也想達成嘛，」輕鳳依偎在李涵懷裡，猶豫了好一會兒才鼓足勇氣，抬頭問他：「陛下，您最近……是不是做了一個很大的決定？臣妾也想助您一臂之力呢。」

「黃昭儀，」李涵遽然皺眉，說話聲音也冷了下來：「妳什麼都不知道，休要捕風捉影。」

輕鳳聽出李涵語氣不悅，卻依舊不依不饒，目光在夜色中閃閃發亮地盯著李涵道：「臣妾知道的，內侍省花少監，平素培植親黨、攘權奪利，勢力已然坐大，不可不除。他這個人慣會挾勢弄權，爲人居心叵測、陰險狠辣，陛下您絕不能姑息此人，養虎爲患……」

李涵皺眉聽到此處，已是氣血翻湧，心緒難平——無論他多麼偏愛眼前這位女子，他對輕鳳熱衷於干政的態度始終憂心忡忡，畢竟史書中有過太多悲慘的教訓，對於她，他不能因爲心中這份獨一無二的眷戀，就不分青紅皂白地盡情去寵溺。

如果僅因爲一份寵溺，就去縱容她恣意妄爲，到頭來只會害了她，也害了他自己——自古後宮之中，有野心的女人無論再可愛，最後也會變得面目可憎，留不得也守不住。

他知道她的話並沒有說錯，但他不會聽從她的建議，去剷除花少監那一方的勢力——這股勢力現在對他還構不成威脅，相反的，他正需要這股勢力來牽制住王守澄一黨，就像宋尚書所建議的那樣。所以他並不介意暫時姑息花無歡，甚至這種姑息，某種程度上也的確有必要……

「這是我的事，妳記住了，」李涵起身繫好衣襟，冷冷對輕鳳道：「我會剷除他，但這些事，必須、也只有我能做。妳不准再動任何心思，就安分守己地住在紫蘭殿裡，日日平安無事，對我而言就是最好的安慰了，妳明白嗎？」

輕鳳知道李涵已經生氣，可她急於讓李涵明白自己的想法，於是慌忙下榻跪在李涵腳邊，再次大膽進言：「陛下，臣妾明白您的苦心，也知道自己不該過問政事，但臣妾知道去除閹黨、還權於君，是陛下您長久以來的心願，而臣妾比您能想像的要堅強，絕不會給您添亂的……」

「想像、想像，妳要我想像什麼！」輕鳳情急之下使出的激將法，成功激起了李涵的怒意，卻絲毫不能使她的進諫生效：「妳要我想像妳被居心叵測的人告發，以妳干政弄權爲由，逼我捨棄妳嗎？！」

「臣妾不是這個意思……」輕鳳望著面色鐵青的李涵，咬著牙搖搖頭，只覺得周身發冷。

李涵一向溫煦的眼眸狠狠瞪著輕鳳，握成拳的雙手顫動了好一會兒，才咬牙切齒地低聲道：「我姑且饒妳這一次，今後不可再犯，退下吧。」

輕鳳張開嘴還待說什麼，李涵卻已經喚來王內侍，逕自下令：「送黃昭儀回宮。」

輕鳳一時無計可施，只得無奈地跟著王內侍離開太和殿，一路上挨了他好一頓數落：「昭儀娘娘啊，不是卑職說妳，聖上那麼好的脾氣，竟也能被妳氣成這樣！妳看看後宮那麼多侍寢的嬪妃，有哪一個在半夜裡被聖上趕出來過？」

輕鳳心中暗暗著惱，忍不住也跟在王內侍身後唉聲歎氣，忿忿不平地心想：唉，他和大臣們在一起的時候，明明是一副虛心受教的模樣，爲什麼在面對她的時候，卻這麼剛愎自用，不肯接受她的好意呢？

唉，看來她這一次想要成功，必須得劍走偏鋒、另闢蹊徑了。

回到紫蘭殿，輕鳳見離天亮還早，索性袖著最後一只護身符，悄悄隱身離殿，去找王守澄。

戒備森嚴的神策軍對於神出鬼沒的黃昭儀，非常吃驚，卻摸不著任何頭緒。輕鳳看在眼裡，心中嗤笑——雖然不得不利用你們凡人，但到底我是堂堂驪山的妖精，哪能讓你們一眼就看穿？！

一路彎彎繞繞拐進王守澄的密室，輕鳳見到了座上的王守澄，還沒來得及寒暄，就見他很熱情地向自己招呼：「昭儀娘娘駕臨，老奴沒法起身恭迎，還請娘娘恕罪。但不知娘娘每次夤夜前來，是如何通行的呀？」

「妾身自然有妾身的辦法，大人無須擔憂，」輕鳳在王守澄面前坐下，從袖中掏出一只護身符，隨手丟在桌案上：「妾身這裡有一只護身符，挺靈驗的，特意贈給大人，請大人笑納。」

王守澄看了護身符一眼，曖昧地笑了笑，一邊伸手拿過護身符，一邊咳喘著道謝：「昭儀娘娘賜的寶貝，老奴可一定要仔細收好，才不辜負昭儀娘娘專程跑這一趟。」

「妾身此番前來，也不光是爲了送這個東西，」輕鳳厭惡地瞥了他一眼，皮笑肉不笑地說：「妾身是有話想告訴大人，聖上準備對花無歡動手了，大人這裡也上些心，必要時幫著聖上，斷不會少了大人的好處。」

「哦？」王守澄聞言，目中狡色一閃而過，不動聲色地問輕鳳：「聖上的計畫，昭儀娘娘又是如何得知？」

輕鳳當然不可能告訴王守澄眞相：「妾身自然有妾身的辦法。」

「娘娘若不便透露，也不打緊，」王守澄臉上浮起一團祥和的笑容，「不過娘娘具體還知道些什麼，可否仔細對老奴說說？老奴也好全力配合聖上，一舉剷除那個花無歡。」

「我知道的也不多……」輕鳳苦起小臉，搜腸刮肚地回憶著：「什麼京兆尹、王大人……」

「可是那個京兆尹王璠？」王守澄立刻追問。

輕鳳瞅了王守澄一眼，遲疑地點頭：「大概吧。」

「老奴明白了，多謝娘娘，」王守澄沉吟片刻，望著輕鳳緩緩笑道：「老奴一定全力以赴，定不負娘娘期望。」

「那就好。不瞞大人說，無論這宮內宮外，妾身都有些能耐，」輕鳳此刻傲然一笑，對王守澄道：「若有什麼地方需要妾身出力，大人可以直言。」

王守澄聞言輕輕咳嗽了兩聲，招招手，先令手下的兩名小黃門服侍黃輕鳳吃茶驅寒。待到吃完茶食，王守澄摒退了左右，等密室內只剩下他們老少二人時，才緩緩開口對輕鳳道：「上次遺失火珠之事，老奴功虧一簣，讓那花無歡得以脫身。這次若還想對他發難，必須要有確鑿的物證，才能確保萬無一失，在這點上，不知昭儀娘娘是否幫得上忙？」

「別的不好說，這點大人倒是找對人了，」輕鳳胸有成竹地一笑，望著王守澄問：「大人想要什麼物證？」

「不知娘娘可熟悉興慶宮的漳王？據老奴所知，花無歡這些年來四處鑽營，都是在替那個杜秋娘賣命，只爲擁立漳王罷了。」王守澄慢條斯理道，也想試探試探輕鳳的深淺：「只要娘娘能搜羅到一些證據，老奴這裡就好辦了。」

輕鳳不緊不慢地從案上食盒裡拈起一顆新羅松子，剝開丟進嘴裡，嚼得滿口香甜：「大人放心，此事包在妾身身上。」

「多謝昭儀娘娘。」

密談至此，皆大歡喜，密室撲朔迷離的燭光裡，兩個狼狽為奸的人相視而笑。

第十八章 動心

數日後，輕鳳終於等來一個月黑風高的夜晚，趁機化為原形，前往興慶宮尋找機會。

這幾日除了在紫蘭殿中刻苦修煉，她也一直在琢磨——若要拿到花無歡直接的罪證，最好就是找到他們與宮外往來的信函，可是這樣隱秘的文書，能被藏到哪裡去呢？漳王年紀還小，只怕一些要緊東西，還是得由杜秋娘替他保管才是。因此輕鳳苦練隱匿氣息的技巧，決定冒著被翠凰活捉的風險潛入花萼樓。如非必要，她不打算向永道士求救，免得欠他太多人情。

深夜的興慶宮到處是黑黢黢一片，鮮少有燈光還亮著。輕鳳隱在暗夜裡奔走，偶爾被養在宮中的玉猧兒嗅見氣味，引得牠們嗷嗷叫喚。當她靠近花萼樓時，為了避免被翠凰發現，她使出渾身解數隱藏自己的氣味和聲息，到底功夫不負有心人，她沒有被翠凰察覺。

「嘿，看來臨時抱佛腳，還是挺有用的。」輕鳳沾沾自喜，提著勁兒一口氣跑上花萼樓，在匍匐鑽過水晶簾時，冷不防瞥見了花無歡與杜秋娘——其實也就是翠凰，正彼此四目相對，默默無語，不知在想些什麼心思。

呃？！輕鳳瞬間瞪大眼，渾身毛髮倒豎，絲毫不敢動彈。然而很快她就覷出端倪，發現翠凰的注意力完全放在花無歡身上，哪有閒暇察覺自己正隱藏在暗處偷窺？嘿，原來不是她本事變大，而是這墮入情網的臭丫頭，越來越不濟事了。

若非如此，她今日豈能有機可乘呢？

輕鳳吹吹嘴上鬍鬚，不再看那二人的熱鬧——她現在背負著使命，才沒空管翠凰和花無歡的閒事呢。當下輕鳳心無旁鶩，躡手躡腳、悄無聲息地潛入樓後儲物的閣樓，不再理會樓中人的對話……

與此同時，附身在杜秋娘體內的翠凰，正借著秋妃的眼睛，淡淡望著侍立在自己面前的人，心底暗暗落下一聲歎息。

自從與黃輕鳳決裂，她便徹底投入了杜秋娘的計畫，積極配合花無歡的一切籌謀。

作爲修爲高深的狐妖，順應凡人迂迴而低效的方法辦事，至今仍使她很不習慣。也許被束縛在凡人的規矩方圓裡，正是她自己畫地爲牢的報應吧？誰叫她也像隻不入流的妖精一般，萌生了凡心呢？

認命地自嘲之後，翠凰打起精神，望著花無歡沉聲開口：「如今漳王在朝中很有聲望，有一批老臣相當維護他，只是他住在興慶宮內，與群臣往來多有不便，不如我們爲他擬一封奏本，奏請天子提前爲他舉行冠禮，也好令他順理成章搬入興寧坊的王子十六宅，你覺得如何？」

站在翠凰面前的花無歡聞言挑挑眉，一時竟分不清說這話的是秋妃，還是那不知名的妖精。他不禁想弄清眼前人究竟是誰，因而對她的提議不置可否，反拋出一句試探的話：「此計好是好，就是聖上未必答應。」

翠凰淡淡笑道：「無妨，我們就說漳王他大了，人事漸通，宮中女眷眾多，凡事多有不便。

再者興慶宮是太皇太后的宮室，更應該有所避忌，聖上他必然清楚這一點。此外我們提前把這個消息散佈出去，讓大臣們也聯名奏請一下，相信聖上他不會不准。」

花無歡聽了眼前人的話，緊抿的雙唇微微彎出一絲笑，剛要確信她是秋妃時，卻見眼前人長袖一揮，鋪在地上的氈毯中立刻跳出許多龍眼大的珍珠，晶瑩剔透滾了一地。

「這些珍珠是東海的鮫人淚，足可以供你上下打點所需，」眼前人眉眼低垂，毫不在意地補了一句：「放心，這些都是真品，不是用他物變的。」

這信手拈來的妖術，令花無歡眼中的笑意頓然消散，他不免心灰意冷，難掩失望地低語了一句：「到底還是妳。」

翠凰聞言抬起頭來，凝視著花無歡漠然的臉，並不否認：「的確是我，你一直知道的。」

「秋妃的魂魄呢？」花無歡移開視線，兀自問她杜秋娘的下落：「她被妳藏在哪裡？」

翠凰抿抿唇，面無表情地抬起一隻手，手掌一翻，掌心中便冒出一隻不停撲騰搧翅的蛺蝶：「她在這裡。」

花無歡緩緩走上前，伸出一隻手，看著那隻蛺蝶自翠凰掌心飛到自己的手背上，幾乎透明的羽翅不停撲搧，在他眼前蹁躚流連：「這樣的季節，竟然還有蛺蝶。」

「這個季節的確沒有蛺蝶，」翠凰低聲回答：「在你眼前的不是蝶，只是她。」

「只是她……那麼，妳又是什麼？」花無歡突兀發問：「還有，妳的名字呢？」

翠凰一愣，謹慎地望著花無歡，不敢輕易回答。這是他第一次問自己問題，這是否意味著，他對自己不再是漠不關心？

「我的眞身是一隻青狐，名叫翠凰。」翠凰沉默了許久之後，低聲答道。

花無歡聞言沒有說話，只是垂目注視著手邊輕盈脆弱的生靈，臉上除了冷漠，竟浮現出一抹悲憫之色。半晌之後，他終於收斂了情緒，漠然將蛺蝶還回翠凰手中，退後幾步：「妳爲何還不離開？」

掌心的蛺蝶倏然加快了搧翅的節奏，翠凰將蛺蝶收起，低下頭，看著滾了滿地的鮫人淚，那珍珠像一地蒼白的寂寥，抛灑後再也收拾不起。她不禁伸出一根手指，引那些珠子簌簌聚攏在她手邊，瑩瑩珠光幾乎照透她的指尖：「唉，還是不行嗎？無論我怎麼做……」

花無歡凝視著眼前人，心中驟然升起一股煩躁，在他的胸臆間横衝直撞，形同困獸：「我早說過不用妳多事，爲什麼妳還是執意留下來？！」

知不知道這樣執意留下來，讓他的心有多煩！

近來他竟時常分辨不出，與自己對話的到底是秋妃，還是這隻妖狐。他明明清楚這隻狐妖附身在秋妃體內，可有時又覺得她已漸漸銷聲匿跡——而最可怕的是，他竟已分不清自己更期待看見的，是哪一個。

在這樣腹背受敵的時刻，每走一步都是如履薄冰，可偏偏就是這樣的多事之秋，他的心卻總是被一些無謂的麻煩擾亂！而眼前這隻狐妖正是始作俑者，他總忍不住將這份危機感，化作怒意發洩在她身上。

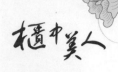

翠凰抬起雙眼，望著面前人陰沉的臉色，內心很是惶惑無辜。她不知道原本好好的談話，爲何又偏離到現在這個僵局，花無歡近來總是難以捉摸，她也曾忍不住使用法術窺探過他的內心，想弄明白自己在他心裡到底算什麼，卻只徒勞地發現那顆心亂得理不清頭緒。

「你若……當眞對我這般反感，」翠凰語氣黯然，其中委屈濃得化不開：「那麼，那個晚上，你吻的又是誰呢？」

她突兀的反問戳中花無歡的心事，令他一瞬間惱羞成怒，臉色白得懾人。

「妳以爲我親近的是誰呢？」他緩緩逼近翠凰，明亮的眼底卻清晰映出杜秋娘蒼白的臉，令翠凰看得眞眞切切：「那時妳不過是個面目模糊的妖精，妳的身體髮膚都只是秋妃而已，那時如此，現在亦如此！」

他急速說完，手指竟牢牢勾住翠凰的下巴，不由分說地吻上去。

冰涼的雙唇如洩憤一般，在翠凰唇間無情廝磨，她急遽睜大雙眼，一刹那心如刀割。穿透四肢百骸的痛楚伴隨窒息席捲而來，令她再也承受不住，唯有飛快地抽身逃離。

察覺到懷中身體忽然癱軟，花無歡知道自己已將翠凰逼走，心中卻絲毫不覺喜悅。他將秋妃抱回榻上，狼狽地退開幾步，低頭凝視著昏睡在榻上的杜秋娘，終於不無悲哀地意識到，自己在面對眞正的秋妃時，根本無法罔顧尊卑地與她親近。

當翠凰一徑飛升到花萼樓上空，她頭一次感到元神脫離凡人笨重的肉體後，並沒有變得輕鬆自在，眼淚浸潤著她的雙眸，讓她的眼珠在暗夜中閃出琥珀色的微光。

這時料峭的春寒穿透翠凰空落落的心口，她驀然從空氣中嗅出一絲異樣的氣味，意識到有不速之客剛剛造訪過花萼樓。她的雙眉立刻深深蹙起來，懊惱自己的大意失察：「她這個時候，為什麼來這裡？」

翠凰掐指一算，立刻顧不得紛亂的心緒，徑直飛身鑽回杜秋娘的身體，睜開眼對花無歡道：「剛才黃輕鳳來過，就是那個紫蘭殿的黃昭儀。」

花無歡聞言一怔，一時竟忘了方才與翠凰的爭執，脫口問道：「黃昭儀？她如何能來這裡？」

翠凰皺著眉深吸了一口氣，刻意忽略唇上殘留的異樣感覺，開口向花無歡解釋：「我一直沒對你說過，那紫蘭殿的黃昭儀，也是隻妖精。」

聽到這個答案，花無歡並沒有太多驚訝，似乎翠凰的話只是印證了他長久以來的懷疑，倒令他狂躁的心境平靜了些許。他沉吟了片刻，才對翠凰道：「所以她同妳是一族，當初妳聽說我要引她中計，便向她告密而出賣我？」

「我沒有，她也非我族類，」翠凰搖搖頭，出於自嘲冷笑了一聲：「她只不過是一隻黃鼬精，因為愛上了皇帝，才會在這宮中興風作浪罷了。」

花無歡聽了翠凰的話，緊蹙的雙眉並沒放鬆，反倒不安地問：「那麼，她方才為何來這裡，又做了些什麼？」

「我不清楚她剛才來這裡做了什麼，不過倒是能算出此刻，她正在大明宮的神策軍北衙。」

翠凰如實回答。

花無歡聽了這話，心中猛然一沉，下一刻便起身衝向杜秋娘寢室後的閣樓。翠凰跟在他身後進了閣樓，只見陳列雜物的箱櫃安然如常，並沒有遭人翻找的痕跡。花無歡面對此景卻沒有放鬆，而是逕自上前打開一口櫃子，從中拿出只銀匣子來。他打開銀匣，不出意外地看著空空如也的匣子，這才沉聲道：「所有的密函都被她盜走了。」

「什麼？」翠凰一驚，跟著臉上浮現出怒意，無法忍受那臭丫頭竟敢在她眼皮子底下作祟，「我去把信取回來。」

「沒用的，」花無歡開口攔阻，瞥了她一眼：「那些密函到了王守澄手裡，再拿回來也於事無補，他對秋妃和我的計畫不說瞭若指掌，也算心中有數，這次勾結黃輕鳳盜取密函，只怕是已有了一石二鳥之計，並非只針對漳王發難。」

翠凰聽了花無歡的話，頗不甘心卻只能無可奈何地問：「那你打算如何？」

「我現在就去找他。」花無歡沉聲道，邊說邊往外走：「是敵是友，只在那老賊一念之間，這是我們凡人的遊戲，自有我們的規則與路數。」

翠凰皺著眉，默默目送花無歡離開，趁他未走遠時，往他耳中傳了一句話：「即便如此，萬不得已時，我也可以幫你取了那些人的性命，你只管記得。」

已走到花萼樓下的花無歡聽到這宛若輕風的一句話，腳步一頓，這一刻心中湧動的情緒，複雜到連他自己都不敢深究。

這一廂王守澄剛剛送走了黃輕鳳，正歪在榻上翻看著輕鳳給他的密函。手中的密函有朝中大臣裡通漳王李湊的，也有漳王剛剛寫就準備送往宮外的，這些書信中雖沒有宋申錫的手跡，但以此捏造個把柄將他置於死地，已是綽綽有餘。

嘿，他竟是沒料到，那黃昭儀還眞有點手段。

平心而論，他王守澄原可並不指望那丫頭能有什麼能耐，要她拿出點東西，不過是爲了試探她的底細深淺，看看她到底是眞心要與自己合作，還是另有陰謀，現在看來，至少能夠肯定她是一心要整垮花無歡一黨，那麼他暫時可以將她當作自己人了。

就在王守澄暗自思量時，專門服侍他的小黃門卻一路跑進內堂，跪在他面前稟報：「乾爹，外頭來報，內侍省花少監求見。」

「他？」王守澄鼻子裡冷哼一聲，倨傲地揚聲道：「那冥頑不靈的狗材鼻子倒靈，這麼快就聞到了消息？」

「是呀乾爹，」那小黃門跪在地上，不住諂笑著：「不過外頭的侍衛對小人說，那花少監是獨自一人前來，據說有要事要跟乾爹您商量呢！」

「既然是這樣，就讓他來吧，我倒要聽聽他說些什麼。」王守澄一邊說著，一邊將手中的密函藏在茵席之下。

不大一會兒，花無歡便被數名神策軍侍衛領到了王守澄面前。他見到坐在堂上的王守澄，立刻默不作聲地行了跪禮，耐著性子等王守澄開腔。

王守澄一直等到花無歡領教完自己施的下馬威，這才笑道：「唷，竟是花少監來了，快快請起。花少監近日身體可安健？身上的傷也好了吧？唉，神策獄中刀棍無眼，那日我也是奉旨在身，還望花少監海涵，不要將這事放在心上。」

花無歡聞言站起身來，低垂著雙眼對王守澄道：「那都是過去的事了，鄙人早已忘記，也請王中尉不必介懷。」

王守澄抬眉瞅了花無歡一眼，若無其事地哼了一聲，便吩咐堂中的小黃門奉茶。他有心聽聽花無歡要對自己說什麼，很快摒退了左右，專等他開口。

花無歡也不客套，待閒雜人等撤離內堂後，便開門見山道：「實不相瞞，鄙人今夜前來，是有要事與王中尉您相商。」

「哦，」王守澄在座上應了一聲，裝模作樣地笑道：「難爲花少監看得起老身，只是我也老了，這兩年越發懶得過問俗事，只怕辜負花少監您的一片誠意啊。」

花無歡耐心聽完他這一番虛詞，才語帶雙關地開口：「王中尉實在謙虛了，今日換作其他俗事倒也罷了，若論及我大唐的社稷安危，又有誰能比大人您更上心的呢？」

王守澄聽了這話，故作昏花的老眼微微一睜，啞著嗓子咳了幾聲才道：「哦？花少監此話怎講？」

「鄙人也不愛說暗話，」花無歡觀察著王守澄的臉色，低聲道：「近來聖上對王中尉與神策軍有諸多不滿，您不會不知道吧？」

「咳咳，老身與麾下神策軍，早已立誓為聖上鞠躬盡瘁、雖九死而不悔。若聖上聽信奸佞讒言，對老身心存猜忌，那麼老身也唯有一死以謝天下，還報君恩罷了。」王守澄聽了花無歡的話後，慢條斯理地說罷，又垂著眼咳了兩聲。

「王中尉您當眞這樣想？」花無歡唇間挑起一抹冷笑，既然已經打開了天窗，索性便將亮話說到底：「當今聖上，是中尉您當年參與擁立的，即使到了今天，他的廢立也只在您的一念之間。然而聖上毫無感恩圖報之心，甚至羽翼稍豐之時，就有心與您敵對，既然如此，中尉您何不另選賢能，輔佐他承繼大統呢？」

王守澄聽到這裡，故意謹愼地問道：「花少監突然這樣說，莫非是有什麼心儀的人選嗎？」

「的確，」花無歡蹙起眉，決定冒險先一步自陳，以換來與王守澄合作的希望：「穆宗帝四皇子漳王殿下，年已十四，在朝中頗有聲望，正是合適的人選。」

「哦，那個孩子，」王守澄聞言點了點頭，半閉著眼睛沉吟了一會兒，才道：「漳王那孩子的確是不錯，只不過……老身當年擁立聖上為帝，只是因為聖上賢德英明，絕非出於私心。所以花少監您這番好言相勸，老身心領了。」

話到此處，雖然花無歡面色未變，內心深處卻已失望。他抱著一絲僥倖，再一次出言試探：「王中尉若有心除去誰，不妨直接告訴鄙人，鄙人願為大人效力，只求大人高抬貴手，以免傷及無辜。」

「咳咳，上一次神策獄中，老身給過花少監機會，奈何時機已失……所以這一次，就不勞花少監費心了，」王守澄咳了兩聲，無奈地歎息：「再說了，這朝堂之中，又有誰是無辜的呢？」

「王中尉一定要趕盡殺絕嗎？」再多的示弱都換不來半句和解的暗示，花無歡耐心漸失，眼底閃過一絲殺氣。

「花少監言重了，老身只是一心效忠聖上，哪怕罪孽深重亦在所不惜。」王守澄臉上浮起一抹獰笑，斜睨著已被自己拿捏在手心裡的花無歡。

花無歡面色鐵青，垂下雙眼對著王守澄一拜，冷聲告辭：「既然如此，深夜叨擾大人，是鄙人放肆了。」

「無妨，花少監也不必擔心，今夜你這些話老身只當沒聽過，」王守澄微笑著擺擺手，咳了幾聲才道：「花少監請回吧，恕老身不送。」

花無歡默然起身，疾步走出王守澄的宅第，在夜色中猶自不甘心地回眸，深深望了一眼，心頭突然冒出那隻狐妖對自己說過的話——莫非借助她的妖力除去這夥人，才是最好的辦法？

就在花無歡密會王守澄的時候，輕鳳正好潛回了紫蘭殿，打算鑽進帳中睡覺。不料原本悄無一人的大殿裡竟忽然刮起一團怪風，氣流嗚咽著繞梁而來，將珠簾錦帳打得翻飛。

輕鳳冷不防被嚇了一跳，睜開眼定睛一看，嚇得魂飛魄散：「妳……妳來我這裡做什麼？」

「這話，該由我來問妳吧？」只見翠凰渾身戾氣地站在她面前，冷笑道：「妳今夜從花蕚樓裡偷拿了什麼？」

翠凰的興師問罪令輕鳳縮了縮脖子，暗暗有些心虛，可轉念一想，自己的立場分明要比翠凰正義多了，幹嘛心虛？！她索性腦袋一昂，虛張聲勢地撇嘴笑道：「哎呀呀，妳我好歹沾親帶故，串串門子有什麼打緊？剛才我可沒偷拿什麼，倒是偷看到了一場好戲！」

「妳！」她話中的揶揄之意令翠凰勃然大怒，直接掐指唸訣，不再顧念任何情分。輕鳳的修爲遠遠不及翠凰，一瞬間連掙扎都來不及便被吊在了半空中，她吃痛地發出一聲尖叫，不料眨眼間叫聲竟戛然而止，彷彿嗓子被人捏住。

翠凰柳眉踢豎，盯著輕鳳喝道：「妳這不入流的妖精！當初竊魅丹、惑人主也就罷了，如今還要與我爲敵，看我如何饒妳！」

輕鳳在半空中扭動著四肢，不甘心受制於翠凰，兀自艱難地喘息。

「我已封住妳的唇舌，妳這次休想再搬救兵！」翠凰冷笑一聲，催動法力五指一收，眼看就要下狠手。輕鳳直覺大禍臨頭，卻連一聲悶哼都無法發出，不由萬念俱灰，緊閉起眼睛等死，卻不料下一刻竟渾身一鬆，法力剎那間已被解除。

她驚魂未定地睜開眼睛，眼珠納悶地轉了轉，就看見一張熟悉的俊臉正在自己眼前晃悠，笑得萬分猖狂。

「啊，你你你……」她期期艾艾地發出了聲音，沒想到永道士會在千鈞一髮之際救下自己，頭一次慶幸他總是不請自來：「你怎麼現在才來！」

「嘿嘿，小昭儀，今天若不是有我，妳只怕就要去閻王殿上喝茶了，妳是不是該謝謝我呀？」永道士愜意地浮在雲氣裡笑著，接著響指一彈，喝道：「妳這青毛狐狸，以爲不出聲就能瞞住我了嗎？眼拙至此，還不趕緊受死。」

黃輕鳳聞言一怔，還沒回過神來，就看見翠凰已頹然跌在地上，口中嗚地一聲吐出一汪黑血。她面色蒼白地撐起身子，心知此番遭受到永道士的暗算，只怕全身而退的機會十分渺茫。

永道士高高在上地俯視著翠凰，目光中滿是輕蔑：「嘖，仗著修煉了幾年，就敢出來丟人現眼，我不認真收拾妳，妳倒是越來越放肆了。」

翠凰聽了他張揚跋扈的話，懶得生氣，只冷眼尋找著逃跑的機會。永道士焉能猜不到她這點心思，左手一翻，用法力將她禁錮住。

翠凰的四肢立刻被牢牢按在地上，狼狽的樣子與往昔的風光有著雲泥之差，連輕鳳看了都有些不忍，慌忙出言攔阻永道士：「喂喂喂，你下手輕點，好歹要憐香惜玉嘛。」

她生怕永道士真把翠凰給折騰死了，自己以後回驪山可沒法對姥姥們交代。

「哎，小昭儀，妳同情她，她剛剛可沒對妳心軟哪。」永道士笑得像個大魔頭，同時響指一彈，法力又是狠狠一扼，有意將翠凰打回原形。

翠凰不甘心地在地上掙扎，十指指甲插進大殿的磚隙裡，劃出斑駁的血跡。

「喂喂喂，你可不要下死手啊！我以後還要回驪山呢，你別斷我後路！」輕鳳急巴巴地衝著永道士嚷嚷。

「放心，妳回不了驪山，大可以來我的終南山嘛，」永道士滿不在乎地笑道，手裡的法力不減反增：「到時候就算驪山的狐妖不肯甘休，大不了我就將終南山搬起來，一口氣把驪山鎮平，如何？」

他這一番豪言壯語絲毫感染不了輕鳳，只能讓她一個頭兩個大。

片刻後，伏在地上的翠凰終於支撐不住，唇間逸出一串難耐的呻吟，輕鳳吃驚地張大嘴巴，眼睜睜看著她被打回原形，變成了一隻青狐。接著永道士拋出一張金絲羅網，將翠凰的原形罩住，這才優哉游哉地對輕鳳說：「好了，今後沒人會礙手礙腳，擋妳的事了。」

輕鳳盯著翠凰的原形，結結巴巴道：「話雖如此，可是，可是這樣不太好吧……」

「她欺負妳，也只有靠我來打壓打壓她，等她老實了，才不會與妳爲敵呀，」永道士響指一彈，將那籠著青狐的金絲羅網納入袖中，笑嘻嘻道：「我還等著看妳精采的宮鬥呢！」

輕鳳聽了永道士的調侃，竟頭一次沒有張牙舞爪地反駁，反倒是安靜地瞅了他一會兒，才小心翼翼地問：「你說，我這樣做，到底對不對？」

永道士是個沒心沒肺的傢伙，自然紅口白牙笑得很開心：「凡人在我眼裡，都是又瞎又聾的蠢物，我是不懂妳爲何會喜歡與他們爲伍。不過呢，妳想做什麼就放手去做吧，實在不行，還可以跟我回終南山嘛！」

他說這話時，腔調裡仍舊帶著一貫的吊兒郎當，然而眼眸深處，卻有柔軟的光芒一閃而逝。

花無歡在天亮前趕回興慶宮，想讓那隻狐妖立刻動手，殺了王守澄奪回失竊的密信。然而令他沒想到的是，在花萼樓中懨懨醒來的，竟是秋妃本人。

「無歡，我好像又做奇怪的夢了……」杜秋娘扶著額頭，望著他蹙眉問：「你為何此時來見我？是東內出了事嗎？還是因為漳王？」

「秋妃……」花無歡目光閃爍，心緒紛亂，臉上卻是一片漠然：「您近來玉體違和，卑職是因為放心不下，才特意趕在內侍省點卯前，過來探望您。」

「唉……我最近總是神思恍惚，精力不濟，好像確實是病了，」杜秋娘面露哀戚，憂心忡忡地低語，「我有點怕。無歡，我怕來不及，看到漳王登臨大寶的那一天。」

「秋妃……」花無歡欲言又止，沉默了許久，才下定決心般對秋妃開口，「萬事有卑職在，您只管安心休養，卑職一定會全力以赴，替您達成心願。」

此後一日、兩日，一連過去了四五日，那只曾經罵不去、攆不走的狐妖，仍舊沒有回來。隱隱的不安已經不時在心頭浮現，即使在他每日為了力挽狂瀾，疲於奔命的時刻，那股莫名的失落還是會從灰暗無望的絕境中攫住他，硬是讓他分了心，亂了神。

得儘快找到她。在等待到失去耐心時，花無歡在心底焦灼地告訴自己，只有找到她，才能除去王守澄。

如何在茫茫天地間尋找一隻妖精，也許會難倒一般人，但對內侍省的花少監來說，卻多的是辦法。很快，他打聽到華陽觀中有一位神通廣大的高人，幾乎是立刻就攜重金前去造訪。

這一天是庚申日，夜裡永道士守庚申，在廂房中冥思打坐，卻一不小心打起了瞌睡。所謂守庚申，是道士修行的一門功課，意在防範能記人過失的三屍蟲，在庚申日這夜乘人入睡時，飛到天上向玉皇大帝彙報這人的壞話。故而這夜修道的人都會熬通宵不睡，也就是守庚申。

永道士幹的缺德事可謂罄竹難書，不過像他這樣天賦異稟的奇才，又何須拘泥於教條呢？所以當他在打坐中感覺到睡意時，便即刻從善如流地放任自己昏睡過去，直到四更天時才心滿意足地醒來。

只是當他睜開眼時，就發現一直繫在床榻下的金絲羅網已被咬破了一個洞，而原本被束縛在網中的青狐，這會兒已是消失得無影無蹤。

唔，看來自己昏睡過去，難保不是那小狐狸對自己下了瞌睡蟲，永道士爲自己的偷懶找了個理直氣壯的好理由。

「嘖嘖嘖，竟這樣掙脫我的金絲羅網，這小狐狸眞是不要命呢，」永道士忍不住嗤笑了一聲，戲謔的目光中竟閃現出一點欽佩的神色來：「我這金絲羅網可不是鬧著玩的，她這樣強自掙脫，不死也要去掉半條命了，眞是自作自受。」

驪山怎麼盡出這樣的怪胎呢？永道士十分費解，訕笑著彈了一個響指，幾乎是頃刻間，一隻遍體鱗傷的青狐便被道道金光束縛著，出現在他眼前。

「幹嘛硬要逃跑？」永道士伏在床榻上，托著下巴問翠凰：「虧我還曾高看妳一眼，怎麼如今也跟那兩隻一樣，變得傻了吧唧的？」

橫臥在地上的青狐紋絲不動，無神的雙眼始終盯著地面，對永道士不理不睬。

永道士見她不聲不響，也不著惱，逕自翻了個身繼續睡覺：「妳就乖乖在這裡待著，別動其他心思，到天亮妳就明白了。」

他丟下這麼一句沒頭沒腦的話，便悶頭睡到大天亮，直到被一陣拍門聲吵醒。

「師叔，您起床了沒有？觀外有人求見您呢！」說話的人是一個小女冠，她聽永道士沒應聲，便自作主張地推開了窗子，將臉探進來：「師叔，快起床啦！那人看打扮是從宮裡出來的，只怕不好惹！」

「知道啦，知道啦。」永道士漫不經心地打了個哈欠，懶洋洋地套上法衣出門，連把臉都懶得洗。

他一路踱進見客的廂房，見到了那位靜靜坐在房中的綠衣宦官，臉上便揚起一抹意味不明的笑。隨手撥了一下肩頭的散髮，他嬉皮笑臉地湊到那人身邊坐下，親切地問：「貧道就是永道士，不知大人怎麼稱呼呀？」

「鄙人花無歡，此番貿然求見道長，是為了一點私事。」花無歡冷淡地打量著眼前古怪的道士，將放在桌案上的一只漆盒打開，「一點心意，不成敬意。」

「喲，黃金百兩，大人此番前來，甚有誠意哪。」永道士不懷好意地盯著花無歡，壞笑著問：「不知大人所爲何來？」

像是思考如何啓齒一般，花無歡遲疑地開口：「勞煩道長，爲鄙人尋找一隻妖精。」

「哦，妖精啊？」永道士若有所思地點了點頭：「大人可知那妖精長什麼樣？」

花無歡沉默了許久，低聲回答：「天人之姿。」

「天人之姿？」永道士盯著花無歡，好半天才緩緩笑出兩排白牙：「那麼漂亮的妖精貧道沒見過，不過貧道前幾天啊，倒是降伏了一隻爲非作歹的青毛狐狸。」

聽到青毛狐狸四個字，花無歡神色一凜，雙眼直直盯著永道士，臉色蒼白地問：「爲非作歹？她做了什麼？」

「她差點犯了殺孽呢，」永道士嘖嘖歎道：「妖精若是犯了殺孽，是絕不會有好下場的，輕則自身修爲大損，重則嘛……就是被貧道這種替天行道、行俠仗義的高手降伏啦。」

花無歡無聲注視著永道士，仔細研讀他臉上每一絲表情，最後才緩緩開口：「那隻青狐，應該就是鄙人要找的妖精。」

「哎呀，眞的嗎？」永道士滿臉驚訝地拍了一下手，望著花無歡笑道：「那可眞是緣分啊！這妖精法術高強，貧道收服了她，助大人逃過一劫，眞是可喜可賀！」

助他逃過一劫？花無歡看著在自己面前裝瘋賣傻的永道士，冷冷一笑。他非但不能逃過一劫，甚至還想著自投羅網，他知道眼前這個道士，其實早已看穿了一切。

「鄙人癡愚，讓道長見笑了。」花無歡自嘲地一笑，緩緩道：「她絕非大奸大惡的妖孽，這點鄙人可以確保。請道長念在她並沒有作惡得逞，網開一面……將她交還給我。」

「交還給你？」永道士打量了他一下：「你能確保她不再作惡嗎？」

花無歡垂下眼，幾乎是不假思索地回答：「能。」

永道士微微一笑，至此終於鬆了口：「好，跟我來吧。」

花無歡聽了他這句話，只覺得一直懸在半空的心終於踏實下來。他跟在永道士身後，一路走進囚禁翠凰的廂房，第一眼便看見了地上奄奄一息的青狐。

原來……這也是她嗎？即使傷得如此狼狽，還是驚人的漂亮。花無歡輕輕走到青狐身邊，單膝落地，俯身將牠小心翼翼地抱了起來。

一時溫熱的體溫和毛髮柔軟的觸感，陌生又真切地透過掌心傳來，在心間牽起一陣陣悸動。花無歡面無表情地向永道士道謝：「多謝道長成全，鄙人還有一問，道長可知她的洞府位於何處？」

永道士雙唇一彎，笑著吐出兩個字：「驪山。」

初陽融春寒，草色隨人遠。

當翠凰恍恍惚惚睜開雙眼，將抱著她的人看清楚時，因為疑心自己只是身陷夢境，她竟不敢開口求證，直到被渾身傷痛折磨得輕輕呻吟，才引得一直目視前方的人低下了頭：「醒了？」

四周逼仄的空間和身下規律搖晃的感覺，讓翠凰知道她和花無歡正在乘車前往某個地方。因為視角的關係，她意識到自己此刻是一隻狐狸，她最不堪的面目已經落在他眼中，這認知讓翠凰悲從中來，幾乎是毫不猶豫地催動法術，強迫自己變回了人形。

瞬間不算寬敞的車廂更顯狹窄，花無歡卻自始至終抱著翠凰，看著她血色盡失的臉和掛著血絲的唇角，沉著臉說了她一句：「別逞強。」

翠凰目不轉睛地凝視著花無歡，目光裡盈滿了哀傷：「我已經對你沒用處了，別為我耽誤了正事。」

「妳以為什麼是正事？別自以為是。」他脫口而出的冷言冷語，卻讓翠凰一愣，原本絕望的臉上漸漸浮現出一抹驚訝：「現在是回興慶宮嗎？」

花無歡目光一動，低聲回答她：「去驪山。」

「為什麼？」翠凰聽到這個答案，立刻微微掙扎起來。

「別動，」花無歡板著臉按住她，與她四目相對，沉默了許久才開口：「那裡才是妳該待的地方，我送妳回去，從此別再來這疾苦人間。」

「為什麼？」翠凰輕聲反問，頓了頓，才鼓足勇氣道出眞心：「你還在這裡呢。」

車廂中一時陷入靜默，一人一狐彼此凝視，彷彿過了一段極漫長的時光，這份靜默才被打破。

「為什麼會喜歡我？」花無歡問出了困惑自己許久的問題，這一刻，他竭力回憶少時讀過的雜書，那些或怪力亂神、或香豔靡麗的故事，都不適合用來定義眼前這隻狐狸精：「我不是什麼好人，更是一個廢人。」

翠凰依偎在花無歡懷裡，好半天才說了一句讓他覺得匪夷所思，無比執拗的話：「我若動心，一草一木都可以喜歡，為什麼不能喜歡你？」

「妳……真不愧是妖精。」花無歡注視著翠凰，目光微動，眼下一粒淚痣軟化了他的神情，讓他這一刻落在翠凰眼裡，竟是這般溫柔。

第十九章　誣枉

時隔數日，神策軍都虞侯豆盧著告發尙書右丞宋申錫包藏禍心、圖謀不軌，勾結內廷宦官花無歡等人，妄圖擁立漳王稱帝。豆盧著隨同奏章出具了漳王裡通外臣的書信，並以封鎖消息爲由，奏請避開大理寺與御史台，直接由內獄審理查辦，即刻派遣神策軍搜查尙書府。

這道突如其來的奏章令李涵措手不及，他有心回護宋申錫，本想拖延些時日調查出眞相，然而神策軍中尉王守澄竟在此時出頭，懇請李涵下旨搜查尙書府，他位高權重，這一近似逼宮的手段迫使李涵不得不就範。王守澄立刻調撥了兩百名神策軍抄檢尙書府，結果理所當然的，他從尙書府中搜出了漳王的親筆信。

王守澄本想先斬後奏，趁機抄滅宋申錫滿門，卻被他麾下的一名飛龍使勸阻——沒有天子詔書就血洗尙書府，只會引發京城不必要的恐慌，屆時難免會給有心人可乘之機，不如先請天子召集各省宰相入宮商議，等定奪了宋申錫的罪名再行事。王守澄深知如今有多股力量在暗處覬覦，他素來是趁亂髮家的班頭，當然深諳此道，因此才聽取了麾下的勸諫，悻悻罷手。

而此時大明宮中，李涵擔心王守澄察覺自己與宋申錫關係匪淺，不敢輕舉妄動。王守澄在搜查完宋府之後，帶著搜獲的漳王親筆信來見李涵，向他奏請即刻召集各省宰相入宮，以定奪宋申錫的罪名。李涵面對王守澄呈上的物證，迫於形勢所逼，只好應允他的奏請。

這一天恰好是旬休日，李涵火速派遣中使出宮，召命各省宰相前往中書東門集合。一直在儀門外等待消息的宋申錫，看見了中使出宮召請宰相的人馬，慌忙向他們打聽宮中情況。

「聖上今日可是要召見各省宰相？」宋申錫此刻急著想找到一個面聖的機會，滿懷希望地向中使道：「下官如今是戴罪之身，不知宮中聖意如何，想腆顏請大人明示。」

那中使也知道天子素來對宋申錫青眼有加，所以這一次不無遺憾地回答他：「宋大人，今日聖上賜下的詔書中，並沒有您的名字。」

宋申錫一聽此言，便知道自己的罪名已被坐實，他也清楚天子此刻被閹黨控制，不可能為自己伸張正義，可心中仍不免悲愴失望、百感交集——他與聖上君臣一心、同謀大舉，本指望能在暗中打擊閹黨，清除宿弊，不想今日卻遭奸賊陷害，不但前功盡棄，連面聖自陳的機會都沒有！如今他一人含冤獲罪也就罷了，只是今後朝中奸佞橫行，到底何時才能將閹禍剷除，還大唐王朝一片海晏河清呢？宋申錫想到此處不禁愴然淚下，他長歎數聲，舉起手中的象牙笏板，遙遙望著紫宸殿的方向叩拜了三次，孤身黯然離退。

而此時此刻，輕鳳正隱著身子，站在高高的儀門上往下望。她糾結地俯瞰著宋申錫的背影，失神地喃喃自語：「這件事怎麼會牽連到你？對不起，對不起，我不是故意的……」

心頭隱隱有種上當的感覺揮之不去，她本想借王守澄這把刀剷除花無歡，可似乎反倒被王守澄給利用了。

一隻剛出山幾年的小妖，根本鬥不過老奸巨猾的人精，是她太天真了！

因爲偷窺過幾次李涵與宋申錫的密談，輕鳳知道這位大臣非常受倚重，她不敢想像此刻李涵會有多痛心。被懊悔和內疚折磨著，她只能不斷在心裡替自己開脫——至少，她幫李涵除去了花無歡與漳王啊……

各省宰相已陸續在中書東門前集合，中使不敢耽擱，迅速引他們前往延英殿面聖。輕鳳也隱著身子跟在宰相隊伍之後，想聽聽他們會怎樣議論宋申錫的事。

各省宰相抵達延英殿後，李涵將王守澄所奏之事告知群臣，並出示了從宋府搜出的信函。一時殿中群臣色變，個個面面相覷，不敢出聲。

李涵面無表情地坐在御榻上，看著群臣神色各異，卻沒人敢爲宋申錫仗義直言，內心暗暗焦灼，只能無奈地開口：「我已命王中尉逮捕豆盧都虞侯告發的官員，包括漳王的內侍晏敬則，內侍省少監花無歡，以及宋申錫的親事王師文等人，由神策獄負責審理此案。此事非同小可，我欲擬旨將宋申錫罷爲右庶子，將他收入神策獄問審，眾卿以爲如何？」

大臣們早已知道宋申錫是遭王守澄構陷，只是如今自己身處的皇城，裡裡外外都包圍著王守澄的神策軍，又有誰敢不要項上人頭，爲宋申錫喊一句冤？

眾位大臣明哲保身的態度令李涵失望透頂。所謂文修武備，才是國家興盛之道，殿上諸臣都是大唐一時之秀，竟不約而同在閹黨淫威下懾服，叫他怎不心灰意冷？

罷了，他自己身爲一國之君，不也一樣懦弱。就如同此刻，他礙於王守澄的勢力，眼看宋申錫獲罪卻不能出手解救，這般上行下效，又能怨得了誰？李涵的目光漸漸灰暗下去，最終他只能面對一干無為的宰相們，沉聲道：「既然眾卿沒有異議，此事就按我說的辦吧。」

他看著臣下們陸續退出延英殿，臉色蒼白陰沉，看得輕鳳心疼不已。守在一旁的王內侍見李涵面色不好，便躬身在他耳邊悄聲道：「望陛下以龍體為重，切勿太過憂心，不如回內苑散散心如何？」

李涵正覺得顱內陣陣作痛，聽見王內侍在自己耳邊說話，好半天才回過神，無奈地點了點頭。隱身的輕鳳慌忙跟上，隨著李涵一路走入後宮。

此時正是初春時節，大明宮中春意初露、淺草如煙。李涵沿著太液池一路默默行走，根本無心欣賞景色，而追隨在他身後的宮人，更是連大氣也不敢出。就在輕鳳暗自猶豫，要不要裝作踏青，現身與李涵碰個面時，卻驀然發現李涵散步的路線十分眼熟。

輕鳳皺起眉仔細一琢磨，立刻傻眼——哎呀呀！他他他，竟是往紫蘭殿去的！

她頓時心跳如擂鼓，慌忙一陣風似的超越御駕，趕回自己的宮殿。進殿後她風風火火地現出身形，對著鏡子整理了一下儀容，還沒來得及喘上一口氣，就聽見王內侍在殿外唱禮道：「聖上駕到——」

「臣妾見過陛下，陛下萬歲萬歲萬萬歲。」輕鳳遠遠地便朝李涵跪下，低眉順眼地向他行禮，心虛得不敢抬頭。

「愛妃平身吧。」緩緩走進紫蘭殿的李涵無精打采，只隨意環視了一眼四周，便在榻上坐下。

王內侍立刻識趣地領著宮人們退下，一時紫蘭殿中只剩下李涵和輕鳳兩個人，微妙的氣氛在靜謐中悄悄湧動。輕鳳有些緊張，僵著臉呵呵乾笑了兩聲，打破沉默：「陛下……您怎麼忽然來了？」

這個問題問得既心虛又無聊，李涵沒有回答，逕自對輕鳳道：「來，到我這裡來。」

若換作以往，輕鳳聽了這句話一定樂得臉紅心跳，可惜此刻她心裡有鬼，只能戰戰兢兢上前跪在李涵的膝下，乖順地仰起臉來輕聲道：「陛下……」

「上次我訓了妳，這些天可有乖乖待在紫蘭殿？」李涵低頭凝視著輕鳳的雙眼，開口問。他的目光是那樣深邃哀戚，一瞬間險些讓輕鳳以爲自己已被看穿，而他也理解了她的苦衷，原諒了她無意間犯的錯。

「陛下，臣妾知錯了……」輕鳳跪在地上，忍不住握住李涵的手掌，將小臉埋在他的掌心裡，眞心實意地向他道歉。

李涵抬起輕鳳的臉，伸手撫了撫她微亂的鬢髮，低聲道：「妳又何錯之有？妳那些話，其實我都明白。閹黨之害，不得不除，只可惜……誰也幫不了我。」

「陛下，」輕鳳仰望著李涵，內疚的淚珠不斷滑出眼眶：「陛下您放寬心，一切都會好起來的。」

李涵苦笑了一下，看著跪在自己面前梨花帶雨的輕鳳，內心竟意外得到一絲安慰。雖然身在後宮的她並不知道外界發生了什麼，可她總能在第一時刻懂得自己，就像自己同樣能讀懂她的心意，並因此嚐到非同尋常的喜悅。這也就是爲什麼每當煩悶無可排解時，他總會想要見見她——這樣的感覺，就叫心有靈犀吧？

她並非後宮最出眾的美人，而自己也並非被她的美貌所吸引，也許初見時只因她靈動的一雙眼睛，讓他留了意，動了心，在之後的時光裡享受她朝陽般豐沛的活潑與愛意，在不知不覺中沉醉，悄悄許下天長地久……這樣的女子對他而言，是深宮中別樣的意義。

哪怕就是爲了眼前這個女子，他也該鼓起勇氣，再努力一次。今日的挫敗，不過是之前的努力白費了而已，怎可以就此消沉，愧對李唐的先祖英靈？當年他的先祖開闢李唐江山，是何等雄姿英發的氣概，他的血液裡同樣該繼承這份堅韌，在逆境中支撐他百折不回。

李涵牽起輕鳳的手，將她輕輕擁入懷中，吻了吻她的鬢髮，悄聲道：「我的確遇到一個難題，但這事不該惹妳難過，別再哭了。」

輕鳳聞言止住淚水，卻依舊羞愧得雙頰發燒，傷心囁嚅：「陛下的煩心事，就是臣妾的煩心事。臣妾只是想爲您分憂解勞……」

李涵聽了輕鳳一派天真的話，不覺失笑：「我尚且辦不到的事，妳如何能辦得到？妳呀，只要在這紫蘭殿裡無憂無慮地生活，就足夠了。」

不，或許並不足夠——她還應該給他添幾個孩子，生著嫩嫩的小臉和黑溜溜的眼珠，像某種小動物一樣活潑機靈。李涵腦中構想出無比溫馨的畫面，一轉念卻又是皇兄和自己這些年經歷的刀光血影——就算兒女雙全，能保他們平安一生嗎？

瞬間思緒起伏，氣血翻湧，李涵只覺得顱內又開始陣陣作痛，忍不住悶哼一聲，緊緊按住額角。

「陛下！」輕鳳注意到李涵有些不對勁，慌忙坐直了身子，盯著他問：「您怎麼了？」

「沒事，只是因爲心煩，宿疾又犯了。」李涵勉強扯出一絲笑意，安撫輕鳳：「不用擔心，讓太醫開幾服藥就好了……」

「眞的嗎？」輕鳳憂心忡忡地望著李涵，心中不安的陰霾卻是揮之不去，越聚越濃。

事發幾日後，被收入神策獄的漳王內侍晏敬則等人，因熬不過嚴刑逼供，招認了宋申錫曾經派他的親事王師文聯絡漳王，暗中圖謀他日之變。

宋申錫的罪名就此坐實，等待他的將是誅滅九族之禍。李涵不忍坐視宋申錫遭此慘禍，再次召集朝中大臣，在延英殿中商議此事。這一次他暗中傳口諭給朝中幾位與宋申錫有舊交的大臣，暗示此事尚有斡旋的餘地。於是包括左常侍、給事中、諫議大夫和補闕在內的多位大臣當堂上疏，奏請將宋申錫一案發還大理寺重審。

眼看困局有了轉機，李涵在御座上眉頭一鬆，準備見機行事，回護宋申錫。這時大理寺卿王正雅從群臣中出列，向李涵奏請道：「陛下，宋申錫勾結漳王，圖謀不軌，實乃罪不容赦。然則漳王乃穆宗之子、陛下幼弟，宋申錫又位極人臣、親黨眾多，此案牽連甚廣，完全交付內廷神策獄審理，終究不妥。還請陛下恩准，將此案交由大理寺審理核實，以正視聽。」

此話正中李涵下懷，他不動聲色地聽完王正雅的奏請，卻蹙眉道：「只是那晏敬則已在神策獄中招認罪狀，鐵證如山，宋申錫已是死罪難免，眾卿又能奈何？」

這時左常侍崔玄亮從群臣中出列，向李涵叩首懇請：「陛下，自古獄訟之事，當熟思審處。殺一匹夫，猶不可不愼重，何況宋公乃當朝宰相，豈能任由神策軍中一人告發，又聽憑軍中私獄收審定罪？此案事關重大，還當由大理寺與刑部、御史台三司會審，望陛下三思！」

李涵聞言心中暗喜，裝作仔細思考了左常侍的奏請之後，才道：「愛卿言之有理，待我擬旨命神策獄暫緩問審便是，另外此案的確不可不愼重，明日我會再與各省宰相一同決議。」

隱身坐在李涵身旁的輕鳳聽了這番話，當夜便潛入神策軍北衙，一字不落地複述給王守澄聽，末了又對他說：「實話不瞞大人，前日我侍奉聖上時，就知道他爲宋申錫的事生了好大的氣。這兩天大臣們也在拚命上疏給聖上，要求將這案子發還給大理寺重審呢。我看咱們還是見好就收，就此罷手吧，也免得這案子眞的被發還重審，牽連出我們來反倒不好了。」

王守澄聽了這話，不以爲然地反駁輕鳳：「昭儀娘娘您現在才動惻隱之心，怕是爲時已晚吧？如今那些人在我的神策獄中，都已服罪畫押、供認不諱，這是板上釘釘的事實，老身又能有什麼辦法？難道還要老身承認自己是嚴刑逼供，推翻原供不成？」

「話也不是這樣說，」輕鳳望著王守澄，甜絲絲地笑道：「不如這樣吧，大人您去做個好人，奏請聖上不要處決漳王和宋申錫，只判他們個謫貶流放。您這樣順水做個人情，將姿態擺放出來，將來別人縱使疑心，也懷疑不到你我頭上。」

王守澄明白輕鳳話裡的意思，只是到嘴的鴨子不能飛了，他要那宋中錫的命，就是皇帝也奈何不了他，何況一個後宮妃嬪？他裝模作樣地咳嗽了兩聲，連眼皮也不抬，假笑著回絕輕鳳：「娘娘放心，有老奴在，此事絕不會牽扯到娘娘。時辰不早，娘娘還是請回吧。」

這鐵嘴老王八，竟然咬死不鬆口！輕鳳瞪著王守澄，恨得暗暗咬牙，卻只能按捺住火氣，皮笑肉不笑地告辭。

時過三更，年邁的王守澄熬不住夜，已就寢入睡。他平生警覺，一向淺眠，因此當耳邊「刺啦刺啦」響起一陣裂帛聲時，他迅速從夢中醒來，圓睜著兩眼尋找怪聲來源——只見五根銀亮的利爪刺穿錦帳，唰一下撕開了堅韌的帳子，裂開的破洞裡，竟露出一個人身黃鼠狼腦袋的怪物來。

王守澄瞬間魂飛魄散，殺豬一般尖叫起來：「來人啊！來人啊！」

「閉嘴。」怪物不耐煩地打斷王守澄，利爪扼住他的脖子，壓著嗓子低聲道：「我乃宋尚書府上的守宅大仙，聽聞你這老賊想要謀害他，特來取你性命！」

「冤枉啊大仙，生殺予奪，自有聖裁，關老奴何事？」王守澄嚇得渾身顫抖，兩排牙齒咯咯打顫。

「放肆！今上一代賢君，豈會濫殺無辜？」怪物怒斥間，利爪又是一緊：「難道不是你從中作梗？」

「大仙饒命！」王守澄嚇得屁滾尿流，連聲求饒：「老奴知罪！老奴用性命擔保，絕沒有從中作梗，求大仙饒命啊！」

怪物聞言，終於收回利爪，鬼魅身影在陰森夜色中緩緩消失：「饒與不饒，就看你的表現了……」

翌日，各省宰相再次雲集延英殿，這一次大家的態度比之前積極了許多。因爲已經揣摩到聖意，眾人爲宋申錫求起情來，言辭一個比一個懇切，感動得輕鳳熱淚盈眶。

就在這時，王守澄的奏章也被送進了延英殿，奏請天子懷柔天下，豁免宋申錫死罪，只進行貶黜。李涵很意外王守澄會讓步，順水推舟地免除了漳王與宋申錫的死罪，將漳王李湊貶爲巢縣公、宋申錫貶爲開州司馬，而晏敬則、花無歡及原先侍奉漳王的一批宮人，皆被處以流刑或放還原籍。

輕鳳隱身坐在李涵身邊，聞言一陣竊喜，心想如果宋申錫不死只是流放的話，李涵將來還有提拔重用他的機會，也算是自己將功補過了。

隔日，杜秋娘在興慶宮花萼樓中接到消息，知曉自己已被削籍爲民，遣返故鄉，不日即將動身。

她近來並未被翠凰附身，精神卻仍是恍恍惚惚，理不清眼下的情景——也難怪她如墜霧裡，近一年來她總是活在半夢半醒之間，這兩天乍然清醒過來，卻要面對周遭天翻地覆的變化。先是她的漳王被人告發與宋申錫勾結謀反，隨後花無歡被收入神策獄大牢，她和許多服侍漳王的宮人也一起被神策軍收審——雖說她從前一直與外界秘密謀立漳王，但眼下的情況她卻一無所知，這叫她又如何能認罪呢？

所幸沒過多久，她就被宦官從神策獄中放了出來，並沒有受到多少迫害。然而眼下她的漳王已被貶為巢縣公，她自己也將被遣回故鄉金陵……過去多少年苦心經營的一切，竟在她還沒回過神時，就已土崩瓦解於眼前。

她始終想不通，在自己昏昏沉沉的日子裡，到底都發生了什麼？

「無歡，你是不是瞞著我，擅自去結交了宋申錫？」杜秋娘蹙著眉問花無歡，當這個素來忠心不二的內侍又回到自己身邊時，絕望灰心之餘，她忍不住責備：「我早就對你說過，對外所有行動都要我點頭，現在你叫漳王怎麼辦……」

花無歡連日來受盡嚴刑折磨，此刻根本無力回答杜秋娘，當聽見她信口質疑自己，他甚至覺得，這些話比神策獄中的逼供更令他牙關發緊——原來自己，是這樣輕易就可以被懷疑的人。他冰冷的眼眸深處，湧出一股失望。在剛剛出獄遍體鱗傷的現在、在即將被遣出京城前路茫茫的現在、在時刻擔心她的安危所以一獲自由就急忙趕來的現在……

原來心灰意冷，只是一瞬間的事。

等不到花無歡回答的杜秋娘，忽然又自言自語地改口：「唉，不對，這定然還是那老匹夫王守澄的陰謀——宋申錫那裡搜出的是漳王的信，漳王他素來乖巧，什麼事都不會瞞著我——」

「秋妃，您這幾日……過得可好？」花無歡啞聲打斷了杜秋娘的自語，在與她話不投機的此刻，曾寄宿在這具身體裡的另一個靈魂，忽然讓他分外掛念。

原來他終究還是自私的，當一度在意的人令自己灰心失望，就情不自禁地掛念起在意自己的人。又或者正是因為有了她，才令他終於感覺到，漫漫洪荒中獨自堅持的疲憊。只可惜那一日，他已親自將她送回了驪山，親眼見到她被兩隻老嫗模樣的狐妖接走，此時此刻，又怎能奢望她還會回來？

「哦，我過得很好，」杜秋娘望著冷漠的花無歡，怔忡回答：「其實說來也怪，這些日子我被關押在神策獄裡，神智倒是比從前清明了許多，你說會不會是花萼樓裡有什麼與我犯沖，讓我患上了譫妄之症？」

「犯沖之說純屬妄談，秋妃您多心了。」花無歡淡然安慰，不想讓她繼續猜測。

既然那個人已經不會再回來，不如就此將一切掩埋……

翌日拂曉，奉旨流放或還鄉的宮人在神策軍的監視下，列隊走出了長安城。這群被皇權放逐的人無不神情沮喪，暗暗飲泣——他們或是被閹割的男人，或是錯過了嫁齡的女子，一旦離開棲身多年的皇宮，又能去哪裡繼續自己已然畸形的人生？

出了宮，未來只有一條死路可走，怎能不讓人摧心剖肝。

花無歡默默陪在杜秋娘身邊，與另幾名內侍一同扛著行李，雖然已不復往日叱吒風雲的光景，可通身逼人的冷冽光彩，卻沒有減損半分。

負責隨行監督的神策軍當然知道花無歡是有來頭的人，哪怕他如今虎落平陽，也不敢大意怠慢，所以由著他們落在隊伍後面慢慢地走，並不出言喝斥。

這一天的天色陰霾，幾乎看不見朝陽，不時有牛毛細雨落在人肩頭，卻又沾不濕衣裳。這樣的好雨時節，太容易勾起惆悵的春思，令離人在柳下垂淚，將神魂迷失在古道外的萋萋芳草之中。

花無歡冷冷目視著前方，游絲般的春雨將他蒼白的臉打得濕潤，左眼下藍色的淚痣令他看上去，竟顯出一絲至剛易折的脆弱。不期然間，他在冰涼的雨絲風片中嗅到一點似曾相識的香，隨後在他眼前，淒迷的郊野春色中出現了一道青色的人影，那人影風鬟霧鬢，臉色慘白，虛弱得幾乎在隨著清風虛晃，卻難掩一身殊倫的豔色。

花無歡只見過翠凰的眞身兩次，但是他一眼就知道，是她回來了。他隨著流放的隊伍向前走，一步一步接近她，隨行的其他人似乎都無法看見這道身影，皆是垂頭喪氣地越過了翠凰，只有花無歡走到近前眞眞切切地看見她，以及她黯然的眼神。

他情不自禁停下腳步，望著她低聲問：「為什麼還要回來？」

翠凰默默看著花無歡，並不開口——他明明就知道答案。這個冷硬心腸的男人，在知曉她的心意後，依舊執意將她送回驪山，選擇獨自面對敗局，哪怕擁有法力的她明明可以做他的棋子，成為這場敗局中唯一的轉機。

連日來遭受的折磨和委屈盡數湧上心頭，堵得翠凰喉頭哽咽，只想痛哭一場。

然而她不敢放任情緒，因為她無法知道花無歡是否在意自己——不計後果地辭別姥姥離開驪山，帶著傷一路趕回這裡，幾乎耗盡了她所有的元氣，此刻她已經虛弱得只夠現身於花無歡面前，連返回杜秋娘的身體都做不到。

這樣的自己，只怕會使他更加嫌棄吧？然而即便是這樣，在算出他即將離開長安時，她還是執意趕來見他，哪怕這也許就是彼此間最後一面。

花無歡將翠凰的沉默看在眼中，終於意識到自己即將與她訣別——離開了皇城帝都，所有斑斕綺麗的幻彩，從此都會悉數消失了吧？也許將來當他走到人生末路，在回憶宮中歲月時，自己還會記得她。

一人一妖就這樣在芳草古道中相對而視，直到最後仍不能心意相通。

這時花無歡的駐足卻引起了杜秋娘的注意，雖然她看不見翠凰，卻對花無歡失神的模樣感到不安。她折回幾步，望著花無歡輕聲催促：「無歡，你怎麼停下了？」

花無歡怔忡回神，察覺到自己在杜秋娘面前失態，慌忙迎向她俯首道：「卑職只是一時失神，倒叫秋妃您擔心了。」

說罷他低頭小心翼翼地扶住杜秋娘的手腕，亦步亦趨地陪在她身側，繼續向前走。翠凰看著花無歡與杜秋娘相攜離去的背影，只覺得心中茫茫一片虛空，再沒有一絲波瀾。

他到底還是選擇了她……自己早該醒悟的。

她低下頭，轉身背對那一幕傷心畫卷，獨自踽踽離去。她無力騰雲駕霧，也沒有隱去身形，僅是像個凡人一般緩緩行走，任雨絲穿過她的身子，在她腳下的淺草上打出一層青色的雨氣。

當走遠的花無歡回過頭，望見翠凰獨行的背影時，他目光一動，離別的步履忽然就開始變得沉滯，心頭悵然如潮水般將他淹沒。他轉過頭，卻理不清自己的心緒，只能低聲問身旁的杜秋娘：「秋妃，您打算往哪裡去呢？」

「往我的故鄉金陵，雖然我十五歲就離開了那裡，但是那裡的花樹美景，我都還記得，」秋妃神思恍惚地笑答，彷彿在回憶著故土風光，卻又轉而問道：「可是無歡，你又打算往哪裡去呢？說起來我們被放還原籍，可你的家鄉又在哪裡呢？」

是的，他又打算往哪裡去呢？花無歡茫然地目視前方，記憶裡忽然閃現出一座隱藏在深山荒草中的青石別墅，然後在那野草飛鶯之中，還有一道淡淡的青影……

「秋妃不用擔心卑職了。」他輕聲笑道，垂下雙眼，冰冷的眼眸中漸漸湧出溫暖的柔色。

翠凰在細雨中抬起雙手，卻掬不住眼前輕盈的雨絲。

「無論盡多少力，原來仍是這般，什麼都留不住，留不住。」她喃喃自語，失神了片刻才又繼續前行。不久耳中卻忽然聽見摩擦著濕漉漉草葉的腳步聲，離自己越來越近，她心念間遽然一顫，忍不住顫慄著回過頭去，便看見了跟在自己身後的人……

一場軒然大波終於漸漸平息，輕鳳在紫蘭殿中鬆了好大一口氣。如今漳王李湊被貶，花無歡和杜秋娘被逐出京城，而翠凰竟也沒再出現找她的麻煩，一切總算圓滿結束。

唯一的缺憾就是宋申錫被牽連，輕鳳一想到這件事就氣不打一處來，毫不猶豫地決定與王守澄絕交。

哼，這死太監竟敢算計我，姑奶奶下一步就是除掉你！

只可惜世上沒有不透風的牆，就在輕鳳詛咒王守澄，準備螳螂捕蟬的時候，卻不想身後早已跟了一隻黃雀。她雖然行蹤隱秘，但私自結交王守澄這件事，又如何能在耳目眾多的後宮中瞞天過海、不落痕跡？

李涵在宋申錫這件事上，無疑吃了王守澄一個悶虧，他並未就此甘休——王守澄這次明顯是有備而來，他能取得漳王的親筆信，至少在興慶宮內另有同黨，而他忽然向宋申錫發難，也證明自己的計畫已然外洩，種種疑點都亟待查證。

這日李涵在太和殿中又為此事冥思苦想，正頭疼不已時，王內侍卻忽然前來稟告：「啓稟陛下，楊賢妃於殿外求見。」

李涵正頭疼著，根本無心風月，不耐煩地瞥了王內侍一眼，沒好氣道：「這個時候她來做什麼？我又沒傳喚她。」

王內侍對李涵的不自在心知肚明，卻只能無奈地在他跟前提醒：「陛下，賢妃娘娘她說，有幾句至關重要的話，一定要見到陛下才能說。陛下縱使心中不耐煩，也要不看僧面看佛面，賢妃娘娘宮外的勢力不小，您卻已經許久沒召幸她了——」

「放肆，」李涵瞪了王內侍一眼，語氣更加不悅：「我關心哪個妃嬪，由得你過問？」

「卑職罪該萬死，伏乞陛下恕罪，陛下開恩……」王內侍慌忙往地上一跪，用的卻是屢試不爽的以退為進之招，令李涵頓時沒了脾氣，只能無奈就範。

「罷了，請她進來吧。」

片刻之後，就見楊賢妃花枝招展地走進殿來，望著李涵嬌聲拜道：「臣妾叩見陛下，陛下萬歲萬歲萬萬歲。」

李涵按捺住不耐煩，儘量和顏悅色地對待楊賢妃：「愛妃快快請起，不知愛妃妳此刻前來，所爲何事？」

楊賢妃起身輕移蓮步，湊到李涵面前，無限嬌羞地凝視著他：「臣妾有幾句重要的話，一定要向陛下您稟告。」

李涵點點頭，做出洗耳恭聽狀：「愛妃請講。」

偏偏關鍵時刻，楊賢妃難改爭風吃醋的本性，又顧左右而言他，撒癡撒嬌起來：「陛下，您已經許久沒有召見過臣妾了呢……」

「難道愛妃妳此刻求見，就是爲了告訴我這件事？」李涵只覺得額角青筋暴跳，頭疼得更加厲害。

不料楊賢妃仍舊拿喬，不知死活地扭捏著撒嬌：「陛下，茲事體大，還請陛下遣散左右，臣妾才好開口。」

李涵心中窩火，偏偏又得顧忌楊賢妃強勢的外戚，只好冷靜下來摒退了左右，壓著怒火問：「現在妳可以講了吧？」

楊賢妃這才心滿意足地湊到李涵膝邊，半跪在地上仰臉道：「陛下，臣妾近日得到一個消息，據說那紫蘭殿的黃昭儀，暗中一直與神策軍中尉王守澄有往來呢。」

李涵聞言心中一驚，盯著巧笑倩兮的楊賢妃，語氣不覺冷了下來：「無稽之談，黃昭儀人在深宮，如何與王中尉有往來？」

「臣妾有憑據。」楊賢妃言之鑿鑿，心中暗恨著想：那狐媚子不知天高地厚，妄想與我爭寵，如今把柄落在我手裡，非叫她死無葬身之地不可！

她這樣想著，下巴正搭在李涵的膝蓋上，擺出嬌滴滴的邀寵姿態。不料李涵竟霍然起身，腿骨猛地一下撞著她的下巴，差點沒讓她咬掉自己的舌頭！楊賢妃頓時又驚又痛，手捂著下巴嗚嗚呻吟了兩聲，淚眼汪汪地望著李涵哽咽道：「陛下……」

「楊賢妃，」李涵盯著跪在地上的楊賢妃，目光冰冷地沉聲道：「此事非同小可，妳若是搬弄是非，信口雌黃，被我查出誣枉黃昭儀來，就是妳的大罪。」

說這話時，他的神情太過凝肅，陰鷙的目光中寒意駭人，楊賢妃再不識好歹也察覺到了危險。當下她也顧不得悶疼的下巴了，慌急慌忙地長跪在李涵面前，顫聲泣道：「陛下如此怪罪臣妾，臣妾好冤枉！先不論臣妾對陛下的一片心，欺君罔上是多大的罪，臣妾豈有不知？！就算再問老天借幾個膽子，臣妾也不敢搬弄是非誆騙陛下！」

李涵聽了楊賢妃這番聲淚俱下的道白，越發怒火攻心，連雙手都不受控制地顫抖起來：「說，妳有何憑據？」

「那王守澄手裡，有黃昭儀送的護身符，陛下一查便知！」楊賢妃心裡一急，顧不得洩露自己在宮廷內外安插眼線的事，恨不能把一切都告訴李涵，好讓自己從他的怒火中脫身：「聽說她還拿珍寶賄賂了王守澄，宋尚書近日被豆盧都虞侯告發的事，與她有不少關係。」

李涵一顆心越聽越往下沉，待要不信楊賢妃的話，卻又想起黃輕鳳平素言談之中，對朝政多有過問。再者這次因爲宋申錫一案被貶的人員之中，也有她曾向自己提及的花無歡，這一點也是蹊蹺得很。當下心中疑竇叢生，他低下頭喃喃對楊賢妃道：「好，好……我先收下妳這番話。來人啊——」

一直在殿外偷聽的王內侍聽見李涵高喝，連忙快步進殿，他用餘光瞥見了跪在地上的楊賢妃，卻刻意視而不見，俯首請命：「卑職在此，請陛下吩咐。」

「派人送楊賢妃回宮，另外——」李涵怒目圓睜，咬牙道：「傳我口諭，召黃昭儀即刻來見！」

王內侍唯唯諾諾領命，派人送走了楊賢妃，卻在前往紫蘭殿傳旨前，忽然撲通一聲跪在地上，冒死向李涵進言：「萬望陛下息怒，保重龍體。實不敢欺瞞陛下，那黃昭儀送的護身符，卑職身上也有一個，黃昭儀還曾託卑職轉贈了一個給魯王殿下，可見算不得什麼要緊東西，也不能拿來當結交王中尉的罪證啊……」

王內侍說著便從袖中掏出一只護身符，呈給李涵過目。李涵不見護身符還好，一見之下，怒髮衝冠，一把攥住那只紅色打著纓絡的護身符，氣得渾身發麻：「好，好得很……難怪你平素處處爲她說好話，我看你也不必親自去傳旨了！免得再予她方便！」

「陛下……」面對天子盛怒，王內侍一時百口莫辯，老淚縱橫。伴駕多年，他之所以看重黃昭儀，哪裡是爲了一點早已見慣的好處？都是因爲這二人的一點癡心被他看在眼底，知道這深宮裡眞心不易，又心疼聖上寂寞多年，不忍他將來傷心後悔啊……

此時紫蘭殿中，被春困纏擾的黃輕鳳正猶自酣眠。她在睡夢中右眼皮驀然一跳，不禁兩耳一動睜開雙眼，心有餘悸地自言自語：「要死，怎麼忽然覺得心慌？看來得讓那臭道士幫我算上一卦，測測未來是吉是凶……」

正在胡思亂想間，只聽殿外忽然有動靜傳來，輕鳳慌忙起身整理衣裳，走到殿外看個究竟。不想原來竟是一位內侍前來傳旨，召她速速去太和殿面聖。輕鳳頓時喜不自禁，見這內侍是一向跟在王內侍身邊的人，當下毫不起疑地登上鳳輿，一張榛子小臉興奮得通紅。

須臾到了太和殿，待內侍通傳後，輕鳳迫不及待地進殿面聖，不勝嬌羞地走向李涵。大殿靜謐深邃，光線似乎比往日更加昏暗一些，當輕鳳走到李涵面前，看清他蒼白沉肅的臉色時，她心底無端一慌，不安地跪在地上吶吶開口：「臣妾黃輕鳳，拜見陛下，陛下萬歲萬歲萬萬……」

不等她說完，一只鮮紅色打著纓絡的護身符，已被李涵拋在她面前。

輕鳳心中咯噔一聲，一陣惶恐竄遍全身，讓她開始微微顫慄。

「王中尉這護身符，是妳送的吧？」只聽李涵緩緩開口，同時從腰帶上拽下一只同樣的護身符，當面丟還給輕鳳：「妳可有話要說？」

「陛下……」輕鳳渾身一軟，心知大禍臨頭，有氣無力地回答：「臣妾知錯了。」

李涵借著王內侍的護身符，故意詐了輕鳳一下，不想她立刻就張口承認，瞬間心中暴怒，頭疼欲裂：「妳倒有心啊……讓我說妳什麼好！」

躺在地上一模一樣的兩只護身符，鮮紅扎眼，就像對他血淋淋的諷刺。

原來她口口聲聲的眞情，竟是如此；原來他一腔錯付的眞情，竟是如此！

對她數次遷就、警告，只換來她的欺瞞、背叛！眼下宋申錫被貶，王守澄徹底坐大，楊賢妃正等著他的裁決，宮裡到處都是眼睛——滿盤皆輸，讓他如何是好？

一剎那氣血攻心，頭暈目眩，李涵半個身子都在麻木。他張開唇，想再說點什麼，可舌根已經完全僵住，讓他吐不出半個字，只能眼睜睜看著輕鳳萬念俱灰地癱在地上，像一隻折斷翅膀瑟瑟發抖的小鳥。

他努力想開口讓她別慌，可忽然半身麻痹、口不能言。不受控制的情勢，不聽使喚的身體，令無邊恐懼漫過心頭，李涵望著輕鳳，緩緩睜大雙眼——忍一忍，再撐一下，他必須撐住，都已然到了這個地步，眼前這個人如果沒有他，恐怕連命都保不住。

心底一遍遍命令自己，李涵掙扎著想站起來，可半邊身子已毫無知覺。兩耳嗡鳴，神智因爲劇烈的頭痛漸漸潰散，昏花視野中最後一眼，是她滿臉淚花的模樣，跟著他眼前一黑，徹底失去意識栽倒在地上。

「陛下！」輕鳳撕心裂肺地喊了一聲，撲上去緊緊抱住李涵：「陛下，陛下！」

驚恐的叫聲引來了王內侍，他飛奔上前扶起李涵，見他已不省人事，頓時大驚失色地高喊：「太醫，快宣太醫！」

輕鳳手足無措，急得直掉眼淚，卻被王內侍一把推開。

「黃昭儀，妳先退下！」王內侍面色鐵青地呵斥她。

「不，」輕鳳連連搖頭，賴在地上怎麼也不肯走：「我就要留在這裡，我要陪陛下……」

「黃昭儀！」王內侍又急又氣，不禁對她怒目而視：「妳如今是戴罪之身，又把聖上氣成這樣，再不走，留在這裡等死嗎！」

輕鳳被他訓得啞口無言，渾渾噩噩之際，被兩名內侍架出了太和殿。

與此同時，數名太醫如臨大敵般衝進大殿。轉眼朱門緊閉，輕鳳茫茫然跪在地上，五內憂心如焚，眼底卻是一片絕望的冰涼。

耳中時刻能聽見內殿傳來的低語，語調遲疑而惶恐：「陛下連日憂思過度，形神失養，又因一時動怒，心火暴甚，以至氣血逆亂，引動內風而發卒中……」

「你就說，到底何時能治好？」

「這……卑職不能確定……」

輕鳳抱著膝坐在殿門外，哭得不能自已。是她害的，都是她害的——李涵被她氣出了重病，氣得快要死了……

太醫又是用藥，又是扎針，一直忙碌到夜半，李涵卻還是沒有好轉的跡象。

身心俱疲的王內侍推開殿門，想到殿外透透氣，因爲心煩意亂，沒有留意到一道赤紅色的獸影躍過門檻，迅速竄進了內殿深處……

爲了見到李涵，輕鳳不得不化作原形，鑽過九重錦帳，順著床榻攀緣到他身邊：「陛下，李涵……」

小小的黑眼珠深深凝視著昏迷中的人，輕鳳雙爪虔誠地交疊在一起，淚汪汪地向李涵懺悔：對不起，陛下，請讓我將功補過，請讓我向你贖罪。

心中百轉千迴，輕鳳閉上雙眼，開始在掌心聚集自己的靈力。一團紅色的靈力越聚越多，漸漸匯成一顆閃亮的紅珠，被輕鳳牽引著，悄然沒入李涵的額心。一瞬間帳中紅光綻放，很快又復歸幽暗，李涵並沒有醒來，卻終於恢復到呼吸悠長、面色平靜的狀態，彷彿正沉浸於一個甜美的夢。

一切都會好起來的，我的陛下……輕鳳低下頭，用毛茸茸的腦袋輕輕蹭了一下李涵的額頭，總算減少了一點負疚。

窒悶的感覺堵在胸口，這一次她損耗了太多靈力，短時間內恢復不了人形，只能暫時做一隻最普通的黃鼠狼，蜷在李涵榻下瞇著眼休息，靜靜守護他。

輕鳳倦極而眠，不知不覺睡到後半夜，忽然耳中傳來一道熟悉的聲音，令她倏然驚醒。

在說話的人竟然是王守澄！

只聽他對留守的太醫倨傲地嘲諷道：「哼，一干庸醫，聖上的病都是被你們給耽誤的！」

「大人息怒，卑職們都在盡力……」太醫唯唯諾諾地應答，聲音裡滿是恐懼。能在深宮中橫行跋扈、生殺予奪的王守澄，就連李涵都十分忌憚，何況其他人？

「罷了，這宮裡能為聖上殫精竭慮的，唯老奴一人爾。」王守澄冷哼了一聲，對那太醫道：「我特意帶了一位名醫過來，你還不揭開簾子，讓他替聖上看診？」

「這……恐有不妥啊，大人。」太醫恐慌地阻止，然而撥開錦帳的聲音還是窸窣響起。

「廢話少說，耽誤了聖上的病，你有幾個腦袋？」王守澄厲聲威脅，自作主張地開始掀簾子。

輕鳳渾身一激靈，麻利地竄出龍榻，就看見王守澄領著一個樣貌醜陋的男人，正準備進帳給李涵看診。

這死太監能安什麼好心？不知從哪兒找來這麼個猥瑣的江湖遊醫，多半是想加害李涵！奈何眼下她法力不濟，沒辦法逼退王守澄，這可怎麼辦才好？就在輕鳳百爪撓心時，她忽然急中生智，飛速向殿外跑去。

此刻殿門緊閉，輕鳳直接從窗櫺間鑽了出去，憑著氣味一口氣跑到尚藥局，找到了正在唉聲歎氣守藥爐的王內侍。

她大膽地上前咬住王內侍的袍角，弓著身子將他向後扯，一路搖頭晃腦。王內侍幾乎是立刻就注意到了她，驚訝道：「黃大仙？你是上次那隻黃大仙？」

輕鳳哪管他問的是哪一次，頭點得都快掉地了。

「你這是怎麼了？」王內侍瞧出這隻黃鼠狼有點不對勁，似乎是想暗示自己什麼，不由試探著問：「你想讓我跟你走？」

輕鳳點點頭。

「是因爲聖上嗎？」王內侍又問。

眞不愧是天子近侍，腦子就是機靈，輕鳳再度點點頭。

王內侍立刻起身，追隨著扭身往外跑的輕鳳，不放心地問：「可是大事？」

忙著奔跑的輕鳳甩了幾下尾巴，算作回答。

王內侍立刻邁開老胳膊老腿，越跑越快，不一會兒就趕到了太和殿。輕鳳留在殿門外，看著王內侍上氣不接下氣地進殿，隨即就聽見他厲聲呵斥，和王守澄吵嚷起來。

幸好趕上了！輕鳳如釋重負，這才感覺到極度的疲憊，她歪歪倒倒地向外走了幾步，最後虛脫地靠著露台玉欄，跌坐在地上。

直到這時，無邊的孤寂才從暗夜中漫延而來，緩緩將輕鳳吞沒。她依靠著玉欄，兩眼癡癡望著緊閉的殿門，悔恨的淚珠一滴滴滑出眼眶。

等李涵醒來，他會怎麼辦？若李涵不醒來，她該怎麼辦？

此刻她的心已經備受煎熬，等到那個註定的生死劫來臨時，她又該怎麼辦？就在輕鳳不寒而慄，一片茫然時，玉欄外的夜空中忽然冒出一朵雲，雲氣氤氳旁分，露出了永道士無比唏噓的一張臉：「唉……小昭儀，我那裡靈藥多呢，妳這又是何苦？」

「這是我闖的禍！」輕鳳捂住臉，不想讓永道士瞧見自己的狼狽。

「是嗎？」永道士枕在雲上，支頤看著孤零零蜷成一團的輕鳳，忍不住歎了一口氣：「我早說過，凡人又瞎又聾，妳卻偏要與他糾纏，這會兒果然吃了虧吧？」

輕鳳聽了他的話，放下捂著臉的前爪，抬頭怔怔望著他，半天也說不出一句話來。

永道士凝視著眼前瘦小的黃鼬，目光中閃過一絲憐憫：「事到如今，可後悔？」

輕鳳默然與他對視，見他臉上竟露出一抹罕見的嚴肅，不由心中一暖，搖了搖頭：「不。」

「呵呵呵，這驪山出來的小妖精，怎麼一隻隻都像出了鍋的鴨子——就是嘴硬。」永道士笑了兩聲，彈指射出一道金光，直直打進輕鳳頭頂。於是輕鳳頃刻間變化起來，不但再度恢復人身，甚至臉色紅潤，光彩照人。

輕鳳瞬間傻了眼，滿臉懵懂地瞪著永道士，結結巴巴道：「咦，這是爲什麼？啊，謝、謝謝你……」

永道士俯視著一臉呆愣的輕鳳，不禁噗哧一笑，目光閃爍著低聲道：「妳可眞是……又癡又傻。」

「不癡不傻，不做妖精。」輕鳳淚眼矇矓地笑起來，仰臉面對永道士：「神仙太清太冷，容易忘了情；凡人追名逐利，根本不懂情——所謂情之所鍾、正在我輩。」

她說這話時，臉上的表情無比倔強，挑起的唇角含著一絲驕傲，淚花花的小臉竟散發出明亮的光彩來。永道士看著她這般動人的神采，雙眼中的光亮忽然暗了一暗，有那麼一瞬失神。他讀得懂她一往而深的執著，心生豔羡卻無法效仿，只能長歎一聲，從懷中掏出個小瓷瓶，丟給她。

輕鳳接在手中一看，卻是一只小巧玲瓏的白瓷瓜棱瓶，上面篆了個「千」字，竟是彌足珍貴的千日醉。她直著眼，平生第一次收到如此貴重的饋贈，說出的話卻甚是煞風景：「上次你說那『百日醉』就價值萬貫，這千日醉，豈不是還要翻個十倍？」

「呵呵呵，我的小昭儀，土包子不是這麼當的。」永道士很不賞面子地笑完，表情卻忽然凝重起來，愼之又愼地叮囑輕鳳：「將來，等妳陪他百年之後，記得我在終南山。千萬千萬……」

輕鳳一愣，還沒來得及想透永道士話中之意，就見他人影一晃，已連同氤氳的雲氣一齊驟然聚縮，眨眼間便在輕鳳眼前盡數消失。她不由一陣恍惚，以爲自己身在夢中，抬手抹抹臉上淚痕——手中如假包換的千日醉卻無聲提醒她，剛剛自己得到了一個珍重的邀約。

輕鳳第一次眞心實意地感激永道士，可是只有她自己知道，與凡人愛戀就是這般——拚得百年共白頭，卻換千年不自由。也許很久很久之後，她可以在滄海桑田中忘記最初的悸動，到那時在終南山多個絮絮叨叨的朋友，亦算是亙古洪荒中的幸事吧？

第二十章 掖庭

永道士消失後，他設在玉欄四周的結界也隨之消散，恢復人形的輕鳳立刻就被守在殿外的內侍發現：「昭儀娘娘？您怎麼還在這裡？」

「我？」輕鳳將千日醉塞入袖中，回答那名內侍：「我不放心聖上，過來看看。」

「娘娘快回去吧。」那內侍靠近輕鳳，對她擠出一副怪異的表情：「王公公讓您回紫蘭殿，自有他的道理，您一定要聽從他的安排……」

不想話音未落，就見一撥人風風火火登上了太和殿，同時一道凌厲的嬌喝聲響起：「還不將黃昭儀拿下！」

輕鳳聞言懶得動彈，冷冷看著兩名內侍飛奔過來，一左一右將她押住。

「卑職拜見賢妃娘娘，」之前提醒輕鳳回紫蘭殿的內侍臉色蒼白，戰戰兢兢地向楊賢妃行了一個禮，諂笑著解釋：「昭儀娘娘也是來探望聖上的。」

「哼，妳也有臉來關心聖上？」楊賢妃施施然走到輕鳳面前，趾高氣揚地斜睨著她，冷笑道：「妳這賤人把聖上氣出了好歹，如今聖上生死未知，妳竟然還敢出現在這裡？」

輕鳳垂下眼，任憑楊賢妃如何責罵，只是不加理會。

楊賢妃勃然大怒，正待發作，緊閉的殿門卻吱呀一聲被人推開。

原來吵嚷聲驚動了殿中的人，只見內侍王福荃和中尉王守澄一前一後跨出殿門，打量著眼前的陣仗，兩個人精一下就明白了是怎麼回事，不動聲色地向兩位娘娘行了個禮。

王內侍有心庇護輕鳳，點頭哈腰地與楊賢妃周旋：「賢妃娘娘，如今聖上正病著，萬望您也珍重玉體，若有什麼不順心的事，可否等他醒來再定奪？」

王內侍是李涵身邊的紅人，楊賢妃一向給他三分薄面，只是這次她一心要拔除眼中釘，絲毫不肯退讓：「王公公，聖上是與黃昭儀相處時出的事，難道我無權過問嗎？這黃昭儀一向是不祥之身，先是胡婕妤無端暴斃，如今聖上一病不起，宮中早已人心浮動，流言紛飛。依我之見，正應當將她就地正法，以儆效尤！」

說罷楊賢妃使了個眼色，押著輕鳳的內侍不等她開口，心領神會地將輕鳳的肩膀往下按，想迫使她跪下。站在楊賢妃左右的宮女不知從哪兒掏出一條白綾來，逕自上前將白綾繞上輕鳳的脖子，就想將她絞殺。

「賢妃娘娘息怒，」王內侍慌忙跪在楊賢妃面前，為輕鳳求情：「昭儀娘娘哪怕有錯，畢竟也是聖上冊封的貴人，何況眾口鑠金，流言豈可輕信？茲事體大，還望賢妃娘娘三思！」

楊賢妃卻是主意已定，絲毫不為所動：「我奉旨執掌六宮，今日不過是懲治一個罪人，看誰敢攔我！」

王內侍急得滿頭大汗，偏偏輕鳳卻木然跪在地上，更無視項上白綾，完全沒有了往日那股機靈勁。

就在危急之時，忽然殿門再度打開，一名太醫滿臉喜色地衝了出來，顫聲對眾人道：「聖上，聖上醒了！」

眾人皆是臉色一變，跪在地上的輕鳳眼睛一亮，長長地舒了一口氣。

一直冷眼旁觀的王守澄這時終於出了聲，卻是對王內侍炫耀：「哈哈，我就說我引薦的名醫不會錯吧？」

王內侍暗暗給了他一個白眼，不作聲地跑回內殿去看李涵。須臾，就見他如釋重負地跨出殿來，望著眾人一揖，傳李涵口諭：「聖上有旨，命黃昭儀一人進殿面聖。」

楊賢妃臉色頓時難看起來，不甘心地問王內侍：「聖上只宣了黃昭儀一人？」

「是，」王內侍對著楊賢妃欠了一下身：「聖上還說，黃昭儀的事，他會親自給六宮一個交代，請賢妃娘娘不必操心。」

「哼，那妾身就等著聖上做主了。」楊賢妃咬咬牙，一張花容月貌的臉氣得扭曲起來，偏又無可奈何，只能氣急敗壞地拂袖離去。

輕鳳得知李涵一醒來就要見自己，卻是又驚又怕，又喜又憂。她惶惶起身，眼巴巴地望著王內侍問：「聖上他……還在生氣嗎？」

「聖上他剛醒，哪有生氣的力氣？」王內侍埋怨地橫了她一眼，歎了一口氣：「昭儀娘娘，唉……總之您快去吧。」

輕鳳連忙抹了一把臉，怯生生地走進內殿，她的腳步從未像此刻這般虛浮，彷彿一陣小風就能將她吹倒。

當穿過九重寶帳，見到李涵的一瞬間，她百感交集，眼淚像斷了線的珠子般簌簌滴落，沾濕了羅衣。

「陛下……」輕鳳跪在李涵榻邊，雙手握住他的一隻手掌，淚盈盈地與他對望。

李涵此刻剛剛清醒，只能僵臥在榻上，他深深凝視著一臉悔意的輕鳳，許久之後艱澀地開口，問的卻是讓輕鳳心驚肉跳的問題：「宋尚書被告發的事，與妳有沒有關係？」

該來的，終究避不開，逃不過。

輕鳳一聽到這個問題，就意識到自己已經踩在了懸崖的邊緣，只要踏錯一步，便是墜入深淵萬劫不復。可李涵卻不給她任何逃避的機會，鐵了心要她回答是或者不是。

只是天可憐見，這問題哪是用簡單的是與非，就可以判定她的對錯呢？

輕鳳的心亂成一團，她一邊哭一邊抬起臉，望著李涵佈滿血絲的眼珠，到底還是點了點頭：「陛下，臣妾對您絕沒有二心。是漳王暗藏不臣之心，爲了除掉他和花無歡一黨，臣妾不得已才結交了王守澄，至於牽連到宋尚書，那完全在臣妾意料之外，臣妾也是上了王守澄的當……」

李涵聽了輕鳳的話，縱使不抱希望，眼神仍是一黯：「妳知不知道，妳這樣自作聰明，卻害得我多年苦心功虧一簣？」

輕鳳淚如雨下，悔恨不已：「漳王和花無歡陰謀篡位，臣妾以爲王守澄……王守澄他至少並沒有打算篡位，兩害相權，才去結交他的……」

李涵聽了輕鳳的解釋，嘴角扯出一絲淡淡的苦笑：「他是沒打算篡位，因爲我這個傀儡，他還算滿意。」

李涵說出這句話時，語調裡滿是心灰意冷，聽得輕鳳心口冰涼，她不禁神思恍惚地喃喃道：「所以說，我爲了陛下您做下的事，徹頭徹尾都是錯誤？」

李涵看著她滿眼的淚水，心底滑過一絲不忍，可一想到自己多年的委曲求全付諸東流，亦是心如死灰：「我說過不需要妳去做那些事，只要好好地住在紫蘭殿裡，就是對我最大的安慰，可妳聽了嗎？如今向我告發妳的人，家族在朝中頗有勢力，我若姑息妳，那些人也不會善罷甘休。」

輕鳳心如刀絞，眼中滑出大滴大滴的淚珠，傷心地哽咽：「陛下，您是不是馬上就要賜我一條白綾，或者一杯鴆酒了？」

她的問題生生困住了李涵。對於她的背叛，他固然氣恨失望，但若就這樣取她性命，又叫他於心何忍？

他看著眼前楚楚可憐等待自己發落的人，腦海中卻閃過太液池畔她靈動的黑眸，隨著水晶珠灑落時她發出的顫聲嬌吟，將玉璽交給自己時如釋重負的淺笑，生辰夜她躲在暗處吹響的笛聲……一幕幕回憶紛至沓來，告訴他何謂情愫暗生、刻骨銘心。

是不是所有沉溺女色的昏君，都像自己這般墮落？他李涵，也許壓根兒做不了聖明賢君。眼眶難以自抑地酸楚發熱，李涵清了清嗓子，緩緩開口：「並不是每個弄權失敗的妃嬪，結局都是死路。」

輕鳳聞言一怔，泛著淚光的眼睛裡卻並沒有多少喜悅——她是妖精，比起生死來，太多東西更值得她在乎：「爲什麼？」

「她們要麼是外戚強勢，令君主也無可奈何，要麼便是……」李涵頓了頓，卻沒有說出另一個答案，而是輕聲道：「去掖庭宮吧。」

這次的事太大，至少得將她發配到那裡，楊賢妃才能甘休。

掖庭位於太極宮，是宮女居住和犯婦勞作的地方。李涵此舉便是將她打入冷宮，饒過了她這一條小命的意思。輕鳳知道自己應該山呼萬歲，可是心卻如死灰一般，冰涼涼暖不起來。

「陛下洪恩浩蕩……」她喃喃道，俯首朝李涵拜了一拜：「謝陛下不殺之恩。」

李涵不忍再看她哭花了的小臉，別開眼低聲道：「我即日便會擬旨，由王內侍安排妳在掖庭宮的起居課業，希望今後妳在那裡……恪守勤謹、好自爲之吧。」

輕鳳聞言，眼淚再次湧出雙目，撲簌簌滑下臉頰。

瓶沉簪折知奈何，似妾今朝與君別……

告別了金屋寶帳，輕鳳灰溜溜地跟著王內侍前往掖庭宮，一路上被他好一頓數落：「我說昭儀娘娘呀，得了得了，妳現在也不是娘娘了。我說妳呀，知不知道在這宮中最大的忌諱，就是聰明外露？還有比這更要命的，就是自作聰明！尤其是妳這樣笨的！還要自作聰明地逞能，到頭來只能自食苦果，連自己是怎麼死的都不知道！唉……眞是多虧聖上愛護妳，只褫奪了妳的封號，打發妳到掖庭宮幹活，以後可得長點眼力見，好好悔改，重新做人……」

輕鳳被王內侍數落得狗血淋頭，悶悶不樂地囁嚅：「我不想幹活……」

王內侍瞪她一眼，兇巴巴道：「你是戴罪之身，進了掖庭宮，難道還想享福？」

「聖上明明叮囑你照應我的，」輕鳳撇撇嘴：「別以爲我沒聽見……」

王內侍頓時停下腳步，震驚地咂舌：「妳這耳朵……還眞靈。」

輕鳳漫不經心地點點頭——她本事多著呢。

王內侍瞥了輕鳳一眼，默默沉吟——明明就是一對前世冤家，聖上又哪裡放得下她？罷了，既然被她聽見，就索性挑明了吧。

王內侍心裡嘀咕完，面色也柔和下來，對輕鳳道：「我剛剛就隨便那麼一說，誰會眞安排重活給妳？我會和掖庭令打個招呼，妳先辛苦幾天裝裝樣子，聖上寬仁，動輒大赦天下，妳就好好等機會吧……」

掖庭宮的長官掖庭令，和王內侍挺熟，所以王內侍來打招呼，他也樂意爲輕鳳行個方便。負責監管輕鳳的監作嬷嬷被掖庭令叮囑過後，挺客氣地將輕鳳引到臥房裡，仔細問她話：「黃氏，妳可會針線女紅？」

輕鳳搖搖頭，很乖巧地回答：「不會。」

「可會蠶桑？」監作嬷嬷見她搖頭，又問：「可會染絲？熨燙？」

輕鳳依舊搖頭，這一下嬷嬷無奈了，索性直接問她：「那妳會什麼？」

輕鳳想了想，如實答道：「歌舞。」

監作嬤嬤聞言笑起來，執起她的手捏了捏，說道：「歌舞是好本領，不過我可不能讓妳做。」

「爲什麼？」輕鳳聽出嬤嬤話裡有話，納悶地問。

「掖庭宮是什麼地方，妳想想妳爲什麼會到這裡來？我將妳送去獻藝，萬一哪天被聖上留意到，他若餘怒未消，掉的可不就是我的腦袋？」

這一說輕鳳明白過來，皮笑肉不笑地討好道：「若聖上舊情復燃，將我領回去，少得了妳的好處？」

監作嬤嬤笑答：「如今還好了，若換作過去的年月，哪一年沒有十幾二十個美人從後宮被打發到這裡來呢？那些可都是嬌滴滴花朵般的女子，來掖庭宮受罰都要被我嚴厲管教，若是讓她們有翻身的機會，我只怕活不到今天。」

輕鳳暗囧，心想這嬤嬤別是楊賢妃特意安排的吧？便故作天眞地笑道：「既然如此，嬤嬤您就看著安排吧，別看我個子小，我可有的是力氣。」

監作嬤嬤聞言頷首，說道：「放心吧，掖庭令已經和我打過招呼，我也不會安排重活給妳。妳就安心待在這裡好好反省，聖上若對妳有情，自然會再提拔妳。當年則天皇后都出家做了姑子，還不是被高宗皇帝接進宮裡？這樣吧，妳不會細活，我先安排妳和尙衣局的宮女們一起搗練，如何？」

輕鳳立刻點點頭，應承下來：「這個我能做。」

結果輕鳳濫用力字訣，活才幹了沒兩天，胳膊粗的木杵就已被她折斷，而搗壞的白練更是難以計數，監作嬤嬤聽到消息後，氣得是瞠目結舌。

「聖上一向儉省，妳這麼糟蹋東西，被他知道還得了？」監作嬤嬤瞪著輕鳳數落完，沒好氣地說：「罷了罷了，如今太倉還缺個人看守糧倉，妳怕老鼠嗎？」

「不怕！」輕鳳一聽見老鼠兩個字，眼睛都亮了。

太倉顧名思義就是個大糧倉，它位於掖庭宮的北部，全京城的穀物都歸它儲存。曾有詩云：官倉老鼠大如斗，見人開倉亦不走。

隔天輕鳳跟著嬤嬤前往太倉時，還離著老遠呢，就耳尖地聽見了倉中老鼠的喧鬧聲。

她耳朵一動，情不自禁地笑起來，露出唇邊亮閃閃的小尖牙——呵，一聽動靜就知道這些老鼠的個頭小不了，她可眞是因禍得福，來對地方了！

她磨磨牙，準備化情慾爲食慾，暫時在這太倉中療傷。

看守太倉的內侍正抱著貓兒曬太陽，看見嬤嬤領著黃輕鳳前來，立刻起身相迎：「嬤嬤您來了，咦，這就是您說的宮人黃氏？」

「對，正是她，」嬤嬤呵呵笑道，將輕鳳拽到人前：「你瞧，人的確生得乾淨整齊吧？」

那內侍上下打量了一下輕鳳，點點頭，卻又望著嬤嬤皺眉：「好是好，只是她一個嬌滴滴的姑娘，怎麼看守太倉呢？您是不知道裡頭的老鼠有多兇，您瞧，昨天還把我的大花咪給咬傷了。」

那肥胖的大花貓原本躺在內侍的懷裡，此刻懶懶搭了輕鳳一眼，立刻嗷一聲竄出內侍的懷抱，一溜煙跑得沒影。監作嬤嬤呵呵笑了兩聲，才對那內侍說：「放心，你別看這位黃氏嬌滴滴的，力氣大著呢。」

輕鳳點點頭，生怕到手的肥缺沒了，笑咪咪地對那內侍道：「嬤嬤說得沒錯，而且我天生屬貓的，老鼠都怕我，正適合看守太倉。」

像印證她的話似的，原本在太倉中窸窸窣窣作亂的老鼠，此刻竟完全沒了聲息。

「奇蹟啊！」內侍望著輕鳳的眼神如見天神下凡，感動得淚流滿面：「黃氏就留在我這裡吧。」

待得監作嬤嬤離開後，那內侍找回了自己無端受驚正屁滾尿流的肥貓，與輕鳳客客氣氣地寒暄：「我姓杜，是這太倉的監守，我手下還管著四個小黃門，唔，看守太倉的神策軍也得給我幾分薄面呢。妳跟著我好好做事，如果幹得好，我就收妳做我的對食。」

輕鳳白他一眼，鄙夷道：「誰要做你的對食。」

那杜內侍碰了一鼻子灰，有些害臊，於是放開貓，一邊給牠做魚飯，一邊悻悻地咕噥：「也罷，我們宦官娶妻都是要出身乾淨的宮女呢，妳再漂亮，也是個犯婦……」

輕鳳不理他無聊的話，閒在一旁看他用肥魚給貓拌飯，過了一會兒實在忍不住，問道：「你餵貓吃這麼好，牠還肯抓老鼠嗎？」

貓奴杜內侍瞅了輕鳳一眼，理直氣壯地回答：「不餵大花咪吃好一點，牠哪有力氣抓老鼠呢？」

其實是牠一隻老鼠也抓不到，不餵就只能餓死吧？輕鳳對杜內侍的理由嗤之以鼻，相當鄙視地瞥了大花咪一眼，那肥貓立刻慚愧地低下頭去，弱弱地咪了一聲。

就聽那杜內侍輕聲哼唱起來：「碩鼠碩鼠，無食我黍……」

輕鳳陪著這一人一貓守在倉外，耳朵一直留心著糧倉裡的動靜，著實心癢難耐，忍不住又問：「咱們就這樣一直坐在這裡嗎？你怎麼不放貓去抓老鼠？」

杜內侍攏了攏自己懷裡的貓，心有餘悸道：「妳是不知道，這太倉的老鼠有多兇殘。」

「你手下那些小黃門呢？」輕鳳又問。

杜內侍咧嘴笑道：「他們負責晚上值夜，白天太倉能有什麼大事？」

輕鳳聞言立即表態：「你也安排我值夜吧。」

晚上幹活符合她的作息習慣，並且要抓老鼠就得變回原形，還是晚上行動便利點。

杜內侍打量著輕鳳清秀的榛子臉，不放心地問：「妳能行嗎？太倉老鼠可厲害了，可別被牠們抓破妳的臉。」

「放心吧，老鼠怕我，沒聽見老鼠都嚇得不敢出聲了嗎？」

「對啊！」杜內侍立刻笑逐顏開，求之不得地感歎：「其實我一直想找個人與我換班呢！不如這樣吧，妳今天晚上就上崗，嗯，妳現在就可以先回去養足精神嘛，晚上戌時再過來。」

輕鳳微微一笑，恭敬不如從命。

這天晚上，輕鳳戌時便到太倉點卯，順便認識了一下自己的同仁。所謂值夜，也不過是幾個人守在一間屋子裡打盹，輕鳳待到其他人都睡熟了，便趁著夜深人靜時悄悄溜出了值夜的小屋，現出原形鑽進了太倉。

她一進太倉，便在夜色中看見了滿坑滿谷的糧食，黑黢黢的倉庫裡悄無聲息，只有微微的輕風吹拂著她的鬍鬚。輕鳳鼻子一動，根本不需要用眼睛看，便傲然對著糧倉中喊道：「你們這些鼠輩，還躲什麼？都給姑奶奶我出來！」

話音未落，就聽倉庫深處傳來吱吱兩聲，黑暗中亮起點點微光，正是那幫鼠子鼠孫們的眼睛。輕鳳嘴角一挑，在暗夜裡睜大了眼睛，饒有興味地看著數不清的大老鼠，正一隻咬著一隻的尾巴，從四面八方列隊出來向她叩頭。

「黃大仙娘娘在上，」爲首的老鼠頭目溜溜竄到輕鳳跟前，向她磕了個頭，畢恭畢敬道：「小子攜太倉鼠族給娘娘您磕頭，祝娘娘您仙壽恆昌！今次不知娘娘您大駕前來，未曾遠迎，失敬失敬。不過吾輩一向安分守己，從不到太倉外爲非作歹，還請娘娘大發慈悲，莫要對小子們趕盡殺絕……」

輕鳳垂頭看著那老鼠頭目，無精打采地點點頭，卻道：「我吃你們，不過是天道循環、順應自然而已，就像你們可以盡情享用這太倉中的糧食一樣。不過也請你們放心，我不會對你們趕盡殺絕，只要你們少吃點他的糧食，我就少吃點你們——你們不知道，他是個多麼克勤克儉的好皇帝……」

太倉鼠族們聞言，頓時哀鴻遍野，吱吱溜溜哭成一片。牠們不知輕鳳是打哪兒來的太歲，只知道從此太倉鼠族將永無寧日。雖說鬥不過黃大仙還可以逃走，可牠們祖祖輩輩定居於此，貪戀這裡糧秣豐足口腹無憂，想遷徙卻也捨不得，因此情願束手待斃，唯一的對策也只有醉生夢死、加緊繁殖而已。

掖庭宮的生活就這樣平平淡淡地過去。

偶爾王內侍也會來掖庭宮看望黃輕鳳，給她帶些香榧子或荔枝來打打牙祭。他疼惜地看著臉頰渾圓的輕鳳，嘴裡不住唸叨：「哎，想當初，內府局哪天不是拿這些金貴東西來供奉妳？妳如今犯了事淪落到這裡，一日三餐可還吃得慣？咦，我怎麼瞧妳臉還圓了些？是不是餓腫了？」

雖說掖庭宮裡一天三頓窩窩頭，輕鳳卻滿不在乎——反正太倉裡的老鼠管夠，她如今三餐規律，又不再吃零食，加上捕獵老鼠增加了運動量，日子一長反而筋骨強健，長胖了不少。

她搖搖頭，乖巧地回答王內侍：「沒什麼不習慣的，掖庭宮裡的日子也挺好的。」

她的回答被王內侍想當然地理解為口是心非、強顏歡笑，又是唏噓又是扼腕，免不了回去後向某人哭訴一番。

可是對於輕鳳來說，掖庭宮裡的日子的確挺好的，雖然沒有李涵的日子，有時候難免會越過越糊塗。在她腦中，關於驪山狐巢的記憶，竟比李涵的音容笑貌更先一步模糊掉，有時候當她在糧倉中捕捉老鼠時，竟會一剎那產生種錯覺——彷彿她此生從未在驪山生活過，也從未修成過人身，她只是一隻在太倉中長大的黃鼠狼，靠捕食老鼠維生。

而有些時候，當輕鳳在堆積如山的糧食中上躥下跳捕獵老鼠時，她也會豪氣頓生，就彷彿自己是一個由李涵欽點，爲他奔走沙場的女將軍！

她會在咬住老鼠溫熱的脊背時，豪氣干雲地屹立在穀堆頂端，而杜內侍的大花咪則狗腿地縮在輕鳳身旁，瞳孔欽佩得縮成兩道分隔號，一臉崇拜地望著她：「大仙娘娘，妳好了不起……」

輕鳳懶懶蔑視牠一眼，下巴一揚，把半死不活的老鼠甩在牠面前，擲地有聲地吐出一句：「老鼠是這樣抓的，學著點。」

大花咪立刻興奮地撲上去，彷彿這老鼠是自己抓到的，忙不迭叼在嘴裡去向杜內侍報喜，拿老鼠換肥魚。

黃輕鳳也不理牠，逕自坐在穀堆上嗅了嗅鼻子，忽然間聞到一股隱隱的霉味，心中一動，冒出句無病呻吟的唱詞：

四月梅正熟，輕寒乍暖淋風雨，一味含酸，似我心苦……

哎，沒想到轉眼之間，已經到了四月。輕鳳在心中喃喃唸道：「我想去見見他，我得去見見他……」

入骨相思，就是那麼難熬的折磨，她既然已不堪忍受，又何必勉強自己去堅持？輕鳳隱著身子，飛也似的跑向大明宮。

大明宮的風中帶著李涵的氣味，隨著距離的接近越來越濃，溫香和軟，熟悉得讓她想哭。從紫宸殿、延英殿，一直到他的寢宮太和殿，輕鳳氣喘吁吁，在飛身跳過半卷的簾櫳後，終於看見那端坐在御榻上，正埋頭批閱奏章的人。

她的呼吸頓時一窒，怦怦亂跳的心揪作一團，幾乎要蹦出她的嗓子眼。

李涵、李涵，她的陛下……

輕鳳悄悄從暗處靠近李涵，黑溜溜的眼珠緊緊盯著他，一眨都不眨。她貪戀地用目光描繪著他的眉眼他的唇，也不知看了多久，直到明亮的宮燭燃過一半，李涵疲憊地擱下朱筆，靠在榻上支頤假寐。

輕鳳心中一凜，趁著四下無人，大膽地跳上了李涵的桌案。她任由原形暴露在燭光下，伸出爪子撥弄著案上的奏章，一不小心卻將捲成一束的奏章噗嚕嚕碰散，嚇得她趕緊跳下桌案，回頭看看李涵。

這時候李涵已被輕鳳鬧出的動靜驚醒，他睜開雙眼，第一眼便看見了黃鼬模樣的輕鳳，不禁驚訝地坐起身來。跟著他又低頭檢查自己的桌案，發現奏章已被打開，而案桌清亮的黑漆上，正印著幾枚淡淡的爪印。

李涵驚奇地輕歎一聲，又抬眼看了看殿中的黃鼬，發現牠竟沒有逃走，便喃喃笑道：「難道你也在提醒我，要勤於政事嗎？」

輕鳳歪著腦袋，不滿地對李涵甩了甩尾巴——才不是，我是要你別那麼辛苦，多多休息才好！

李涵看著她的反應，竟噗哧一下笑出了聲：「你衝我甩尾巴，看來我是猜對了。」

輕鳳越發不滿，暗暗腹誹：哪裡猜對了嘛，分明是越猜越遠。

她見李涵又開始捧起奏章批閱，不禁又是氣苦又是心疼，卻只能乖乖陪在他身邊，看著他繼續辛勤理政。這時宮燭輕輕爆響了一聲，結出朵並蒂燈花，水晶珠簾被微風吹得悠悠晃蕩，發出叩冰擊玉的清脆聲音。

原本正在處理政事的李涵忽然抬起頭，望著微微晃動的水晶簾，竟失神地沉默了許久。輕鳳也好奇地瞄了一眼水晶簾，想起自己與他那極盡風流的第一夜，臉上頓時燒得發熱，心裡卻又痛得發緊。

不知道他看著這水晶簾，能不能想起自己呢？

殿外忽然響起輕輕的腳步聲，輕鳳連忙躲到暗處，看著殿門被吱呀一聲推開，原來卻是王內侍走了進來。他進殿爲李涵送上茶水與宵夜，輕鳳眼尖地發現，那食案中盛放的竟是紅綾餅！剎那間許多回憶湧上心頭，輕鳳不覺眼眶發熱。這時李涵也看見了紅綾餅，抬頭對王內侍淺笑道：「你今夜送這餅來，倒叫我想起一個人。」

王內侍哪裡還記得這一段往事，因爲這紅綾餅一向都是賜給新科進士吃的，便笑著問：「陛下是不是想起了今年的狀元郎？」

李涵失笑，搖搖頭道：「哪裡是想起了狀元郎，不過我剛剛，倒是瞧見了一隻黃鼠狼。」

王內侍聽李涵提起黃大仙，立刻瞠目道：「哎喲，那黃大仙又到太和殿來了？在哪裡？前段日子陛下您病倒的時候，王守澄擅闖太和殿，還是牠向卑職報信的呢，卑職可得謝謝牠。」

「這麼說，牠還是我的恩人了？」李涵笑著端起陽羨茶，淺啜了一口，才低聲喃喃道：「牠那精靈模樣，總會讓我想起一個人……」

一個面皮黃黃偏愛搽粉，生著一雙黑亮眼珠的女子。

李涵說到此處，輕鳳再怎麼遲鈍，也知道他想的是自己。她沒料到李涵將自己貶到掖庭宮之後，竟還能惦記她，不禁心裡又是歡喜，又是悲苦。

她從暗處緩緩走出來，迎著李涵和王內侍的視線，靈巧地跳上了桌案，靜靜地回望著他們，連黝黑的眼珠也跟著濕潤。

李涵淺笑著伸手摸了摸她的腦門，低聲道：「謝謝你了，若不嫌棄，以後可以常來這裡。」

輕鳳點了點榛子般的小腦袋，雙眼晶晶亮亮地凝視著李涵，心底似有一片羽毛輕柔落入塵埃，如宿命面前無奈的一聲輕歎。

罷了，就算暫時只能這樣陪著他，她也不在乎了。這一輩子，她不過是從自己漫長的生命中摘取一段來送他，用自己也許並不是最好的年華，來換他獨一無二的生年歲月，她還有什麼好抱怨的呢？

自從將輕鳳貶去了掖庭宮，李涵越發覺得宮深如海，只剩下自己一個孤家寡人。

一個人自然會覺得寂寞，所以病癒後的每一個日夜，他都將自己沉溺於枯燥的政事之中。所幸不時造訪自己寢宮的黃大仙，多少給他這座空蕩蕩的太和殿添了一絲生氣。漸漸的，他摸到了一點這隻黃鼬的脾氣，但凡自己召幸妃嬪後，牠就一連三天決計不會出現，倒好像這隻小傢伙在拈酸吃醋一般。

當李涵察覺到這點時，他戲謔地拿話問了黃大仙，不想竟換來牠重重的一記點頭。

「你這小傢伙。」他忍不住輕輕曲指，彈了一下黃鼬榛子般的小腦袋。

李涵素性淡泊，又因爲黃大仙的緣故，從此臨幸妃嬪的次數越來越少，最後竟可以稱得上是不近女色，惹得王內侍大搖其頭。

「陛下，您正當盛年，還是應該儘量開枝散葉才好。」在又一個處理政事的不眠夜，王內侍忍不住向李涵進言。

「近來天災頻仍，我哪裡有心情？」李涵搖搖頭，目光裡滿是憂鬱：「何況內有閹黨，外有藩鎮，我這個天子受制於家奴，若還能耽於享樂，那眞是比蜀漢後主還要昏庸了。」

「陛下豈可用亡國之君自比。」王內侍立刻惶恐地打斷他，無奈地歎息：「不召幸就不召幸吧……」

李涵看了王內侍一眼，再度將目光移到奏章上——其實還有一個理由他並沒有說，那就是唯一能讓他意亂情迷的那個人，早已不在這裡。

不覺時光荏苒，三載寒暑彈指即逝。太和七年八月七日，李涵在宣政殿正式冊立長子李永爲皇太子，並大赦天下，放還掖庭宮中的部分宮女。這天傍晚，當杜內侍來與輕鳳告別時，她才知道自己的名字也在返鄉宮女的名單上。

杜內侍淚眼汪汪地抱著大花咪，問怔怔發呆的輕鳳：「名單上說，妳的家鄉在浙東國，這是個什麼地方？」

輕鳳無法回答他，只低頭笑了一下。

三年來，她時常變回原形陪在李涵身邊，可他卻是一面也沒有見過她。在無害的黃大仙面前，李涵全無防備，所以她慢慢懂得了他的抱負，瞭解了他的籌謀，也知道他暗中撒的羅網，已漸漸到了收網的時候。

偏偏在這個節骨眼上，他卻要遣她出宮——可惡，她還想陪在他身邊，看他肅清積弊，重振朝綱的英姿呢！

八月的夜晚並不算涼，仲秋的御花園裡仍是花木扶疏，一片促織低鳴。輕鳳穿行在飛花迷霧之中，想去太和殿看看李涵，哪知到了殿下偏又情怯，獨自踽踽涼涼地甩著尾巴，徘徊不已。

「那名單是他定下的吧？就算不是，也是他核准過的……」她哀怨地望著太和殿黑黝黝的輪廓，目光中滿是委屈：「爲什麼要趕我走呢？」

是不是三年時間對他來說太長，已經長到將她忘記了？

可恨她原本還指望，等到李涵大功告成的那一天，他能夠將她接回身邊呢……可如今他竟攆她出宮，從此除了相忘於江湖，她還能用什麼理由以人的面目與他相見？總不能當眞在太倉中抓一輩子老鼠，一輩子只能以黃鼠狼的樣子來陪他吧？

輕鳳心煩意亂地抓了一把木樨花，揉著那馥郁香濃的碎金洩恨。

罷了，罷了，不去見他了！去了他也只當自己是一隻黃鼠狼，有什麼意思？

輕鳳暗自囁嚅著，咬咬牙回掖庭宮收拾包袱。

皇宮中的女人就是這樣悲哀，金銀細軟生不帶來死不帶去，她離開了紫蘭殿，那些原本屬於她的衣裳首飾自然就會封存，留待送給下一個女人。

就像此刻，她的包袱裡除了幾套樸素的衣裳，什麼都沒有。輕鳳噘著嘴想，雖然她是妖精根本不用在乎這些，可是……她好歹也是個有虛榮心的女人呀！爲何在宮中這些年，一點甜頭都沒賺到呢？眞是虧大了！

「先去終南山看看飛鸞，順道遊山玩水，才不去想你！」輕鳳賭氣收拾著寒酸的包袱，動作相當粗魯：「等我在人間逍遙夠了，到時候你想見我，還得看我的心情呢。」

她說得特有骨氣，可眼睛裡卻緩緩溢出淚水，一滴滴落在掌心。這時寒素的門扉似乎被風吹動，發出吱呀一聲響，輕鳳不經意地回過頭去，卻在淚光朦朧之中，看見了自己心心念念的那個人……

她驚訝得說不出話來，只能眼睜睜看著李涵脫下黑色的斗篷，一步一步走到她面前。

「原來三年來，妳就住在這裡，和我想的不大一樣，」李涵輕聲開口打破沉默，低頭看著淚眼汪汪的輕鳳，不禁微笑起來：「妳就要走了，我來看看妳。」

他伸手撫上輕鳳的鬢髮，滿是寵溺地摩挲了一下，親暱得彷彿他與輕鳳之間，根本沒有這三年的蹉跎。輕鳳心中一酸，眼淚不覺湧得更凶，她有些驚疑地凝視著李涵，哽咽道：「你知道我要走了？」

「怎麼可能不知道。」李涵又是一笑，在輕鳳身旁坐下。

李涵這話讓輕鳳不禁有些惱火，她抽噎了一下，不顧尊卑地低聲埋怨：「爲什麼要攆我出宮？你都把我攆到掖庭了，還不夠嗎？」

李涵被她沖了這麼一句，原本溫和的目光更是柔得像水一般，低聲問輕鳳：「離開這裡不好嗎？難道你還想一直被禁閉在這裡，日復一日地做活？」

輕鳳皺起眉，低下頭不滿地咕噥：「你耍賴……你明明知道我要的是什麼，卻故意攆我走，現在還要來看我……你心裡，到底是怎麼想的呢？」

她咕噥完，才意識到自從李涵進屋以後，自己一直沒有對他用敬稱，心下不由一驚，紅著臉囁嚅：「哎，陛下，臣妾失禮了……」

「沒事，這樣挺好。」李涵握住輕鳳的手，繼續道：「以後你出了宮，與我就是形同陌路，何必再用敬稱？何況這幾年我虧待了你，你不敬我也是應該的。」

「陛下，你爲何這樣說，」輕鳳因爲李涵的話，眼睛又紅起來，「還是你心裡有什麼事？你忽然冊立太子，大赦天下，緊跟著就遣出宮女，要我還鄉，你……你是不是有什麼打算？」

這三年她化身黃鼬陪著李涵，大致能猜到他的全盤計畫，加上他此刻說的話，字字句句都像與她訣別。如果今夜李涵不來，她還能記恨他對自己無心，可此刻他這般姿態，只能說明他對自己……

輕鳳猛地撲在李涵身上，摟住他的脖子低喊：「陛下，陛下，你是捨不得我的，對不對？」

這一刻她想起李涵三年前欲言又止的話──並不是每個弄權失敗的妃嬪都會死，除了倚仗外戚，還有一個原因當時他並沒有說出口。如今她終於想明白，那第二個原因正是君王的寵愛──他愛那個女子，所以即便她罪不容赦，仍要保她不死！

輕鳳情不自禁地哽咽起來，伏在李涵肩頭哭道：「陛下，你若對我有心，就別讓我離開。」

「傻瓜……」李涵伸手撫摸著輕鳳的頭髮，因她的深情而動容，眼中雖蘊著哀色，卻也有藏不住的歡喜：「去吧，我還妳自由身，離開這是非之地。妳出宮後的生活所需，我也託王內侍安排好了，說起來我自己對宮外的生活也沒什麼主意，不知道安排得妥不妥當……」

他說著說著就忍不住發笑，想起自己與王內侍討論這件事時，不知道鬧了多少天眞的笑話。看來他眞是個五穀不分的庸君，如果今天換作是他出宮，只怕會比任何人都要狼狽吧？

「你還笑，你還笑！」輕鳳急了，一臉埋怨地望著李涵，臉頰漲得通紅：「我不要你這樣安排，我只想陪在你身邊，陛下，你就留下我吧。」

「傻瓜，這樣安排對妳才是最好的。」李涵凝視著輕鳳的眼睛，無比認眞地對她說出自己的隱衷：「如今我身在一條江河日下的濁流中，不應該讓妳陪我。所以，在我破釜沉舟前，我要盡力將妳托上岸去，明白嗎？」

他憂心忡忡的話對此刻的輕鳳來說，不啻最甜蜜的衷曲──作爲一個放眼江山的天子，能在風雨來臨前低下頭，展開羽翼給自己一心一意的保護，她還要奢求什麼呢？輕鳳低下頭，剛準備答應李涵，含淚的雙眼卻看見了他遞到自己面前的東西——那是一支通體碧綠，新做好的蘆管。

「陛下！」她難以置信地喊了一聲，震驚地抬頭望著李涵：「你……原來你還記得。」

李涵深深凝視著輕鳳，淺笑著點了點頭：「一直記得。」

那一年初雪夜的約定，他一直都記得，奈何諸多無奈，讓他們彼此蹉跎，直至今日。

「陛下！」顧不得接過蘆管，輕鳳緊緊抱住李涵，渾身瑟瑟顫慄，再也無法抑制心中洶湧的情愫，將櫻唇附在他耳邊急促地喘息，向他羞澀示好。

李涵收到輕鳳的暗示，眼神中有剎那愕然，卻很快平靜下來，目光反而越來越深沉情濃——反正八月七的月光蒙昧不明，反正王內侍已把守好四周，他是號令天下的君主，為何不能趁美人在懷時，任自己放縱一次……

意志一旦鬆懈，奔騰的情潮便破閘而出，頃刻汪洋恣肆……面對李涵驟然高漲的熱情，輕鳳忍不住連連驚喘，她慌亂地睜開眼睛，卻恰好對上李涵深情的雙眸。

他的目光無比專注，直探入她眸子的最深處，使她的心在激狂中又漏跳一拍，忍不住嬌嗔了一聲：「陛下……」

李涵的目光卻偏偏不依不饒，自上而下遍覽她的嬌羞，將那動人風情深深印入眼底：「我想看著妳，多看看妳……」

只因今夜過後，縱使極目江山形勝，也不能再見這嬌嬌小小的女子。

輕鳳只覺得自己在李涵熱烈的目光下燃燒起來，她在騰騰熱氣中汗如雨下，渾身如雲蒸霞蔚般暈上一層緋紅，明豔不可方物。

「陛下，陛下……」她在悸動的漩渦中迷失了方向，像個溺水的人一般緊緊攀住李涵，邀他與自己同赴那濃情幻化的深川迷谷，成爲其中的魚和水。李涵看著在迷亂中鬢亂釵橫的輕鳳，不無驕傲地翹起唇角，欣然接受她的邀寵。他摟著她纖細的腰肢將她扶坐起來，兩個人在疾風驟雨般的節奏裡緊緊相擁，一同心醉神迷、魄亂魂搖……

當激情的潮汐退去，輕鳳在頭暈目眩的餘韻中枕著李涵的肩，手中緊攥著他贈給自己的蘆管，輕聲呢喃：「陛下，你還記得嗎？我說過我比你想像的要堅強，堅強很多很多……我只要有我自己這一顆心，就可以愛你。」

李涵無聲地笑了笑，趁黎明到來前吻著輕鳳汗濕的鬢髮，在她耳邊低聲叮囑：「聽我的話，遠遠離開這裡，去一個我或者我的敵人都找不到的地方……這樣，我就可以一心一意地去做事了。」

輕鳳睜開濕漉漉的眼睛，一眨不眨地望著李涵問：「你……你要去做什麼事？」

李涵沒有回答輕鳳，而是逕自瞇著眼笑起來，笑容神秘中又帶著些許驕傲——快則數月、慢則兩年，他便會去冒一個險，而他要奔赴的那片沙場，他的祖父、父親、叔叔和兄弟都已經戰死在那裡。而過了今夜，他即便沒有勝算，至少也已沒有了後顧之憂。

雖然身爲帝王，本應當學會太上忘情，可是當他不小心愛上了一雙靈動的眼睛，卻也無怨無悔。這輩子他從不喜歡繁麗的裝飾、甜膩的味道，她卻是他唯一的奢侈、唯一的甜蜜，也因此，她應當被自己當作一個美夢來結束掉。當明日的曙光降臨，就讓他從夢中醒來，爲他的李家天下，再戮力血戰一次吧……

第二十一章 離別

自從輕鳳「出宮」之後，李涵便覺得粉黛三千的深宮中，只剩下了自己孤寂一人。然而他無暇感受寂寞，便已全心投入了籌備多時的鋤奸大計中。

三年前，王守澄引薦的鄭注治好了他的急病，至今已官升行軍司馬，權勢熏灼，成了王守澄的左膀右臂。

爲了剪除王守澄勢力，李涵密令侍御史李款帶頭彈劾鄭注，十日之間，連上數十份彈劾奏章。王守澄見情勢不妙，將鄭注隱匿於右軍之中，李涵授意左軍中尉韋元素詐稱有疾，誘鄭注前往行轅醫治，伺機將其杖殺。

李涵滿心期待韋元素一舉成功，不料這日用罷晚膳，他忽然感到腹痛如絞，瞬間汗如雨下。

李涵立刻招來王內侍，臉色蒼白地咬牙道：「晚膳被人動了手腳，速去拿問尚食女官……」

不待說完，他呼吸一滯，往地上嘔了一灘黑血，在王內侍眼前陷入昏迷，人事不省。

王內侍大驚失色，火速叫來太醫，哪知太醫診脈之後，竟得出了一個匪夷所思的結論：「王公公，聖上是近日積勞成疾，又引發了卒中之症。」

「你是睜著眼說瞎話嗎？」王內侍氣得面如金紙，指著外殿御榻的方向質問：「卒中會嘔血？聖上吐的血還沒擦淨呢！」

「那血跡卑職已用銀針驗過，裡面並沒有毒，應是舊疾的瘀血。」太醫低著頭，不敢看盛怒的王內侍：「為今之計，當請鄭司馬前來為聖上診治，卑職伏乞——」

「滾！」王內侍一聲爆喝，打斷了太醫的話：「沒本事治就去死，玩這種為虎作倀的把戲，你們對得起聖上嗎？！」

「王公公息怒，請恕卑職無能，」所有太醫一起跪在地上，唯唯諾諾求饒，卻始終不敢改口：「伏乞王公公速去延請鄭司馬，事不宜遲，還請王公公三思，勿以私怨延誤鄭司馬救治聖上。」

「私怨？呵呵……好一個私怨！」王內侍渾身顫抖，眼中浮起一層淚花。

眼看著聖上就要如願以償，哪知王守澄已經手眼通天，原來聖上竟孤立無援至此！第一次意識到這絕望的眞相，王內侍不寒而慄，此刻他獨自面對眾人逼迫，若再不肯就範，一旦天子喪命，就是他萬劫不復的死期。

萬念俱灰，不過如此。許久之後，王內侍長歎一聲，面無人色地鬆了口：「來人啊……去請鄭司馬。」

眾人早等著他這句話，當即有人衝出去報信，不消片刻便帶回了消息：「鄭司馬已隨王中尉入宮，這就快到太和殿了。」

王內侍冷笑一聲，將一幫為虎作倀的太醫全都趕了出去，獨自留在李涵身邊，淌著眼淚歎息：「陛下……天道不公，卑職無能。」

須臾，王守澄領著鄭注踏入太和殿，佯裝憤怒地質問王內侍：「王福荃！你這老賊是怎麼伺候聖上的！竟使聖上積勞成疾，又犯了風疾！」

「呵呵，」王內侍毫無懼色地瞪著王守澄，冷笑道：「我一條賤命，死不足惜，你要拿就儘管拿去。倒是聖上病情耽誤不得，你有這閒工夫和我磨嘰，還不趕緊讓你那醫中聖手替聖上診脈！」

此時勝券在握，王守澄懶得理會王福荃，逕自對鄭注使了一個眼色。鄭注微微一笑，放下隨身的藥箱，從箱中取出了一套金針。

「王福荃，麻煩你出宮迴避一下，別打擾鄭司馬行醫。」王守澄趾高氣揚地抬了抬下巴，示意王內侍離開。

「我要留在這裡。」王內侍警惕地盯著他們。

「好啊，橫豎急的又不是我們，」王守澄冷笑一聲，赤裸裸地威脅道：「你不肯走，我們就陪你在這兒耗著，反正眼下只有我們三個人，你阻擾鄭司馬施救的事，回頭你一張嘴可說不清。」

「你……」王內侍氣得渾身發抖，兩眼赤紅，卻只能無可奈何地退出了太和殿。

須臾，除了躺在龍榻上的李涵，殿中只剩下王守澄和鄭注兩個人。二人相視一笑，王守澄惡狠狠道：「下針仔細點，只要吊著他一條命就行，別讓他醒過來。」

「放心吧，我有數。」鄭注滿口答應，隨即坐上龍榻外沿，撥開了李涵頭頂濃密的黑髮，準備施針。

就在細如牛毛的金針即將扎入李涵顱內時，一道赤紅色的長影衝破窗櫺，箭一般竄入了內殿，在穿過九重寶帳的瞬間化作人身，在鄭注和王守澄猝不及防間，一掌打暈了王守澄。

變故發生在眨眼之間，背對著錦帳的王守澄暈倒在地，連襲擊自己的是誰都沒看到。而鄭注就沒那麼好的運氣了，他下意識地收起金針，扭頭想看個究竟，卻被眼前衝自己齜牙示威的怪臉嚇丟了魂。

「鬼……鬼……」他結結巴巴開口，剛要大聲叫喊，就被一隻利爪扼住了脖子。已到唇邊的叫喊被生生咽回肚子裡，鄭注兩股顫顫，被迫直視著眼前的怪物——這怪物長著黃鼠狼的腦袋，身體卻像一個瘦小的女人，長著尖銳指甲的手掌力大無窮，一隻手輕輕鬆鬆就將他拎得雙腳離地。

那怪物雙目精光四射，殺氣騰騰地盯著他，壓著嗓子吐出兩個字：「救他。」

「好，好，大仙饒命……」鄭注嚇得涕泗橫流，哆哆嗦嗦地答應：「我知道怎麼救他，求……求大仙先放手。」

那怪物沉默片刻，終於放開了鄭注。他立刻手腳並用地爬到藥箱邊，從箱中一堆瓶瓶罐罐裡翻出了一只藥瓶，將瓶中藥丸倒了一顆在手裡，跌跌撞撞地跑到榻邊餵李涵服下。

施救過程中，他始終能感覺到背後膠著的視線，不由一邊行動一邊解釋：「聖上是中了毒，但並不致命，服了解藥很快就能醒過來。大，大仙……我也是被逼的，要不是王守澄拿我的父母妻兒威脅我，我哪敢做這種大逆不道的事？求大仙明察……」

「他逼你，你就做了嗎？」

「對對對，」鄭注不住點頭，忽然覺得這話也有點不對，趕緊又抽了自己兩耳光，跪在地上磕頭：「我也是被鬼迷了心竅，大仙饒命啊！」

「你先住手，」那怪物不耐煩地打斷鄭注，慢悠悠走到他面前：「既然你是個爲虎作倀的小人，我也不指望你幡然悔悟，只要你知道，如果你還想活命就只有一條路——棄暗投明，效忠聖上。」

「是，是，我都聽大仙的……」鄭注話音未落又被怪物瞪了一眼，嚇得他渾身哆嗦：「我，我明白了，我都聽聖上的！」

一人一怪就這樣在殿中對話，畫面分外詭異，就在這時，龍榻那裡忽然傳來李涵虛弱的聲音：「這是……怎麼回事？」

人身黃鼠狼腦袋的怪物立刻渾身一顫，像做了錯事被人發現一般，轉身欲逃，卻被李涵叫住：「黃大仙……是你吧？」

那怪物生生頓住腳步，低下了頭，片刻之後搖身一變，化作一隻腰身細長的黃鼬，乖乖爬上了李涵的龍榻。

李涵微微一笑，強撐著坐起身，將那黃鼬籠在自己懷裡，冷眼掃過躺在地上的王守澄，最終落在鄭注身上。

鄭注不等李涵開口，主動磕了三個響頭，跪在地上表忠心：「陛下，臣罪該萬死，只求陛下寬仁，讓罪臣將功贖罪！」

「哦？」李涵不動聲色，手指順著黃鼬的背毛緩緩撫摸：「你打算如何將功贖罪？」

「罪臣知道陛下想除掉王守澄，不，是剷除全部閹黨！」鄭注討好地回答：「罪臣願爲陛下赴湯蹈火，萬死不辭！」

「好，」李涵頷首，對鄭注使了個眼色：「你這就殺了他，證明給我看。」

鄭注遲疑地看了王守澄一眼，思索片刻，伏在地上對李涵道：「陛下請聽罪臣一言。不是罪臣畏死推託，只是王守澄軍權在握，此刻殺了這廝，若引得軍中譁變，反倒得不償失。不如徐徐圖之，架空了這廝的兵權，再尋個由頭光明正大地賜死。罪臣身邊還有個可靠的人才，名叫李仲言，陛下可以重用。」

李涵聽了他的話，沉吟片刻，冷笑著反問：「我憑什麼相信你？」

「就憑陛下懷裡這隻黃大仙，罪臣哪怕有一百個膽子，也不敢欺君，」鄭注瞄了一眼正在李涵懷裡賣萌的黃鼬，諂媚地奉承：「今日有幸目睹神仙，才知道什麼叫眞命天子，得道多助！罪臣恭喜陛下！」

這下不僅李涵齒冷，連身爲黃鼬的輕鳳都被肉痲得一激靈。這見人說人話，見鬼說鬼話的傢伙，還眞是不要臉！

李涵問清楚了自己中毒的始末，思索片刻後，決定接受鄭注的投誠。他命令鄭注喚來王內侍，又交代了幾句後續事項，才恩准鄭注揹著昏迷的王守澄返回神策軍北衙。

王內侍本已萬念俱灰，沒想到頃刻間柳暗花明，化險爲夷，高興得不知說什麼才好，在得知是黃大仙護駕後，對著牠連連打躬作揖：「多謝黃大仙，多謝黃大仙！」

「你快去備些鮮肉來，也好讓我報恩。」李涵笑著吩咐王內侍，在目送他離去後，低頭輕輕捏了一下黃鼬毛茸茸的小臉：「沒想到你竟眞是一隻黃大仙，要我如何謝你才好……」

輕鳳當仁不讓，立刻在李涵懷裡人立起來，親暱地親了一下他的臉頰——她到底還是怕李涵嫌棄，不敢觸碰他的嘴唇。

李涵微微吃了一驚，睜大眼注視著面前色瞇瞇的黃鼬，哭笑不得：「你……」

輕鳳知道自己有點過分了，立刻蜷起身子窩在李涵懷裡，怕被他攆走。許久之後，她感覺到李涵的手輕輕落在自己脊背上，頓時一陣心悸，黑黑的小眼睛愉悅得半瞇起來。

他的掌心是那樣溫暖，讓輕鳳既安心又陶醉，同時深深後怕——幸虧及時趕到，如果自己遲來一步，後果簡直不堪設想！本以爲去終南山探望飛鸞不會出什麼岔子，哪知還是失策了。哼，若非害怕觸犯殺孽，她恨不得現在就殺掉那兩個無法無天的壞蛋！

看來在李涵成功化解死劫之前，她必須寸步不離地陪在他身邊！

鄭注自那一晚倒戈之後，編造出李涵被一隻人身黃鼠狼腦袋的怪物解救，而自己拚死才救出王守澄的謊言，成功搪塞了曾親眼見過這種怪物的王守澄。從此鄭注暗暗爲李涵效力，故意將李仲言引薦給王守澄。

王守澄不疑有他，以李仲言善講《周易》爲由，將他引薦給了李涵。不久之後，李仲言與鄭注一併進宮，在延英殿秘密面聖，雙雙立誓效忠天子。

李仲言外貌魁梧倜儻，兼具才辯謀略，讓李涵十分欣賞。於是在此人第二年除了母孝後，李涵便任命他爲四門助教，賜緋衣、魚袋，加以重用。

李仲言也不負李涵深望，與鄭注一起爲他出謀劃策，以剷除閹黨爲己任。二人攜手同心，與李涵朝夕計議，成了天子面前的紅人。外人只當鄭注和李仲言是依靠王守澄發跡，卻不知他們與李涵另有所謀。

轉眼到了太和九年，李仲言改名爲李訓，官升兵部郎中，而鄭注已官至太僕卿。李涵在李訓和鄭注的建議下，提拔了右領軍將軍仇士良，任命他爲左神策中尉，用以分散王守澄的軍權。仇士良也是當年擁立李涵的功臣之一，這些年深受王守澄打壓，一直與他不和。

爲此王守澄十分不悅，李涵便以明升暗降之計，任命王守澄爲左、右神策觀軍容使，徹底架空了他的軍權。

李涵步步爲營，視朝堂爲生死場，在成功卸去王守澄兵權時，這一年已近孟冬十月。眼看時機成熟，李涵索性一鼓作氣，命宮使往王守澄的宅第賜了一杯毒酒。

當領旨的宮使離開延英殿後，李涵低頭撫摸著膝上的黃鼬，輕聲笑道：「黃大仙，今天你也會保佑我吧？」

輕鳳在他膝上仰起腦袋，篤定地點了點頭——自從李涵中毒那日起，兩年來她一直陪著李涵，須臾不離左右。對於居心叵測的鄭注來說，她的存在即是巨大的威懾，令他絕不敢對李涵起異心。

李涵同樣也意識到了這點，時常袖著輕鳳前往延英殿，與鄭注和李訓議事時，就將她抱在膝上撫摸。若不是輕鳳一靠近紫宸殿就要逃跑，只怕李涵早就帶著她上朝了。

此刻輕鳳胸有成竹地對李涵點了頭，轉念一想，又怕王守澄老奸巨猾，萬一被他絕處逢生，對李涵可是大大的不利。

兩年前李涵被王守澄下毒，事後尚食女官和太醫們皆被追責嚴懲，然而至今想來，輕鳳仍是耿耿於懷，心有餘悸。

王守澄一個人並不可怕，可怕的是根本不知道他有多少心腹和眼線，而這些人又在大明宮裡沆瀣一氣，交織成天羅地網。

何況她頭頂還懸著一只警鐘，那就是飛鸞曾經預言的死劫——李涵最多只剩十年陽壽。距離當年已經過去了六年時間，也就是說往後這四年裡，任何風吹草動都不容小覷，又何況殺王守澄這樣的大事？

這樣一想，就算輕鳳再貪戀李涵的懷抱，她也坐不住了。

輕鳳倏然跳下李涵膝頭，在他驚異的目光下，頭也不回地向王守澄的宅第跑去。

果然在靠近神策軍北衙時，她靈敏的鼻子就聞見了一股濃濃的血腥味。

賜毒哪裡會流那麼多血？只怕她還是低估了那個死太監！輕鳳心中暗暗叫糟，越跑越快，如一道火影般竄進王守澄宅中，就看見空蕩蕩的大堂裡，前來賜毒的宮使已經倒在了血泊中，被人一刀斃命。

天，那死太監竟敢刀斬宮使！看來他真的打算垂死掙扎，與李涵拚個魚死網破了！

輕鳳頓時心急如焚，在大堂四處嗅了半天，熟悉了一下王守澄的氣味，便開始借助法力尋找他的蹤跡。

在濃濃血腥味的干擾下，輕鳳好不容易才捕捉到了一絲王守澄的氣息。她立刻追蹤著那絲若有似無的氣味，跑了好一會兒才驚覺方向不對——那老賊竟然沒有逃向宮外，而是曲折地進了大明宮內苑。

輕鳳心中大驚，意識到王守澄多半是去找李涵，立刻吸了吸鼻子，改為尋找李涵——她必須趕在王守澄之前找到他。

憑著氣味，輕鳳很快就判斷李涵已經離開了延英殿，頓時心下稍安——李涵不在延英殿，那就多半是回了太和殿，相比自己，王守澄找到李涵可沒那麼容易，何況寢宮內外侍衛極多，總不能個個都被王守澄收買。

輕鳳一邊想一邊跑到太和殿，不料卻撲了個空。

她瞬間有點發慌，再度運用法術尋找，卻驚訝地睜大了眼睛。

李涵他……竟然在紫蘭殿嗎？為什麼會這樣？

輕鳳一顆心怦怦直跳，卻來不及多想，飛速跑向紫蘭殿。

自輕鳳被貶以來，紫蘭殿已被空置了許久，如今寂寥蒙塵，蛛網垂梁，輕鳳是怎麼也想不通李涵爲什麼要去那裡。她心中七上八下，一口氣跑到紫蘭殿，一眼就看見殿門虛掩，而殿外別說是王內侍了，連伴駕的隨從都不見一個。

輕鳳立刻從虛掩的門縫竄進大殿，喘著氣四顧尋找，直到看見李涵獨自站在內殿的背影，才稍稍放下一顆心。

然而不等她鬆上一口氣，一道人影忽然從內殿陰暗的角落裡竄出來，直直撲向李涵。輕鳳立刻一躍而起，騰空變回人身，同時施出力字訣，尖銳的指甲深深插入偷襲者的脊背，用力一抓。伴隨分筋錯骨的撕裂聲，一道慘叫驟然響起。

李涵在聽見背後響起腳步聲時就已轉身，所以親眼目睹了變故的過程——當王守澄手執匕首向他撲來時，變出人身的黃大仙半道殺出，尖銳的利爪瞬間撕開了王守澄的脊背，緊跟著兩腳一蹬，將他踩倒在地上。

因這致命的一踩，撕心裂肺的慘叫聲戛然而止，受了重傷的王守澄頃刻間嗚呼哀哉。

飛濺的鮮血沾上李涵的衣袍，令他往後退了一步，盡力鎮靜地望著眼前滿臉鮮血的黃大仙。他知道王守澄意圖行刺，是黃大仙救了自己，可畢竟人妖殊途，面對如此血腥的一幕，他不可能若無其事。

然而就在他目光游移，從黃大仙尖銳的指甲掃到牠露在衣袖外的手腕時，李涵心神一凜，全身血液在電光石火間逆行，衝得他額角青筋突突猛跳，渾身冰涼，如墜冰窟……

「事出突然，讓陛下受驚了。」輕鳳刻意用壓低的嗓音安慰李涵，兩隻腳還踩在王守澄皮開肉綻的脊背上，因爲重量，使得斷裂的脊骨向下凹陷成一個淺坑。猩紅的鮮血沾濕了她的鳳頭履——這雙鞋還是她兩年前離宮時穿的那一雙，不僅如此，她身上的衣服也是當年的舊衣。自從不能再以凡人的面目接近李涵，輕鳳早已忘卻寒暑，無視衣妝。

所以此刻，在李涵驚異的目光下，她低著頭蜷成一團，總覺得有點自卑。曾幾何時，她每天都要撲上厚厚一層宮粉，抹勻了薔薇胭脂、香蜜唇脂，才肯見他呢。

輕鳳想著想著就有點傷心，再加上殺人的罪惡感，以及自損修爲帶來的靈力衰減、頭暈目眩……種種痛楚讓她動彈不得，只能垂頭喪氣地蹲在原地，抱著雙膝瑟瑟發抖。

出山多年，她到底還是殺了人、沾了血，成了一隻背負殺孽的邪妖。但是爲了李涵，她一點也不後悔，甚至內心深處有道聲音在悄悄埋怨：早知如此，不如當初就替他手刃敵人，一勞永逸，又何苦忍受這數年的分離？

輕鳳自怨自艾地埋著頭，內心百轉千迴，猶如一團亂麻。

然而就在她六神無主，恍恍惚惚時，李涵卻邁著沉重的腳步走上前，彎腰執起了她的一隻手。還在發抖的輕鳳頓時一僵，待要掙扎，卻聽見李涵呼吸紊亂地急促開口：「別變回去！」

輕鳳被他這麼一吼，立刻就不敢動了。

李涵緊緊抓著她鮮血淋漓、指甲尖利的手，五指無法自控地顫動著，卻始終不肯有一絲一毫的放鬆。

「不要變，不要變回去……」他一遍遍重複著這麼一句話，從急語變成低喃，語調越來越哀傷。

他的目光落在她纖細的手腕上，定定看著那繞在腕間的一根長命縷，急促喘息了許久，直到顱內的抽痛漸漸平復，才閉上眼長舒一口氣：「我已經認出妳了，輕鳳……」

這輕輕的一句話讓輕鳳渾身一僵，隨即又開始發抖，並且幅度越來越劇烈。

「陛……陛下……」這一刻她無地自容，完全不知該如何是好，只因被李涵識破而心神大亂，恨不得有條地縫可鑽。

李涵卻無視她的窘迫，執意將她從王守澄血肉模糊的脊背上抱起來，借著昏暗的光線將她細細端詳：「我都已經認出了妳，還不肯變回來嗎？」

懷中輕盈纖細的身軀猛然一震，跟著便卸掉了全部的氣力，軟軟靠在李涵懷裡，毛茸茸的腦袋逐漸變得青絲委地，而長髮下更是露出了一張清秀精緻的榛子小臉。那小臉上還沾著凝固的血點，眼神倉皇驚怯，表情寫滿了緊張：「陛下……」

李涵目不轉睛地凝視著她，內心百感、口中千言，都被萬丈相思舂礪著，最後只化作一聲釋然的感慨：「真的是妳……」

輕鳳還窩在李涵懷中遮遮掩掩、躲躲藏藏的，借著青絲遮擋心虛地偷覷他，小聲囁嚅：「陛下怎麼會認出我？」

「妳還戴著我送你的長命縷呢。」

只這一句話，便讓輕鳳的眼淚如斷了線的珠子一般，撲簌簌滑出了眼眶。

李涵望著她無聲垂淚的模樣，忽然覺得無論她是否身為妖精，或者她長久以來的欺騙，都已經變得無關緊要。此刻他只是緊緊抱著她，如重獲至寶一般，愛不釋手，親密無間。

「別哭了，」他低頭吻著她不停流淚的眼角，從軟語安慰到低聲哄勸，最後變成沒好氣地揶揄：「妳這無法無天的小妖精……快別哭了，聽沒聽見？」

這虛張聲勢的呵斥語氣，帶足了往日的戲謔親暱，彷彿時光倒流，讓輕鳳終於收住眼淚，抽抽搭搭地回答：「聽見了……」

「聽見了就好，我有話問妳。」李涵抱著她走了幾步，避開血跡，也不顧滿地積塵，就隨意席地而坐，摟著她問：「妳是黃鼬精？」

嗯？以前不知情的時候還尊人家一聲「黃大仙」呢，怎麼如今倒改口了？輕鳳抽噎了一下，不情不願地「嗯」了一聲。

「那胡婕妤呢？也是黃鼬精？」

「她是狐狸精。」輕鳳低聲否認。

「為什麼進宮來？」李涵問完又想了想，忽然意識到了什麼：「妳們本來是屬於我皇兄的。」

「因為他愛打夜狐啊，我和飛鸞是驪山的妖精，專程出山惑主的。」輕鳳簡單道出來龍去脈，又補充了一句：「哪知道才第一晚，他就被宦官給殺了。」

「所以玉璽本來就在妳這裡？」

「嗯，我藏了三年，然後找機會送你了。」

「所以永道士也知道妳是妖精？」

「他什麼不知道呀？」輕鳳吸吸鼻子。

「那飛鸞的死呢？她是眞死嗎？」

輕鳳心虛地瞄了李涵一眼，搖了搖頭：「她沒死。她愛上了一個民間的書生，珠胎暗結，所以我從永道士那裡討到一味假死藥，幫她脫身離宮。」

「難怪妳當時不許任何人查驗她的屍身。」以往一樁樁怪事都有了解釋，李涵問到最後，已是淺笑著與輕鳳對視，輕聲誘她說出自己想聽的話：「那妳呢？後來爲什麼不走，哪怕沒有男歡女愛，做一隻黃鼬也要陪在我身邊？」

自從與李涵相認後，輕鳳的臉一直漲得通紅，此時被他一問，雙頰越發火燙起來：「我……我自然是因爲離不開陛下。」

「妳啊……」李涵歎息一聲，與輕鳳額頭相抵，心中因她離去而荒蕪的一塊地方，已被各種情緒淹沒——爲蹉跎了漫長的時光而哀傷，爲久別後還能重逢而慶幸，也爲她竟是妖異之身而忐忑：「難怪當年妳說過，妳比我想像的要堅強，原來竟是如此……」

「陛下，」輕鳳伸出雙手擁抱住李涵，在他耳邊喃喃道：「如今你知道了我的身分，我也就不瞞你了，當年我並非故意要干政弄權，而是飛鸞曾算出你有死劫，陽壽至多十年，我關心則亂，結果好心辦了壞事。事到如今……還剩下四年時間，所以陛下，請一定將我留在你身邊，我想守護你度過死劫。」

「死劫？」李涵面色一沉，心中轉喜爲憂，蹙眉思索了片刻，才無奈地苦笑一聲：「還有四年時間嗎？老天待我不薄……」

「是最多四年，隨時有可能提前發生，飛鸞的卜算並不精準。」輕鳳憂懼地望著李涵，有點弄不明白他的態度：「陛下，你難道不害怕嗎？」

「害怕？」李涵低下頭，深深看了輕鳳一眼：「過去也許會。怕天不假年，壯志難酬；怕出師未捷身先死；怕背水一戰，而妳是我的牽掛。如今，反倒不怕了。」

輕鳳望著李涵越來越明亮的雙眼，被他目光中強烈的情緒感染，忍不住微微一顫，輕輕喚了他一聲：「陛下？」

李涵伸手撫摸輕鳳溫暖的臉頰，只覺得心中柔情流淌，如置身融融春光：「我不怕了，還有四年時間，足夠了。」

「怎麼會夠？」輕鳳立刻驚慌地搖搖頭：「只有四年，我們怎麼辦？」

李涵沉默下來，緊緊抱著輕鳳，許久之後才問：「妳們妖精的壽數，是多少？」

「不知道，」輕鳳老實回答：「如果不作死的話，認眞修煉成仙，可以與天地同壽。」

「那四年的確是太短了，」李涵苦笑一聲，凝視著輕鳳青春正盛的臉，嗓音不禁變得有些喑啞：「可哪怕我生年滿百，對妳來說，也不過是白駒過隙。妳是一隻遊戲紅塵的妖精，我很慶幸遇見妳，可我還有自己的志向——為了江山社稷，我願意賭上性命，九死不悔，換天下一個太平盛世。」

輕鳳聽著李涵對自己剖白心跡，眼底慢慢浮起一層淚光，她懂得他的心，正因為懂得，才分外難捨：「陛下，你不用說了，我明白。」

「那就別讓我有遺憾，」李涵貼在她耳邊低語，喉中哽咽了一下，壓下心頭那份滿溢的苦澀：「就好好陪我這一程。」

輕鳳眼底不斷打轉的淚花，因他這句訣別般的話，瞬間滑下臉頰。

片時之後，紫蘭殿被後知後覺趕來的神策軍包圍，化作黃鼬的輕鳳被李涵籠在袖中，秘密帶回了太和殿。

剷除王守澄的快慰，加上久別重逢後的喜悅，讓闊別數年的一對有情人如兩簇焦渴的火，一挨擦在一起便化作燎原之勢，將冷清許久的太和殿又變成了春風旖旎的溫柔鄉。

一晌貪歡，輕鳳窩在李涵懷中陷入沉睡，渾然不知李涵正睜著雙眼，目光在夜色裡靜靜描繪著她朦朧的輪廓。

此刻李涵毫無睡意，腦中不斷回想著輕鳳告訴自己的話，總覺得有些地方想不透，想等她醒來問個清楚，卻又直覺不該問她。

沉吟良久之後，李涵索性起身穿衣，走出太和殿。

孟冬清晨寒意襲人，天邊剛露出一抹魚肚白，守夜的王內侍正在側殿中打盹兒，矇朧中忽然感覺到有人靠近，一個激靈睜開眼睛，就看見李涵正站在自己面前：「陛下？您怎麼過來了？」

昨夜聖上不要自己陪侍，早早就寢，王內侍就已經覺得有點古怪，現下也不敢多問。

「我有點事要見一個人，華陽觀的永道士，你應該還記得吧？去替我召他進宮。」李涵低聲吩咐王內侍，又叮囑他：「你且秘密行事，快去快回，人帶來以後，讓他到延英殿見我。」

「是。」儘管一頭霧水，王內侍還是唯唯諾諾地領命，悄然出宮去替李涵傳旨。

王內侍辦事從不拖泥帶水，所以當李涵從紫宸殿退朝時，永道士已經安安分分地坐在延英殿裡喝茶了。他一大早就被王內侍從被窩裡拖起來，原本是滿肚子的火氣，奈何李涵貴為天子，他再不服也只能憋著。

「前頭兩個，哪個不是俯首貼耳地來見我？偏生這一位，惹不起……」永道士不滿地咕噥著，有滋有味地喝完一杯御貢的陽羨茶，才算消了點火氣。

李涵恰在此時駕臨延英殿，主動與永道士寒暄道：「永道長，許久不見，別來無恙？」

「貧道叩見陛下，陛下萬歲萬歲萬萬歲，」永道士連忙起身拜見李涵，見禮後才微笑著回答：「貧道還是老樣子，一直在華陽觀中煉丹修道，順便為陛下祈福。」

李涵在御榻上落座，待到王內侍奉茶後退出延英殿，才正色對永道士開口：「永道長，你可知欺君之罪，非同小可？」

永道士一聽此言，當即花容失色，撲通一聲跪在地上，向李涵請罪：「貧道罪該萬死，求陛下開恩……」話雖如此，他卻在心裡暗暗吐苦水：逢場作戲，好累。

「道長快請起，」李涵忙請永道士起身，好言安撫他：「今日我請道長入宮，自然不是為了問罪，道長一向料事如神，應當已經知道我的心思。」

「貧道愚鈍，」永道士假惺惺地客氣了一聲，便也不再與李涵繞彎子：「既蒙陛下召見，貧道便斗膽猜一猜，陛下是為了黃昭儀的事吧？」

自從褫奪輕鳳的封號以來，李涵已經很多年沒有聽到過「黃昭儀」這個稱呼，此刻乍然聽見，令他怔忡了一下才回過神：「對，正是為了她。」

永道士瞇著眼緩緩笑起來，臉上亦浮現一抹溫柔之色：「陛下如果有什麼疑惑，儘管問吧，貧道知無不言，言無不盡。」

「她說我四年後有死劫，是不是真的？」李涵面色平靜地問出第一個問題。

「的確是真的。」永道士點點頭。

「那麼她呢？」李涵來不及為自己憂慮，問出心中最在意的問題：「她一定要陪著我，是否會被我拖累？」

永道士聽到這個問題，倒有點欽佩李涵對輕鳳的情意，意味深長地看了他一眼，才據實回答：「她已經被你拖累了。」

李涵聞言一驚，疑惑地問永道士：「此話怎講？」

「對妖精來說，傷人性命，是極大的罪過，」永道士滿臉惋惜地對李涵說：「凡人作惡，有官收；妖精作惡，有天收。官吏尚可欺，老天豈可騙？她如今修為大損，只是瞞著你罷了。」

李涵聽完永道士的話，沉默了許久，才啞聲開口：「我明白了，多謝道長提點。」

永道士點點頭，不動聲色地打量李涵，卻見他只是漠然坐在御榻上，目光黯淡無神，似乎剛剛的答案給了他很大的打擊。

殿中一時鴉雀無聲，沉寂得有些令人窒息，喜歡熱鬧的永道士受不了這樣的氣氛，剛想開口說點什麼，卻聽見李涵突兀地開口：「胡婕妤服下你的假死藥離宮時，懷有身孕？」

嗯？這皇帝的話題跳得好快。永道士有點適應不來，糊裡糊塗地回答：「嗯，是啊，不過這藥對孕婦無礙，如今她孩子都已經開蒙讀書了。」

李涵想問的顯然不是這個，他頓了頓，才追問：「胡婕妤能為凡人生育，緣何……」

「哦，哦！」永道士終於反應過來，不禁笑道：「胡婕妤曾向西王母求過生子藥，不然也是沒法孕育孩子的，將來她要為此侍奉西王母三百年呢。」

「她……」李涵吃了一驚，回想起印象中總是怯懦羞澀的飛鸞，不由失神地感慨：「真沒想到，她也會如此癡情。」

「黃昭儀又何嘗不是呢？」永道士無奈地一笑，十分豔羨地看著李涵，緩緩道：「她曾對貧道說過一句話：『不癡不傻，不做妖精。』」

「不癡不傻，不做妖精……」借著永道士的口，李涵聽到了這句無比真摯的話，就彷彿輕鳳親口在他耳邊告白，一瞬間悸動到連手指都微微發顫，許久之後才驀然一笑：「沒錯，這是她。」

這般敢愛敢恨、矢志不渝的自白，只能是她。

李涵眨了眨酸澀的雙眼，抑住漸漸從眼底泛上來的淚光，長吁了一口氣，望著永道士問出最後一個問題：「如果……他日我身陷險境，無暇自顧時，能否將她託付給你？」

他問出這句話時，語氣無比認眞，目光裡蘊滿了宿命的哀傷。永道士深深凝視著李涵，終是一聲輕歎，點了點頭。

短暫的密談匆匆結束，當李涵回到太和殿時，疲倦的輕鳳還在沉睡——靈力大損加上徹夜縱慾，簡直去了她半條命。

李涵無聲地穿過九重寶帳，走到龍榻邊坐下，微笑著凝視她恬靜的睡顏，忍不住伸出手指，指尖在她紅潤的臉頰上流連。

不癡不傻，不做妖精……心裡輕輕落下一聲歎息，他在輕鳳身邊和衣躺下，伸手將她擁入懷中，目光在昏暗光線中隱隱閃爍。

眞是一隻執拗難纏的小妖。哪怕爲了她，他也必須儘快出手了。

一夢沉酣，輕鳳過了晌午才悠悠醒來，卻發現李涵竟難得沒有埋首於政事，而是緊閉雙眼摟著自己，呼吸聲從容綿長，似乎正在閉目養神。

「陛下？」她輕輕喚了李涵一聲，忍不住在他懷中扭動起來。

李涵立刻睜開眼睛，笑著在她頰上偷了一記香，寵溺地問：「睡醒了？」

「嗯，」輕鳳親密地依偎在李涵懷中，桃腮如醉，明眸如星：「陛下今天不忙嗎？」

「忙，」李涵又將輕鳳摟緊了些，笑道：「除了忙，還要陪妳。」

「陛下！」輕鳳驚喜不已，剛想摟著李涵撒嬌一番，卻聽見李涵在自己耳邊輕輕喚了一聲「輕鳳」。她瞬間睜大雙眼，難以置信地望著李涵，有點害怕眼前這一切都是一場夢——他那麼輕易就接受了她的身分，並且比以往更加親暱，就好像她身為妖異，對他來說不是什麼可怕的事，反倒消弭了他的後顧之憂。

「既然妳是妖精，又何必拘泥人間禮數？」李涵捏了一下輕鳳怔愣的臉蛋，低聲哄她：「今後不妨直呼名諱，也叫叫我的名字吧。」

「李……李涵。」輕鳳臉頰燒得通紅，以往床笫間狎暱時才會唸彼此的名字，如今要她掛在嘴上，還真是讓人羞得慌。

「若是我能生於民間，與妳做對平凡夫妻，該有多好……」溫存繾綣之際，李涵由衷感念，卻被色迷心竅的輕鳳傻乎乎糾正。

「不呀，人家可是為了妖媚惑主，才遇見你的……」

李涵聞言一怔，下一刻才無奈地笑歎：「好一個妖媚惑主，禍水紅顏……」

夜靜春夢長，誤入紅塵識阮郎，不知人世如風燭，來著霞衣侍玉皇。

當又一個纏綿良夜將盡，王內侍悄然走進太和殿，用銅箸撥旺了爐中炭火，又往香爐裡添了些香料，在聽見寶帳深處傳來的喁喁私語時，無奈地搖了搖頭，暗自嗟歎：「妖孽……亡國妖孽啊……」

身爲天子近侍，他成了唯一知曉輕鳳秘密的人。如今聖上被一隻妖精迷惑，夜夜春宵這件事，他實在參不透是福是禍，然而聖上近來容光煥發、英氣逼人，卻又是不爭的事實……思及此處，王內侍目光一動，心中驚疑之餘，又有滿滿的感喟。

罷了，既然聖上喜歡……那就順其自然吧。

王內侍輕輕鉤起一重複一重的錦帳，直到隔著最後一層羅帳，才笑著催促帳中人：「大仙娘娘……該放人了罷？」

龍榻裡傳來嚶嚀一聲，緊跟著一隻玉手撥開羅帳，露出昏暗中相依相偎的兩個人。只見帳內被翻紅浪、錦衣流光，才泄了一線春色，便已靡麗得令人目眩。

「陛下，該早朝啦。」輕鳳慵懶地嘟囔了一聲，隨後望著李涵起身梳洗，由王內侍伺候著穿衣戴冠，不禁幽怨地問：「你眞的不要我幫你嗎？」

近來李涵天天和她膩歪在一起，除了暖床，根本不讓她做別的事！唔，雖然暖床也是件美差啦，可她留在宮中是爲了助他匡扶天下的呀，爲何坦承了一切，她好像又回到了原點？

李涵長身玉立地站在帳外，由王內侍掖好衣袍，繫上玉帶，側過臉望著輕鳳一笑：「我豈是依託裙帶的無能之輩？」

「你知道我不是這個意思。」輕鳳不甘心地撇撇嘴，還想爭辯，卻又被李涵三言兩語打發了去。

她望著李涵離去的背影，心中百思不得其解——李涵對她的態度實在太奇怪了，她明明當著他的面輕鬆殺掉了王守澄，就像一柄鋒利的寶劍出鞘，爲什麼他卻一點重用她的心思都沒有？不應該呀……

輕鳳怎麼都想不通，索性化爲原形，跑進延英殿潛伏起來，在李涵退朝後偷聽他和李訓的談話。她聽了好一會兒，才弄明白鄭注已在兩天前出任鳳翔節度使，與李涵約定到任後選拔親兵數百人，等到王守澄離京下葬那天，由李訓奏請中尉以下的宦官都出京送葬，由鄭注出兵護喪，借機圍剿閹黨，將他們一網打盡。

輕鳳覺得這個計畫勝算很大，便興高采烈地跑回太和殿，盤算著等過一會兒李涵回來以後，她要主動請纓，親自出馬助他一臂之力。

轉眼到了巳時，李涵回到太和殿，陪輕鳳一起用朝食。自從知道了輕鳳的身分，李涵便在飲食上投其所好，所以今天尚食局送來的是酥炸禾花雀，並一道粳米和兔肉燉的「卯羹」。

美食當前，輕鳳嘴裡狼吞虎嚥，一雙黑眼珠卻不安分地滴溜打轉，不停瞅著李涵傻笑。

李涵被她看得十分不自在，只好停箸問道：「妳這是怎麼了？」

「嗯……我說了你別怪我多事啊，」輕鳳手拈著一隻禾花雀，一邊啃一邊說：「等圍剿閹黨那天，我去替你殺了仇士良吧？那日他留守京中，只怕是個禍胎。」

「不必。」李涵板著臉打斷她，沒好氣地說：「此事無須妳插手，妳趁早打消這個念頭。還有，以後不許去延英殿偷聽。」

「李涵……」輕鳳嘟著油嘴撒嬌，卻被李涵瞪了一眼，只好悻悻咕噥：「我也是想幫你嘛。」

「不勞費心。」李涵毫不領情，用帛巾抵著輕鳳的嘴唇不住搓揉，將她粉嫩的小嘴擦得越發嬌紅：「妳就安生待在這太和殿裡，休要胡鬧，聽見沒有？」

「我怎麼會是胡鬧？」輕鳳不甘心地望著李涵，想擠兩滴眼淚打動他，奈何氣氛實在太好，讓她連假哭都裝不來：「我也是為你擔心呀。」

「既然為我擔心，就替我祈福吧，這才是妳這妖精該做的事。」李涵捏了捏輕鳳的鼻子。

輕鳳捂著酸疼的鼻尖，喃喃抱怨：「我是妖精，又不是道士。」語畢卻心中一動，想起了永道士——永道士一向料事如神，既然李涵執意不肯要她幫忙，她又實在擔心，這事是不是應該去問問他？

輕鳳想著想著，雙眉便漸漸蹙起，回憶永道士見自己最後一面時說的那些話，便覺得此時去找他深為不安。

輕鳳苦著臉暗自發愁，正在毫無頭緒時，腦中忽然靈光一閃，想起了飛鸞。

「哎呀！我怎麼忘了還有她呢！」輕鳳猛拍了一下大腿，在李涵訝然不解的目光下，笑咪咪地對他保證：「放心吧，我會乖乖聽話，好好為你祈福的！」

一旦想起飛鸞也有卜算之能，急性子的輕鳳便再也坐不住了，她藉口祈福，請李涵恩准自己跑一趟終南山宗聖宮，順便與飛鸞敘敘舊。

李涵只擔心輕鳳傷人性命，聽說她要去終南山，縱然不捨也還是點頭同意，只叮囑她快去快回。

輕鳳欣然從命，許諾兩天之內一定回來，便打算即刻動身。哪知李涵竟命令王內侍安排了一匹千里馬，讓輕鳳化作黃鼬藏在箱籠裡，由騎手快馬加鞭將她送到終南山。

「哪有這樣的……」輕鳳簡直哭笑不得，卻只能配合李涵，裝作自己是被他特意「放生」的黃大仙，在騎手抵達終南山之後，才跳出箱籠，大搖大擺地鑽進了山林。

如今飛鸞與李玉溪隱居在終南山中，雙宿雙飛，逍遙物外，日子過得是無比滋潤。當輕鳳循著氣味找到他們的時候，飛鸞正坐在湖邊曬太陽，托著下巴看李玉溪釣魚。

「姐姐！」飛鸞乍然見到輕鳳，喜出望外，立刻飛奔上前一把抱住她，親熱地蹭來蹭去：「妳可算來看我啦！」

「知道妳在這裡過得好，我何必來打攪？」輕鳳瞄了一眼拎著魚向她們走來的李玉溪，笑著與飛鸞分開，搖了搖她的手：「我這次來，是有重要的事拜託妳。」

飛鸞隱居已久，不知道自己還能幫姐姐做什麼，眨巴著眼睛問：「姐姐需要我做什麼事？」

「大概就在這個月，李涵要做一件大事，我有點擔心，妳也知道他有死劫嘛，」輕鳳與飛鸞邊走邊說，一路向她傾吐自己的煩惱，倒完一籮筐的話才道明來意：「所以我想麻煩妳算一算，李涵在這件事上能否成功。」

「唔，姐姐妳也知道我能力有限，只能卜算親眼所見。」飛鸞爲難地皺起眉，想了想才道：「要不我陪姐姐回一趟長安吧，只要能見到李涵，事情就好辦了。」

說話間，三人回到了飛鸞與李玉溪隱居修道的茅屋，李玉溪殷勤地將輕鳳請進屋中，忙著去燒水煮茶，讓飛鸞陪著輕鳳繼續說話。

飛鸞坐在榻上，拿起針線笸籮，熟練地替孩子縫補小衫，一張桃心小臉上漾著幸福的柔光：「還有一個時辰大郎就放學啦，他許久沒見到妳了，等會兒一定會很高興。」

「瞧這衣衫的大小，他一定長高了不少，」輕鳳羨慕地望著飛鸞，想到自己坎坷的情路，忍不住歎了一口氣：「真羨慕妳呀，我與李涵不知何時才能有孩子呢……」

「姐姐想要娃娃，隨時可以呀，」飛鸞忽然抬頭對輕鳳一笑，伸手在針線笸籮裡翻了翻，掏出一只碧玉膽瓶遞給輕鳳：「姐姐，這個妳就收下吧。」

「生子丹？」輕鳳認出了這只瓶子，很想要又覺得過意不去，咬著唇囁嚅：「這一顆丹藥就要妳百多年光陰，我哪裡好意思……」

「姐姐何必說這樣的客氣話，和喜歡的人兒孫滿堂難道不好嗎？」飛鸞一邊說，一邊衝她眨了眨眼睛，不料下一刻忽然動作一頓，臉上漸漸失去了血色。

「妳怎麼了？」輕鳳看出她神色有異，不禁緊張地問：「我臉上有什麼嗎？」

「姐姐，對不起，」飛鸞變得結結巴巴，慌張地對輕鳳說：「我剛剛是想看一下妳的子孫運的，可是沒想到——」

「妳看出了什麼！」輕鳳等不及飛鸞把話說完，急切地追問。

「離別，即將到來的離別。」飛鸞雙眸中閃動著綠光，哀傷地望著輕鳳：「姐姐，這可怎麼辦才好？」

輕鳳聽了飛鸞的答案，心中空落落一片茫然，愣了許久才失神地低語：「怎麼會這樣，怎麼會這樣……」

就在兩隻小妖方寸大亂時，煮好茶的李玉溪走進屋來，剛要坐下為她們分茶，卻被她倆花容失色的臉嚇了一跳：「妳們這是怎麼了？剛才不還好好的嗎？」

還是飛鸞先回過神來，急忙對李玉溪道：「夫君，事關重大，我想陪姐姐去一趟長安。」

「好，只是妳們要趕五十里路，不如吃頓飯再走？」李玉溪隱約感覺到事態緊急，不敢多問，只想為她們盡點力：「我去膾魚片，妳先收拾收拾要帶的乾糧行李。」

「來不及啦，我和姐姐這就上路，夫君你照顧好大郎。」飛鸞搖搖頭，二話不說便和輕鳳一同下山，直奔長安而去。

兩隻小妖忐忑不安地從終南山跑到長安城，還沒抵達大明宮，飛鸞就已經緊張地叫住了輕鳳：「姐姐，我一路已經看出好些人會有血光之災，只怕近期真的要出大變故。」

輕鳳一顆心沉到谷底，立刻加快了腳步：「我們先進宮再說。」

巍巍大明宮中，兩隻小妖幻回人形，隱身繞過前朝三殿，在跑到中書省時，飛鸞倏然停住腳步，雙眸中閃過一道綠光，隨後靜默了許久。輕鳳見她滿臉凝重，一顆心提到嗓子眼，焦急地喚她：「飛鸞？飛鸞？妳看出什麼了？」

飛鸞回過神，渾身瑟瑟發抖地退後一步，惶惶對輕鳳說：「姐姐，妳設法勸住李涵吧……這裡，這裡不日會有一場大禍，我心裡好難受。」

輕鳳一顆心墜入谷底，望著從不打誑語的飛鸞，幾乎是不抱希望地問：「會死很多人嗎？」

飛鸞無聲地點點頭。

輕鳳目光一黯，空洞的雙眼望了飛鸞許久，淚水才緩緩湧出眼眶：「我該如何勸住他呢？他對我說願意賭上性命，九死不悔的時候，眼神是那麼明亮執著……」

「姐姐，」飛鸞無措地上前抱住輕鳳，在她耳邊低喃：「我知道妳很難過，可我腦筋太笨，實在想不出什麼好主意……也許這個，可以幫上忙。」

說罷她鬆開輕鳳，從袖中掏出一只碧玉膽瓶，捧在手心送給她：「也許一個孩子，可以讓他心生牽掛。」

輕鳳怔怔接過藥瓶，發紅的眼珠目不轉睛望著飛鸞，驀然抽泣出聲：「謝謝，謝謝妳，飛鸞……」

這一天，夜寒霜降，美人來兮。

當四更的燭淚將要滴盡，李涵獨自坐在昏暗的燭光裡，緩緩閉上疲勞酸澀的雙眼。忽然一點窸窣聲響起，他心念一動，喜悅地睜開眼，就看見大殿裡一道窈窕的身影，正亭亭玉立在自己面前。

他不禁微微一笑，像害怕打碎夢境一般，小聲問：「回來了？」

下一刻，還帶著寒意的嬌軀就如一道輕風入懷，翩然撲進他的懷裡：「我回來了……李涵。」

「這麼快就祈完福了？」李涵瞧著懷中人嬌俏的模樣，故意揶揄她：「只怕並不專心。」

「哪有！」輕鳳果然不滿地抬頭，噘起嘴來嬌嗔：「我很專心，但更想你。」

這句話讓李涵滿意地笑了，摟著輕鳳低下頭，以吻封緘她一貫愛說的那些賣乖話。此時此刻，幽殿深深，耳鬢廝磨的一雙人，漸漸沉醉在春意融融的溫柔鄉中。

輕鳳黝黑的眼珠裡藏著一個秘密。她在親吻李涵時迷離地半睜開眼睛，癡癡盯住他蛾翅般緊閉的長睫，心中激蕩著一股無怨無悔的勇氣。

婉轉呻吟間，她感覺到蓬勃的熱力匯於自己的天靈，隨後蔓延過她的四肢百骸，滾燙地湧入她的丹田。這股奇異的灼熱隨著李涵一路點火，將她推上從未登臨過的高峰，牽出了前所未有的悸動情潮。

在回到太和殿之前，她吞下了生子靈丹。

李涵覺得身下人今夜有些不同，似乎比以往更火熱，更決絕，像要拚盡一生似的，幾乎令他難以招架，唯有傾力奉陪，恨不能將她的嫵媚攫取一空。

九重帳裡，春水瀲灩，輕鳳星眸如醉，帶著小小的得意在李涵耳邊低聲道：「慶成節我沒送你像樣的賀禮，今夜補上。」

李涵側著身子支頤打量她，曖昧笑道：「卿卿這份大禮，生辰那天不是送過了嗎？」

「我不是說這個啦，」輕鳳羞赧地搶白，凝視著李涵，將手悄悄移上小腹：「我說過飛鸞當年假死離宮，你還記得吧？」

「記得啊。」李涵懶散回答。

「當年她服下了永道長的假死藥，百日醉。」輕鳳一邊說，一邊從落在榻下的衣裳中摸出一只白瓷瓜稜瓶，鄭重遞到李涵面前：「這一瓶裡裝的是千日醉，服之可沉睡千日，我將它送給你。」

此言一出，帳中原本旖旎的氣氛瞬間消散。李涵靜靜看著輕鳳掌中小巧的瓷瓶，好一會兒才抬起眼，漠然問：「妳要我也假死離宮？」

「李涵，陛下，求你服下它吧，我不能再等了。」輕鳳苦苦哀求李涵，泫然欲泣地說：「你有死劫這件事，多年來一直懸在我心上，飛鸞算出宮中很快會有大難，我希望你能全身而退，陛下，我不會騙你的。」

「她算出宮中會有大難？」李涵神色一凜，問輕鳳：「她到底是如何說的？」

「她說到時候在這大明宮裡，會死很多人。」

「會死很多人？」李涵沉吟片刻，又問：「死的是哪一邊的人？我會死嗎？」

輕鳳目光悽楚地望著李涵，啞聲回答：「哪一邊她看不準，但她已經看出來……我會與你離別。」

「離別？」這答案讓李涵怔愣了片刻，忍不住苦笑：「那就是要死了。」

「不，陛下，你不會死，我也不會與你分開，」輕鳳再度將瓷瓶獻出，想要硬塞給李涵：

「只要有這千日醉，你就能與我一同遠走高飛。我知道你捨不得江山社稷，可是，陛下……我，我有了你的孩子。」她咬咬牙，鼓起勇氣對李涵說。

李涵瞬間睜大雙眼，難以置信地盯著輕鳳，激動地問：「妳有了孩子？可妳明明是……」

「我服了生子丹，就在來見你之前。」輕鳳雙眼閃動著淚花，哽咽著哀求李涵：「陛下，你一定要爲了家國安危，就放棄我的愛嗎？難道你不想和我還有孩子在一起，遠離紅塵、逍遙物外嗎？」

李涵聽了輕鳳誘人的提議，凝視著她哀傷的雙眼，卻終是搖了搖頭：「我到底是一國君主，就算已走到末路，也不能離棄我的家國。只是今後卻要辛苦妳了……妳這就走吧，帶著我們的孩子去一個山明水秀的地方，安安穩穩過這一生。」

「不，我不走，」輕鳳決然拒絕，目光堅定地望著李涵：「今天要麼你假死離開，要麼我也不出宮，待他日你浴血剿逆時，哪怕粉身碎骨我也會護你周全，如果你失敗，我和孩子也不會偷生！」

李涵靜靜聽著她這番慷慨的宣言，目光裡閃動著錯愕、無奈、憐惜，而更多是情到深處的動容：「妳啊，眞是又癡又傻。」

「不癡不傻，不做妖精。」輕鳳傲然一笑，淚眼矇矓地回答，字字擲地有聲。

李涵凝視著輕鳳，沉默許久之後，終是無奈地歎了一口氣，向輕鳳伸出手去：「罷了，把千日醉給我吧。」

輕鳳驚喜地睜大眼，半信半疑地求證：「陛下，你，你這是答應我了？」

「不答應妳，還能怎麼辦？」小巧的白瓷瓶在指間泛動著溫潤的光澤，李涵低頭拔開瓶塞，一股醉人心脾的茉莉花香立刻逸散而出：「誰叫妳這份深情，讓我無以為報……」

說罷他將瓶口湊到唇邊，仰頭一飲而盡，隨後低下頭，深情地注視著輕鳳。

「陛下，謝謝你。」輕鳳喜極而泣，依偎在李涵懷中，卻被他挑起下巴，輕輕落下一吻。

這一吻帶著濃郁的茉莉花香，讓輕鳳暈陶陶地閉上眼，隨著李涵輾轉的雙唇，不自覺地張開了嘴唇。然而下一瞬，一股芳馨液體注入她的口中，讓她遽然瞪大眼，想要推開李涵，卻被他一隻手按住後腦，緊緊桎梏在懷中。

極度驚駭之中，她甚至忘了施出力字訣，就那麼毫不設防地被他強吻，將千日醉盡數反哺給了她。慌亂中輕鳳想吐出千日醉，李涵的舌尖卻強而有力地抵住了她的舌根，直到那芳香的液體全數滑下喉嚨。

「咳咳，為什麼？為什麼！」輕鳳掙扎出李涵的懷抱，驚惶而絕望地質問他。

李涵望著她哭花的小臉，微微笑道：「因為妳這份深情，讓我無以為報。」

曾幾時三生有幸，換妳一世傾心。

情深至此，無以為報。

他這一句話讓輕鳳心如刀割，偏又從最疼痛的傷口裡綻放出絢爛的花朵。她的身體軟軟癱倒在李涵懷裡，雖然試圖掙扎，卻根本動彈不得。輕鳳知道這是千日醉發作了，對即將到來的千日沉睡，她驚懼萬分，如瀕死的人試圖掙扎求生一般，望著李涵求救：「陛下，我該怎麼辦？」

李涵摟著輕鳳，緊緊握住她的一隻手，十指交纏間，在她耳邊輕聲叮囑：「等妳醒來，好好撫養我們的孩子。」

「那你呢……你……怎麼辦？」輕鳳絕望地靠在李涵懷中，舌頭越來越遲鈍，只有淚珠不斷自眼角連串滑落。

「妳說過至遲還有四年光陰，我會盡力熬過死劫，等妳醒來。若實在不行……就下一世吧，」李涵抱緊輕鳳，萬般不捨堵在心口，最後只化作一記輕吻，緩緩印上她的額頭：「下一世妳若願意，我用一生陪妳。」

「你是天子……是星君下凡……」輕鳳滿臉淚水，沉重的眼皮漸漸低垂，在徹底陷入沉睡前，微弱地吐出最後一句話：「我們……沒有下一世。」

「輕鳳！」李涵心中劇震，情急喚了她一聲，卻只能看著她沉沉睡去。

原來，竟沒有下一世嗎？

他一意孤行，自欺欺人地奢望來生，豈知與她的緣分只有這短短一世。眼下，只怕就是永別。

李涵眼底漸漸浮上一層淚光，悵然失神許久，直到懷中人肢體變得冰涼，這才緩緩鬆手，將輕鳳安放在龍榻上，溫柔地替她理順鬢邊青絲。

「對不起。」他凝視著輕鳳，啞聲道歉，眼淚不覺滴落，沾濕了伊人蒼白的臉頰。

原以為可以長相廝守，可惜鶼鶼鰈鰈，卻是鏡花前，水月下。
終究辜負了她。

尾聲

烏飛兔走，轉眼便是千日光陰。

當輕鳳自黑沉沉的虛冥中醒來，刺眼的白光令她淚如泉湧，幾乎睜不開眼睛。

「李涵，李涵……」她吃力地抬起一隻僵硬的手，遮擋住自己爬滿淚水的臉。

假死千日一朝醒來，卻毫不克制地任由情緒激蕩，輕鳳的腹部因此一陣緊抽，異樣的疼痛讓她不得不轉移注意力，待目光移到自己隆起的腹部時，不由發出一聲驚天動地的尖叫。

「醒了醒了，終於醒了！」驚喜的叫聲在輕鳳耳邊響起，頃刻間，竟是永道士憑空出現，手忙腳亂地湊到她身邊：「很疼吧，這是要生了啊！」

輕鳳魂飛魄散地抱著肚子，頻頻倒抽冷氣，驚慌地瞪著永道士問：「這是怎麼回事？」

「這妳還看不出來？妳服下千日醉之前，不是吃了生子丹嗎？」永道士也是滿臉緊張地盯著輕鳳，飛快對她解釋：「妳這種狀況，我也是第一遭遇見。本來十月懷胎，妳因爲假死，這一胎自然也生長緩慢，更兼胎兒是人形，所以我一直用法術阻止妳變回原形，替妳足足穩了一千天的胎。如今妳既已醒來，這娃娃自然也就瓜熟蒂落了。」

「我怎麼會在你這裡？」輕鳳兩眼噙淚，心裡委屈得要命——她明明記得假死前，自己身在李涵的寢宮。

「那皇帝知道千日醉是我給的，爲了確保妳能平安產子，自然將妳託付給我。」

輕鳳聽到「託付」二字，心中升起一股不祥的預感，膽戰心驚地問：「那他呢？」

「他？你說皇帝啊？那可就說來話長了，妳還是先安心生孩子吧。」永道士怕她分心影響生產，逕自隔空喊話：「小狐狐，妳姐姐她醒啦！妳趕緊過來，燒點熱水，對，她是要生了，接生妳會吧？反正我不會。」

不消片刻工夫，一團火紅狐影竄入廂房，眨眼之間變成人身：「姐姐，妳終於醒啦！」

「飛鸞，」輕鳳一見到自己的妹妹，眼淚頓時流得更凶：「快幫幫我！」

「妳好好照顧她，我先迴避。」說話間，永道士已經閃身出了廂房，只留下飛鸞陪護輕鳳。

輕鳳只覺得肚子裡一陣疼過一陣，之前對著永道士難以啓齒，此刻便不安地問飛鸞：「我肚子好疼，孩子不會有事吧？」

「姐姐妳放心，我已經生過三次啦，知道該怎麼做。」飛鸞熟練地按壓著輕鳳的肚子，指點她如何用力。

這節骨眼上，輕鳳疼得一頭冷汗，卻仍舊不忘問飛鸞：「李涵他怎麼樣了？」

「他……姐姐，妳假死後，發生了很多事，妳還是先專心生娃娃吧。」飛鸞忍不住勸道。

「不，我要知道，妳只管告訴我，我能忍著疼！」輕鳳不肯再等，咬牙催促她。

「好吧，」飛鸞只得妥協，一邊幫輕鳳接生，一邊將那場血色往事娓娓道來：「在妳假死後，李涵和永道長將妳秘密送來了終南山。李涵命永道長留在山中照顧妳，又問了我好些話，我當時勸了他很久，他沒答覆我就回宮啦。之後大約過了二十多天吧，大明宮中就鬧了一場天大的亂子。」

「是，是妳當初卜算出的那場大亂嗎？」輕鳳十指緊揪著床褥，氣喘吁吁地問。

「是呀。」飛鸞點點頭，替輕鳳擦去額上冷汗：「大亂那日一早，李涵說金吾左仗院內有石榴樹夜降甘露，命閹黨頭目們一起去觀看，同時又在院中部署兵力，準備將他們一舉剿滅。哪知行動之前，卻被樞密使仇士良察覺，他立刻帶人逃回含元殿，挾持著李涵闖過重圍，退回了後宮。」

「仇士良那個混蛋，我早就應該殺了他的！」輕鳳疼得倒吸一口涼氣，狠聲惡氣地罵。

「姐姐妳別光顧著生氣，用力呀，用力……」飛鸞神色緊張地命令輕鳳，確認她乖乖配合自己後，才繼續往下說：「仇士良後來指揮神策軍報復，屠殺文武百官，門下、中書兩省及金吾侍衛，有六百多人被當場殺死呢。結果他還不解恨，派兵關閉宮門，殺了各司官吏一千多人，又調遣一千多名神策軍出宮追殺逃亡的官員。那天落日後，這幫人借著夜色掩護，在長安城裡大肆搜捕劫掠，還有長安城內的惡少狂徒也趁亂滋事，僞裝成神策軍在坊間趁火打劫、鬥毆殺人，鬧得是滿城風雨。」

光是聽飛鸞描述，輕鳳都能感覺到當日的腥風血雨，一顆心越揪越緊，不由追問：「當時李涵他可有事？」

「唉，李涵從那一天開始就被幽禁深宮，此後諸事皆受仇士良擺佈……」

「那該死的仇士良！」輕鳳聽到這裡，咬牙切齒，憋住一口氣拚命用力，如墜鉛般又沉又痛的肚子驀然一輕，就聽一道嘹亮的啼哭聲哇哇響起，她與李涵的孩子終於呱呱墜地。

「太好啦，姐姐，是個小公主呢！」飛鸞興奮地抱著孩子給輕鳳看了一眼，便匆忙往外廂走，準備替孩子洗浴：「姐姐妳先好好休息，孩子有我照顧呢，妳就放心吧。」

此時正值七月，天氣尚熱，李玉溪已在外廂備好熱水，看見飛鸞抱著孩子出來，連忙上前看孩子：「好漂亮的娃娃，看模樣有些不像妳姐姐，可是長得像爹？」

「可不是嘛，女兒像爹的多，如今姐姐和李涵可算苦盡甘來啦。」飛鸞用細軟的帛巾仔仔細細洗乾淨孩子，將她裹在襁褓裡，抱去給永道士看——這孩子是懷胎千日生的，不讓永道士確認一下健康，總歸有些不放心。

永道士一見到這白白胖胖的孩子，高興得歡天喜地，抱著孩子逗了好一會兒，又送了她一只護身符，拍著胸脯向飛鸞保證這娃娃聰明健康，將來註定長命百歲。飛鸞總算放心，又和前來圍觀道賀的人說笑了一番，這才走回輕鳳休息的廂房。她料想姐姐此刻已經入睡，哪知剛踏進廂房，就發現臥榻上空空如也，也不知輕鳳已經離開多久，不由大驚失色地喊了一聲：「姐姐！」

她萬萬沒想到輕鳳會不顧一切地離開，不由懊惱地跺了跺腳，望著長安城的方向抱怨：「姐姐，妳再怎麼掛念他，也不能把孩子丟下就跑了呀！」

七月的終南山林岫深僻、草木蔥蘢，正是一派明麗風光。輕鳳不顧產後的虛弱和疲倦，在山道裡馬不停蹄地疾奔，想儘快趕到長安大明宮。她跑得太急，忽然腳下一個趔趄，眼看著就要摔倒，這時山道裡恰好冒出一團雲氣，將她的身子穩穩托住。

「妳瞧妳，也不當心點。」雲氣裡露出永道士雌雄莫辨的俊臉，望著輕鳳無奈笑道：「才生完娃娃，這是急著上哪兒呢？」

「你知道的。」輕鳳倔強地咬著唇，黑亮的眼珠上卻浮著一層淚花：「他……他現在好不好？」

「自然是大大的不好。」永道士直截了當地告訴輕鳳，在看見她慘白的臉色時，又於心不忍地改口：「好啦，好啦，他好歹還留著一條命見妳呢，這總比死了好吧？」

這話不說還好，一說輕鳳眼淚就嗒嗒往下掉。永道士上能竄天，下能入地，就是不會哄自己喜歡的女孩子，當下就有點手足無措，只能笨口拙舌地安慰她：「算我說錯話啦，別哭了行不行？我這就帶妳去見他。」

話音未落，他響指一彈，輕鳳只覺得眼前景物一變，雲團已瞬移到太和殿露台。

這一下太過突然，輕鳳臉上還掛著淚水，錯愕和激動讓她反倒有點茫然，望著永道士期期艾艾地道謝：「謝，謝謝你。」

「別謝，」再謝他腸子就要悔青了，永道士凝視著輕鳳泫然欲泣的臉，托著下巴笑道：「快去吧。」

輕鳳再也顧不上說話，飛快地跳下雲頭，向著殿門的方向跑去。

一別千日，李涵……她的陛下，如今會是怎生模樣？

櫃中美人

輕鳳跨過殿門，猛然衝進幽暗的大殿，瞳孔在光影明暗間驟然放大，這一刻所有感官都敏銳到極致，只為了尋找那個讓她心心念念、難捨難忘的人。

當輕鳳輕盈地躍入內殿深處，穿過九重寶帳，看見龍榻上那清瘦的人抬頭望向自己時，一剎那淚眼矇矓，她癡然站定，輕啓雙唇，瑟瑟啜泣了一聲：「李涵……」

「李涵……我回來了。」

番外一　又一生

明明是坐擁河山的君主，卻偏偏受制於家奴，閹禍就像一條欲壑難塡的蛇，纏了他李家王朝數十年。

猶記得許多年前的某個冬日，當他的哥哥横死在驪山，一群閹黨趁夜闖入了王子十六宅，找到了彼時還是江王的他。

他在懵懵懂懂中被扶上了帝位，年少無知難免飄飄然，卻又隱約感覺到某種無法言說的重量，已沉沉壓在了自己的肩上。

從此收斂了屬於常人的喜怒哀樂，立志要做一代明君。勵精圖治、寢食俱廢，忘卻掉自己心中也有尚未塡滿的空缺。

直到那一年，她來到他的身邊。

那嬌小俏麗的女子一如她的名字——鸞回鳳翥、身輕如燕，雖談不上傾國傾城，可是嫋嫋纖腰一束，卻能夠讓他柔柔地握在掌心——也令他的目光與心思，都追隨著她而活潑起來。

然而吉光片羽難長久，弱水三千他只取這一瓢甘霖，剛剛沾唇嚐到她的甜美，從四面八方襲來的明槍暗箭，就已讓他無力招架。

而他滿心喜愛的那個人，卻是不安分的。

所以後來的一場風波中，他選擇放開她的手，又在若干年後早早爲自己立下太子，借著大赦天下將她放逐，只爲了將來的背水一戰。

是的，背水一戰——他早在心中醞釀了許久，願爲自己的王朝賭上性命，拚一場九死不悔的血戰。

可惜他低估了閹黨的手段，反被狡詐的王守澄謀害，險些斃命於鴆毒之下。就在那一夜，陪伴他多年的黃大仙顯靈，於千鈞一髮之際搭救了他。

他這才知道自己一直被牠守護。

託了黃大仙的福，王守澄的心腹鄭注向他投誠，讓他從此能夠知己知彼，順利架空了王守澄。

在賜死王守澄的那一天，他帶著圓了多年夙願的感慨與惆悵，獨自去了紫蘭殿。在那裡，他可以盡情懷念一個人，一個讓他心心念念，卻爲了背水一戰不得不放棄的人。

也就是在紫蘭殿，他忽然遭遇到王守澄的刺殺，而再次顯靈解救自己的黃大仙，卻因爲手腕上那一根長命縷，被他認了出來。

原來這隻黃大仙，竟是她。

原來她，竟是一隻黃鼬精。

原來往昔悲傷、徬徨、失意時，身邊總有她；原來他，竟從不孤單。

她纖細的手腕落入他的目光中——腕上簇新的長命縷，好似昨天才被他繫上，小巧的桃符上鐫刻著他親擬的寄語：

流年易轉，歡娛難終；願得卿歡，常無災苦。

他不會忘記自己爲她繫上這條長命縷時的心情，所以不會錯了，眼前這隻畏首畏尾，不敢與他對視的妖精，正是這些年午夜夢迴之時，頻頻在他夢中現身的俏佳人。

荒唐、荒唐——怎能如此荒唐？

他本以爲自己會對此驚駭厭憎，然而這些情緒在歷盡相思的重逢面前，竟渺小得不值一哂。甚至他滿心在乎的，只是讓眼前人儘快變回舊時模樣，好方便他再度看個夠。

眼前女子，果然還是與記憶中一樣靈秀輕倩，光彩照人。

「我和飛鸞是驪山的妖精，專程出山惑主的……」她如此解釋爲何來到他身邊，原來皇兄當年的劣行，竟爲他帶來一段意外的姻緣。

好一個妖媚惑主，禍水紅顏。他以爲可以就此與她長相廝守，哪知等待自己的還有一場死劫。

爲了家國天下，他並不畏死，可也想護她周全，所以當她以腹中胎兒之名，求他飲下千日醉時，他故意騙她，將口中的千日醉堅持反哺給她。

事後，他才知道自己的一意孤行讓她多絕望，原來他與她，竟是沒有下一世的。

然而他已沒有退路，在太和九年十一月的一個冬日，他鋌而走險，將未成熟的計畫提前展開……

接下來便是風雲變色、日月無光的慘敗，他鑄下的大錯讓整個朝堂元氣大傷，連帶著自己的帝位也岌岌可危。從此他閉口不言，坐困愁城，只等著最後的毀滅。

被閹黨宦豎重重把守的寢宮是寂寞的，守在他身邊的親信接連被撤換，到後來連王內侍都不能繼續留在他身邊。每到寂然長夜，他往往獨自一人閱覽經史，有時候似乎有所得，有時候卻什麼也悟不出，這時候他會忍不住在沉默的黑夜中思念一雙靈動的眼睛，漸漸沉迷到難以自拔、以至在絕望中入魔……

也許放棄掉一身傲骨，在閹黨淫威下忍氣吞聲、苟延殘喘，最終還能看見她。

只要苟活千日，她……一定會回來吧？

他與她，是沒有下一世可供相遇的。

下一世，他多想有下一世。

爲何竟沒有下一世？

夢魘中，魔障裡，他一次次沉淪，越陷越深。

並非不知道身處險境，四周狼虎環伺，意圖廢君的謠言也隱約傳入他耳中。然而生前身後的虛名他早已不在乎，只因相思成狂，病入膏肓。

他只擔心自己不能活到她回來的那一天，從此陰陽兩隔，沒有下一世。

日復一日，他終於病倒，形銷骨立地躺在龍榻上等死，或者等她。

終日纏綿病榻，神思恍惚，就在他苦等到快要絕望時，那一天，他終於看見了一道春風般輕盈的身影。

「李涵……我回來了。」

雙眼中霎時霧雨朦朧，他緊盯著眼前人，心中一時悲喜交集，竟至忘言。

此時此刻，日思夜盼的人終於來到他身邊，泛著淚光的黑眼珠緊盯著他，雙頰紅得可親可愛，像極了初秋剛染上紅暈的林檎果：「幸好，幸好一切還來得及……」

他不由笑起來，凝視著眼前泫然欲泣的小妖，緩緩向她伸出一隻手去：「是夢嗎？」

「不，不是夢。」她握住他的手，明眸在幽暗的深殿中璀璨如星。

「那，便是下一世了。」

長時間的寂寞，在每況愈下的困境中用沉默反抗，做無謂的堅持……他到底是疲倦了。

這一次，他許給她下一世。

「夫君，夫君，你在想什麼呢？」山道間，輕鳳牽著女兒的手，回過頭望著李涵嫣然一笑。

李涵回過神，不禁也莞爾一笑，上前牽住女兒胖嘟嘟的小手：「沒想什麼，只是這樣走得久了，難免會走一會兒神。」

「哎呀可不是，夫君你過去不管到哪兒都有人抬著，哪會像現在這樣走遠路呢，一定是累了吧？用不了一會兒咱們就可以和飛鸞他們碰頭了，哎呀今天晚上大家吃什麼好呢？也不知道咱妹夫那隻呆頭鵝有沒有釣到魚……」身旁的小女人喋喋不休地咕噥著，腳下的木屐也隨著她的步履在山道間嗒嗒作響，那從頭到腳透出的歡快，惹他唇角笑意更深。

自從借助永道士的法術逃離深宮，來到終南山，轉眼已過了數年。

死劫化解後，山外已是乾坤改換，而遠離紅塵喧囂的山中，是他嶄新的第二世人生——如同陶詩中描繪的桃花源，山中葉舟浮泛、菰米鱸魚的隱居生活，是如此令人愜意和滿足。正是滾滾紅塵一朝夢醒，卻原來無論人世幾多風雨，方外自有福地洞天……

眼前這片景，這個人，便是他的下一世，又一生。

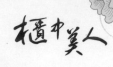

番外二　遠芳

曾經，博陵深澤有一座青石別墅，建在博陵王崔氏祖塋的旁邊，那裡原本是供家族祭祀掃墓時暫住。不過那一代的博陵王顯然對祭祀祖先不甚上心，只派了一兩個奴僕來看守別墅。主人長年不下榻，奴僕就免不了為了吃酒賭錢，將有限的別墅修繕經費投入到無限的吃喝玩樂中去。久而久之，無人打理的庭院裡長滿了野草，到了夏天，難免就讓野草引來了野兔，又讓野兔引來了野狐。

翠凰在偶然路過這座別墅時，一眼就喜歡上了這裡。她雖然向來對人工的建築沒什麼興趣，但是這座寂靜荒蕪的青石別墅，竟意外地合她胃口。

於是每當她厭倦驪山中俗不可耐的同類時，她便會騰雲駕霧來這裡小住幾個月，盡情享受一段安逸的時光。又因為翠凰掩飾得好，姥姥們竟從不知道她在博陵郡深澤縣裡，還有這麼一個秘密清修之地。

日子就這般年復一年，平平淡淡地過下去，直到有一天，這座別墅真正的主人來到這裡，才打破了翠凰一直享受的寂靜。

她相當不滿地瞇起眼，冷冷看著一輛鑾鈴和鳴的華麗馬車停在別墅前，又有如雲的僕從不停穿梭，忙裡忙外地搬運行李。

忽然，從馬車裡跳下一個清秀標緻的少年，皺著小臉打量起四周來：「這裡怎麼破敗成這樣？這真是我家的別墅嗎？」

他一徑抱怨著，一身白絹衣衫簌簌掃過沒膝的荒草，高齒木屐踩得庭中青石嗒嗒作響。

那少年還不夠年紀行冠禮，烏黑油亮的頭髮梳成一束垂髫懸在腦後，小小的臉龐殊秀無匹，左眼下還點著一粒牡丹花子般的藍色淚痣，令他看上去竟有些與年齡不相稱的清冷，只有笑起來的時候才會恢復少年的爛漫。

「唉……難得找到一個清靜的地方，終究還是來了凡人，真討厭。」翠凰暗暗埋怨著，全不念自己才是隨意佔用這裡的不速之客，逕自任性傲慢地轉身離開：「罷了，這地方既然被毀了，我也不會再來了。」

這時卻又聽那少年在庭院中抱怨：「父王也真是的，竟好端端地攆我到這裡來念書。這庭院荒蕪成這樣，到處是鳴蟲和蟾蜍，吵都吵死了，怎麼讀書呢？」

說罷他忽然拉開彈弓，瞄準了躲在矮樹上的一隻吐綬鳥，「咻」地一聲射出一只銅彈丸，嘻嘻笑道：「這倒有點意思……」

「小郎君，博陵公罰您到這裡來讀書思過，您可不能再頑皮了，」跟在少年身後的老僕呵呵笑道，聲音裡滿是溺愛：「這座別墅雖然荒蕪雜亂，收拾一下，還是很適合您用功讀書的……」

「可惡，可惡！」少年頓時大覺掃興，收起彈弓胡亂地四處指戳：「你們，把院子裡的荒草統統都給我拔咯！還有這裡，地面怎麼坑坑窪窪的，想害我摔跤嗎？」

他的木屐嗒嗒踩在青石上，一個人到處亂轉，目光也漫不經心地投向四周。

驀然間，他猛地剎停腳步，回過頭疑惑地眨了眨眼睛。

方才他似乎看見一道淡淡的青影飄然而去，似煙非煙又似雲非雲，到底是什麼怪東西呢？少年納悶地皺起眉，向一旁的老僕人求教。

「哦，小郎君，那只是一團搖蚊，」老僕人雖然年邁卻睿智博學，臉上的每一條溝壑都彷彿閱盡滄桑：「牠們總是喜歡聚在一起飛，遠遠望去，就像一團煙霧似的。」

「是嗎？」那少年將信將疑地擰了下眉，似乎並不滿意這個答案：「我看是這別墅會鬧鬼才對吧？」

「小郎君，這次您再怎麼鬧彆扭，也是沒有用的，」老僕人對少年的頑劣不為所動，逕自笑呵呵地宣主人令：「博陵公說了，以後每年夏天都會安排您上這兒來讀書，您還是乖乖地聽話吧。」

「我不要！」那少年聽了老僕人的話，頓時發起脾氣來，扔掉彈弓不停地跺腳：「我死都不要再上這兒來，不要不要……」

然而當這個夏天過去，那少年離開了別墅之後就再也沒有回來過。據說是因爲這座別墅的主人博陵王鬧出了什麼禍事，以致滿門抄斬、家產也被盡數籍沒。若不是因爲這座別墅是屬於崔氏祖塋的祭祀產業，按律不用入官，這裡同樣也會被官府沒收，經過登記典賣之後，另換一個主人。

只是如此一來，這座偏僻的別墅便更加無人照料，以致漸漸破敗不堪，被人遺忘。

這之後也不知過了多少年，直到某一個春末夏初的日子，當兩道身影又重新出現在別墅門口，才打破了此間多年的沉寂。

「這裡雖然破敗，但是收拾一下，還是可以住人的。其實在我小的時候，這裡的樣子也和現在差不多。」站在門前的男子不知出於何種原因，努力爲這座凋敝不堪的別墅說好話。他的聲音乍聽上去一片冰寒，再細細留心，卻會發現那冷冽的音色中又含著一絲柔，彷彿冰凌正在春陽下悄悄地消融。

「我知道，」忽然一道清麗的女聲響起，語調中隱隱含著笑意，似乎藏著一個不願道破、又令人愉悅的秘密：「這裡很安靜，收拾一下，很適合讀書，對不對？」

「哎，誰說的？這裡草間多有蟲蛙，到了夜裡就會很吵……」

「不會，我覺得很安靜。」

「妳怎麼知道？妳又沒在這裡住過。」

我當然知道，只是你不知道……

原來兜兜轉轉，卻仍是——禁不住似水流年，逃不過此間少年。

宮

櫃中美人 下

作　　者　水合
總 編 輯　莊宜勳
主　　編　鍾靈
出 版 者　春天出版國際文化有限公司
地　　址　台北市信義路四段458號3樓
電　　話　02-7718-0898
傳　　真　02-7718-2388
E－mail　frank.spring@msa.hinet.net
網　　址　http://www.bookspring.com.tw
部 落 格　http://blog.pixnet.net/bookspring
郵政帳號　19705538
戶　　名　春天出版國際文化有限公司
法律顧問　蕭顯忠律師事務所
出版日期　二〇一七年五月初版
定　　價　260元

本書台灣繁體版由四川一覽文化傳播廣告有限公司代理，
經作者明晟授權出版

總 經 銷　楨德圖書事業有限公司
地　　址　新北市新店區寶興路45巷6弄6號5樓
電　　話　02-8919-3186
傳　　真　02-8914-5524
香港總代理　一代匯集
地　　址　九龍旺角塘尾道64號 龍駒企業大廈10 B&D室
電　　話　852-2783-8102
傳　　真　852-2396-0050

ISBN 978-986-94698-2-1　Printed in Taiwan

國家圖書館出版品預行編目(CIP)資料

櫃中美人 / 水合著. -- 初版. -- 臺北市 : 春天出版國際, 2017.05
　冊；　公分. -- (宮)
ISBN 978-986-94698-2-1(下冊: 平裝). --

857.7　　　106005506